Sand in den Haaren

PEA JUNG (Jahrgang 1977) lebt mit ihrem Mann und vier Kindern in der Nähe von München. Neben der Arbeit als Sozialpädagogin schreibt sie Liebesgeschichten mit Happy End, wobei der Erotikfaktor von Geschichte zu Geschichte variiert. Mit ihrem Debütroman DIE FALSCHE HOSTESS gelang der Überraschungserfolg – das Buch entwickelte sich in kurzer Zeit zum Bestseller. Seither begeisterte jedes ihrer Bücher die stetig wachsende Leserschaft. Mittlerweile ist sie eine erfolgreiche Self-Publisher-Autorin.

PEA JUNG
Sand in den Haaren

Bibliografische Information der Deutschen Nationalbibliothek:
Die Deutsche Nationalbibliothek verzeichnet diese Publikation in der
Deutschen Nationalbibliografie. Detaillierte bibliografische Daten sind
im Internet über http://dnb.dnb.de abrufbar.

1. Auflage 2016

© 2016 Pea Jung
Eine Kopie oder anderweitige Verwendung, auch auszugsweise,
ist nur mit schriftlicher Genehmigung der Autorin gestattet.
info@peajung.de
www.peajung.de
www.facebook.com/PeaJungAutor
www.youtube.com/PeaJungAutor
www.instagram.com/PeaJungAutor

Covergestaltung und Satz: Jürgen Müller, LayArt
Quellennachweis der Umschlagfotos:
© istockphoto.com/LiuNian
© istockphoto.com/izusek

Lektorat: Dorothea Kenneweg
Korrektorat: Textwerkstatt Andrea Huber

Herstellung und Verlag: BoD – Books on Demand, Norderstedt
ISBN: 978-3-7412-2559-8

Kapitel 1

Es muss Freitag sein und es muss diese Bank sein. Fast jeden Freitagmittag nach der Arbeit gehe ich hier zu dem Kiosk am Rand des Stadtparks und kaufe mir die neueste Ausgabe der Fürstengeschichten. Dann setze ich mich auf die eine besondere Parkbank, die dafür infrage kommt, füttere illegalerweise die Tauben und lese mein Heftchen.

Natürlich bin ich nicht der typische Heftromanleser. Wer ist das schon?

Und wer gibt es zu?

Niemand liest doch diese billige Trivialliteratur, diesen Schund. Merkwürdig bleibt, dass die Verkaufszahlen eine andere Sprache sprechen, denn wäre bei mangelndem Umsatz nicht bereits der gesamte Markt in sich zusammengefallen?

Nein! Über Fragen dieser Art werde ich mir bei dieser frühsommerlichen Hitzewelle nicht den Kopf zerbrechen. Auf gar keinen Fall. Lieber beschließe ich, ein bisschen Schund zu lesen, und greife nach der neuen Ausgabe der Fürstenromanreihe.

Hätte ich heute Morgen geahnt, wie warm es heute werden würde, dann wäre ich sicherlich nicht auf die dämliche Idee gekommen, meine heißgeliebte olivgrüne Cordhose anzuziehen. Wie die Hose hatte ich wohl bei dieser Entscheidung eindeutig einen Schlag weg. Der Stoff klebt an meinen Beinen und reibt unangenehm.

Wenn mir und meiner Hose heute schon kein glückliches Ende bevorsteht, dann kann ich mir bei meinem Heftchen sicher sein: Es wird ein Happy End geben. A und B werden sich verlieben, es wird Hindernisse geben und vielleicht muss C in Form eines Gegenspielers oder einer ungünstigen Konstellation ausgeräumt werden und dann wird es zu einem wunderbaren, allumfassenden D, also dem Happy End kommen. So. Genau.

Zurück zu meiner Parkbank. Es ist die Bank, die am nächsten des Parkhotels steht, dessen imposanter Bau direkt über der Straße hinter der Bank zu erahnen ist. Mein freier Blick wird lediglich durch eine kleine Anzahl von Bäumen eingeschränkt.

Puh! Es ist heiß. Ich fahre mir mit dem Handrücken über meine feuchte Stirn. Mein wöchentliches Ritual wird wegen der ungeahnten Wetterentwicklung infrage gestellt. Während ich noch überlege, ob ich noch etwas zu trinken am Kiosk kaufen soll, schiele ich zu der Bank hinüber.

Mist! Warum muss sich ausgerechnet jetzt der alte Mann auf die Bank setzen? Ihm scheint auch zu heiß zu sein in seinem Anzug. Warum setzt sich der nicht irgendwo in den Schatten?

»Magst du noch was, Ines?«, höre ich den Kioskbesitzer fragen, während ich feststelle, dass der alte Mann in dunklem Anzug ganz und gar nicht gut aussieht. Es dauert eine ganze Zeit, bis er sich gesetzt hat, und sein verzerrtes Gesicht dabei lässt mich nur vermuten, dass er Schmerzen ertragen muss. Schließlich lässt er sein

Gewicht auf die Bank sacken und lehnt sich so vorsichtig an, als hätte er rohe Eier auf den Rücken geschnallt. Das Gesicht des alten Herrn wirkt auf mich genauso weiß wie sein Haar. Stark schnaufend löst er die Krawatte ein Stück und öffnet den oberen Knopf seines Hemdes.

Wenn er schon auf »meiner« Bank sitzt, dann kann ich ihm auch ein Wasser mitbringen, denke ich mir. Das verbuche ich dann auf dem Jeden-Tag-eine-gute-Tat-Konto.

»Zwei Wasser«, antworte ich, ohne den Blick von dem Mann zu nehmen, der jetzt doch irgendwie rot aussieht. Rasch bezahle ich die Getränke, verstaue das Heftchen in meiner übergroßen Patchwork-Umhängetasche und schlendere auf den Mann zu.

Als ich mich ihm nähere, blickt er mich automatisch an und ich halte ihm gleich eine der Wasserflaschen entgegen. »Wollen Sie etwas trinken?«

Er macht eine abwehrende Handbewegung und ich bleibe sofort stehen. Verwundert registriere ich, dass seine Gesichtszüge weich werden, während mir meine wohl eher entglitten sind. Natürlich habe ich schon des Öfteren Probleme wegen meines Äußeren gehabt, besonders mit der älteren Generation, aber mit so einer Abfuhr habe ich nicht gerechnet.

Jetzt lächelt der Mann mich aber sehr erfreut an. »Ich meinte nicht Sie. Entschuldigen Sie vielmals.«

Sein stark ausgeprägter französischer Akzent irritiert mich weniger. Vielmehr drehe ich mich um und versuche herauszufinden, wem die abwehrende Geste gegolten haben könnte. Ein Jogger rennt vorbei, eine Frau versucht ihr schreiendes Kind unter Kontrolle zu bringen und zwei Männer in dunklen Anzügen unterhalten sich.

Komisch. Ist ja auch egal. Ich reiche dem Mann das Wasser und öffne sofort meine Flasche.

Er tut es mir gleich und wir löschen unseren Durst.

»Ganz schön heiß heute«, sagt er schließlich und klingt dabei so kraftlos, dass ich mir Sorgen um den Mann mache.

Ich nicke und sehe mich im Park um. »Da drüben wäre eine Bank im Schatten frei«, stelle ich fest und deute mit der Flasche in die Richtung. Dabei schwappt ein kleiner Teil der Flüssigkeit auf den Boden.

Der alte Mann lächelt kurz und sucht dann meinen Blickkontakt. »Diese Bank ist genau die richtige.« Mein Blick auf die freie Sitzfläche neben ihm scheint ihm nicht zu entgehen. »Setzen Sie sich ruhig.« Er tätschelt die Holzleiste der Bank, um seine Worte zu unterstreichen. Seine Bewegungen sind sparsam und wohlüberlegt.

»Danke.« Ich freue mich, dass ich mir keinen anderen Platz suchen muss.

»Ich werde Sie nicht lange stören. Mein Sohn müsste jeden Moment kommen.«

»Sie stören doch nicht.«

»Haben Sie sich nicht etwas zum Lesen gekauft?«

»Ja, stimmt.«

Der alte Mann ist ein guter Beobachter. Da fällt mir ein, dass ich noch etwas sehr Nützliches in meiner Tasche habe, und ich fange an, darin herumzuwühlen.

Noch während ich das tue, höre ich den alten Mann neben mir laut sagen: »Schon gut. Sie sucht nur etwas.«

Verwirrt sehe ich zu meinem Sitznachbarn und bemerke, dass er schon wieder seine Hand abwehrend von sich streckt. Diesmal kann ich auch sehen, wen er zurückpfeift: Es sind die beiden Anzugträger, die so aussehen, als wollten sie mich am liebsten packen und zu Boden reißen. Ich erstarre mitten in der Bewegung, bis der Mann neben mir kurz seine Hand auf meinen Arm legt. »Keine Sorge. Die Herren arbeiten für mich und sind manchmal etwas übereifrig.«

Mir entkommt ein überraschtes Keuchen und ich ziehe das Gesuchte schnell aus meiner Handtasche.

»Ein Regenschirm?«, fragt der alte Mann neben mir. Dabei zieht sich eine seiner Augenbrauen ungläubig in die Höhe.

»Genau.« Ich kichere und spanne das rosafarbene Modell mit den weißen Punkten darauf kurzerhand auf. Damit ich dem Herrn neben mir etwas Schatten spenden kann, rutsche ich noch näher zu ihm. Er macht sich klein, damit er mit mir unter den Schirm passt, wobei seine Bewegungen wieder langsam und vorsichtig ausfallen.

Unser Sichtfeld auf den Park vor uns hat sich um einiges verkleinert, aber es freut mich sehr, dass der Mann glücklich grinst. Irgendwie habe ich den Eindruck, dass er nicht oft etwas zum Lachen hat.

»Wie heißen Sie?«, fragt er mich schließlich.

Bevor ich antworte, rieche ich sehr intensiv den duftenden Stoff seines Anzugs, der sich in der Sonne so erhitzt zu haben scheint, dass sämtliche Duftstoffe nun den Weg in meine Nase finden. Es riecht nach einem schweren Parfüm und leicht nach altem Mann, aber das macht mir nichts aus.

»Ines«, sage ich schließlich, »und Sie?«

»Pierre. Sagen Sie, Ines, schreibt man Ihren Namen mit Apostroph?«

»Nein, ganz normal.«

»Nun, im Französischen wäre er ganz normal mit Apostroph!« Er lacht mich an und ich grinse zurück.

Selten begegne ich älteren Menschen, die so vorurteilsfrei auf mich reagieren. Und damit meine ich nicht nur meinen mondförmigen Nasenstecker, sondern vor allem meine Frisur, die er jetzt näher in Augenschein nimmt. Aber er lächelt mich weiterhin freundlich an.

Dann sitzen wir eine Weile schweigend beieinander und starren in den Park, während hinter uns der Straßenverkehr vorbeirauscht. Keine Frage, es gäbe wirklich idyllischere Bänke in diesem Park, schattigere Bänke. Als hätte der alte Mann meine Gedanken gelesen, fragt er: »Warum muss es für Sie diese Bank sein?«

Die Antwort ist für mich sehr einfach. »Früher, als ich noch klein war, hat mein Opa am Freitagmittag sehr oft auf mich aufgepasst, wenn meine Mama arbeiten musste. Nach der Schule bin ich dann immer direkt hierher, habe mich auf diese Bank gesetzt und gewartet, bis mein Opa kam.«

Weil Pierre mich interessiert ansieht, erkläre ich weiter: »Er hat hier in dem Hotel gearbeitet … hinter uns.« Ich mache eine Kopfbewegung hinter mich in den Schirm und Pierre versteht: »Ach, im Parkhotel? Da wohne ich gerade.«

»Ehrlich? So ein Zufall.« Ein Zufall, über den ich mich sehr freue.

»Und dann?«, fragt Pierre weiter und ich wundere mich, dass er sich so für mich interessiert. Aber vielleicht genießt er auch einfach das Gespräch. So wie ich.

»Dann hat sich mein Opa hier zu mir gesetzt und wir haben die Tauben gefüttert. Anschließend sind wir dann nach Hause zur Oma gefahren.«

»Und Ihre Mutter?«

»Als Alleinerziehende hat sie immer sehr viel gearbeitet. Jetzt hat sie einen neuen Mann und eine neue Familie. Wir sehen sie kaum. Meine Großeltern sind meine Familie. Und dann gibt es noch meine Schwester Marie.« Ich weiß auch nicht, warum ich in Anwesenheit dieses Mannes mein Herz auf der Zunge trage. Vielleicht, weil er so etwas unglaublich Vertrauenswürdiges an sich hat.

»Ihr Großvater ist gestorben, hab ich recht?«

»Ja.« Ich nicke und schlucke schwer.

Es ist schon ein paar Jahre her. Noch viel länger ist es her, dass ich hier auf ihn gewartet habe, aber es tut gut, hier zu sitzen und so zu tun, als könnte er jeden Moment auftauchen. Er würde mir mit seiner großen Hand über den Kopf fahren und dann die beiden Tüten auspacken – die eine Tüte mit den Süßigkeiten für mich und die andere Tüte mit den Brotkrumen für die Tauben.

Zu meiner Überraschung zieht Pierre aus seiner Jackentasche eine verbeulte Serviette. Es kostet ihn viel

Mühe, aber schließlich schafft er es, langsam den Stoff zu entfalten. Ein kleines Stück Baguette kommt zum Vorschein.

»Das Füttern der Tauben ist inzwischen verboten«, sage ich.

»Ich weiß«, raunt Pierre mit verschwörerischer Geste, »deshalb habe ich auch nur ein kleines Stück dabei.«

Keine Ahnung, warum mir so ein Kleinmädchenkichern entfährt.

»Wahrscheinlich hätte ich mich nicht getraut, meinen kriminellen Plan umzusetzen, wenn Sie mir nicht begegnet wären, Ines.«

Er sagt das so nett. Mein Name klingt aus seinem Mund so aristokratisch, irgendwie besonders. Lange kann ich darüber allerdings nicht nachdenken, weil er den Kopf noch ein Stück näher zu mir streckt und flüstert: »Meine Frau, eine Deutsche wie Sie übrigens, saß hier oft mit mir auf dieser Bank. Immer, wenn wir hier waren, haben wir uns auf diese Bank gesetzt und die Tauben gefüttert.«

»Ihre Frau …« Ich unterbreche, weil er nickt und ich die Trauer über sein Gesicht huschen sehen kann.

»Sie ist schon lange tot.«

Weil ich nicht weiß, was ich sagen soll, schweige ich. Netterweise erkennt Pierre mein Unbehagen und beginnt unauffällig ein paar Brotkrümel auf den Boden fallen zu lassen. Damit locken wir momentan einen kleinen Spatz an, der sich sofort über die dargebotenen Leckereien hermacht.

»War Ihr Großvater der Manager des Hotels?«

»Nein.« Ich lache auf. »Er war der Wagenmeister.«

Jetzt lacht Pierre. »Dass eine so junge Frau wie Sie dieses Wort noch kennt … Ja, ich glaube, ich erinnere mich an Ihren Großvater …« Mit verkniffenen Augen scheint Pierre zu überlegen, während er weiter den Spatz füttert, der mit kleinen Sprüngen um Pierres Füße tanzt.

Dann hält er inne und streckt einen Zeigefinger in die Höhe. »Herzog … Anton Herzog.«

»Sie haben ihn gekannt?« Meine Verblüffung ist mir deutlich anzuhören.

»Er war immer der Erste, der mich bei meiner Anreise begrüßt hat, und der Letzte, der mich bei meiner Abreise verabschiedet hat. Ein sehr angenehmer Mensch. Es tut mir sehr leid, dass er nicht mehr lebt.«

»Danke … das mit Ihrer Frau tut mir auch sehr leid. Ich kann mir nur vorstellen, wie es Ihnen damit geht. Meine Oma hat den Tod meines Großvaters bis heute nie verkraftet.«

Was rede ich da von meiner Oma? Ich sitze hier und will ein Happy End. Schweigend sitzen wir immer noch nahe beieinander unter dem Regenschirm und füttern die letzten Reste des Baguettes an die Spatzen, die sich hier inzwischen zahlreich versammelt haben.

»Papa?« Weil das Wort so laut gesprochen wurde, bemerke ich sofort den Anzugträger, der sich in unser Sichtfeld gestellt hat. Zuerst sehe ich nur die glänzenden Schuhe, die unter der edlen Anzughose hervorkommen. Langsam hebe ich den Regenschirm an und immer mehr von der Person erscheint in meinem Blickfeld. Weil der Mann genau vor der Sonne steht, blinzele ich verkniffen zu ihm auf.

»Da bist du ja«, sagt Pierre neben mir und schüttelt die Serviette mit den letzten Krümeln aus. Fasziniert starre ich immer noch den großen Mann an, der vor uns steht. Mich sieht er weniger begeistert an. Mit einer Hand schirme ich die Sonne ab und kann nun mehr von dem Mann erkennen: Erstaunlich braun gebrannt für diese Jahreszeit ist er, und glatt rasiert. Ich kann sehen, dass er meinem Blick ausweicht und mit seinen Zähnen aufeinanderbeißt. Um Pierre zu helfen, nehme ich schnell den Regenschirm weg und klappe ihn zusammen.

Erstaunlich schnell steht Pierre auf und klopft sich ein paar Brotkrumen vom Anzug. »Das ist mein Sohn, der sich wie immer sehr viel Zeit gelassen hat.«

»Oh!«, sage ich, weil mir nichts anderes einfällt.

Sein Sohn ist bestimmt genauso nett wie er, denke ich mir und stehe auf, um ihm meine Hand zu reichen. »Hallo, ich bin Ines. Ich habe Ihren Vater zufällig kennengelernt.«

»Schön«, erklärt er leise und würdigt mich keines Blickes, geschweige denn, dass er gedenkt, meine Hand zu drücken. So einer wie er hat wohl keinen zweiten Blick für eine wie mich übrig. Oder hält er sich einfach für was Besseres?

So, wie er aussieht, ist er bestimmt eingebildet wie noch mal was. Die himmelblauen Augen mit den tief sitzenden Augenbrauen alleine dürften ihm schon jede Menge Aufmerksamkeit der Damenwelt einbringen.

Aber da ist noch mehr: Seine schlanke Figur hat eine gewisse Dynamik in ihren Bewegungen, die ich sehr ansprechend finde. Ganz zu schweigen von dem markanten Kinn, das sich perfekt mit den ausgeprägten Wangenmuskeln verbindet. Puh! Von seinen vollen Lippen möchte ich lieber gar nicht sprechen.

Langsam und deutlich gekränkt ziehe ich meine Hand zurück und sehe mich um. Eine ganz unangenehme Situation ist das jetzt für mich.

Pierre scheint das Verhalten seines Sohnes nicht bemerkt zu haben. Er ist immer noch damit beschäftigt, alle Krümel aus dem Anzug zu klopfen. Weil ich ein paar Brösel an seinem Arm sehe, die er übersehen wird, streife ich sie ihm vom Ärmel.

»Danke sehr«, bemerkt er mit einem Lächeln, aber sein Stammhalter, dessen Namen ich nicht einmal kenne, geht zwischen uns und schiebt mich förmlich von dem alten Mann weg. »Wir müssen jetzt los.«

Wenn ich es mir recht überlege, dann sieht der Mann irgendwie deprimiert aus. Total emotionslos und ärgerlich zugleich. Der hat bestimmt dauernd miese Laune und weiß schon nicht mehr, wohin damit.

»Jérôme, ich möchte mich noch gebührend von der jungen Dame verabschieden«, fordert sein Vater und ich überhöre den geflüsterten Kommentar seines Sohnes: »Von welcher Dame?«

Okay, das mit dem emotionslos nehme ich zurück. Ohne dass ich es will, verletzt mich diese Art. So direkt-indirekt bin ich noch nie übersehen und beleidigt worden. Am liebsten würde ich einfach gehen. Genau! Das werde ich jetzt auch tun. Ich werde lächeln und gehen.

Während ich nach meiner Wasserflasche greife, um sie in meine Handtasche zu stopfen, höre ich, wie Pierre seinen Stammhalter zum Wagen schickt, und leider höre ich noch viel mehr aus dem Mund des Sohnes, obwohl sich die beiden schon ein Stück von mir entfernt haben: »Was ist nur in dich gefahren, dich mit so einer dahergelaufenen Drogensüchtigen zu unterhalten! Hast du ihre Haare gesehen? Und das Piercing?«

Die Antwort des Vaters ist so leise gebrummelt, dass ich nichts mehr verstehe, aber ich schiele kurz zu den beiden Männern hinüber. Pierre schiebt seinen ekelhaft gutaussehenden Abkömmling in Richtung der Straße, wo ich ein Fahrzeug stehen sehe. Dort warten auch die restlichen geschniegelten Herren und ich sehe, wie dieser Jérôme auf die Männer einredet und in meine Richtung deutet. Oh weh! Ruckartig schließe ich den Reißverschluss an meiner Tasche, da steht Pierre schon bei mir. Von seiner Gebrechlichkeit kann ich kaum mehr etwas wahrnehmen. Ob er sich in Gegenwart seines Sohnes besonders bemüht?

»Es tut mir sehr leid, wie er sich Ihnen gegenüber benommen hat. Wir sind unter Zeitdruck und ich alter Trottel sitze hier und vertrödele die Zeit mit ein paar Spatzen. Vielleicht kann das als Entschuldigung gelten.«

»Kein Problem, alles in Ordnung«, lüge ich mit einem verkrampften Lächeln und schlucke danach schwer. Das flaue Gefühl in meiner Magengegend lässt mich spüren, dass ich hier versuche, eine Kränkung wegzulügen. Ich spüre aber auch eine gute Portion Ärger darüber, dass Pierre die Schuld für das Verhalten seines Sohnes auf sich nimmt.

»Es ist nicht in Ordnung. Das sind die Momente, in denen ich mir noch mehr wünsche, dass meine Frau hier wäre. Sie hätte ihm die Löffel langgezogen. Verstehen Sie mich nicht falsch, er ist ein guter Junge; aber wenn ich ihn mir so ansehe, dann frage ich mich manchmal, was ich verkehrt gemacht habe.«

Mein Blick fällt automatisch auf den schlanken Mann mit dem schwarzen Haar, für den die Bezeichnung »Junge« absolut ungeeignet ist. Obwohl ich mir wegen seiner dynamischen Bewegungen durchaus vorstellen könnte, dass er manchmal das Kind im Manne rauslässt, ist er ganz klar ein Mann.

Mit verschränkten Armen steht er bei dem Wagen und erwartet ungeduldig die Ankunft seines Vaters. Als er meinen Blick bemerkt, zieht er sich seine Sonnenbrille aus der Tasche und sieht weg, als er sie sich aufsetzt.

»Sie haben bestimmt nichts verkehrt gemacht«, raune ich und starre den Sohn immer noch an, während ich mich frage, was ich dagegen wohl verkehrt gemacht habe. Der dicke Kloß in meinem Hals will einfach nicht verschwinden.

»Wissen Sie was? Kommen Sie doch heute Abend mit Ihrer Oma zum Essen zu mir ins Hotel.«

Es dauert einen Moment, bis ich die gehörten Worte in mein Bewusstsein gelassen habe. Das hat er jetzt nicht wirklich gesagt? Meine dankende Ablehnung will ich gerade formulieren, aber er erstickt sie im Keim.

»Keine Widerworte. Viel zu selten nehme ich mir

die Zeit, eine nette Zufallsbekanntschaft zu pflegen. Außerdem interessiert mich die Geschichte zu Ihren Haaren und ich befürchte, dafür fehlt mir jetzt die Zeit.«

»Meine Dreads interessieren Sie?«

Er nickt. »Sagen wir um 19 Uhr?«

Würde er mich nicht so entspannt anlächeln, dann hätte ich bestimmt nicht so schnell genickt. Ich habe genickt? Ich muss von allen vernünftigen Gedanken verlassen worden sein.

Naja. Ehrlich gesagt stimme ich nur zu, damit er endlich zu seinem Sohn geht, der mich nun unter seiner silberverspiegelten Pilotenbrille ausgiebig zu mustern scheint. Die Mimik, die ich außerhalb der Brille erkenne, würde ich als besonders angepisstes Pokerface deuten. Wer hat dem denn in die Suppe gespuckt?

»Sehr schön. Dann sehen wir uns.«

Mit diesen Worten geht Pierre zu seinem wartenden Familienmitglied, das sofort ins Auto einsteigt.

An dem Schritt des alten Mannes kann ich sehen, dass er auch nicht mehr sonderlich gut zu Fuß ist. Bevor er zu seinem Sohn in den Wagen steigt, berührt er einen der Anzugträger am Arm und flüstert ihm etwas ins Ohr. Weil der dann zu mir sieht, beschließe ich, mich jetzt endgültig vom Acker zu machen. Zumindest sollte ich mich in den Schatten verziehen. Die Sonne hat mir wohl einige Gehirnzellen verkocht.

Damit meine ich, dass ich zwar single bin, aber noch nie das Bedürfnis hatte, mit älteren Männern im Park anzubandeln. Bis jetzt jedenfalls.

Jetzt wird der geordnete Rückzug vorbereitet. Ich wende mich um und mache mich auf den Weg zu einer Bank im Schatten.

Aber ich komme gar nicht bei der Bank an, als ich eine Hand spüre, die sich von hinten auf meine Schulter legt. »Dürfte ich bitte Ihren Ausweis sehen?«

Verwundert drehe ich mich um und bin mehr als nur überrascht, dass der Anzugträger in Begleitung zweier Polizisten hier steht.

»Ja … natürlich«, stammle ich und gehe die letzten Meter bis zu der Bank im Schatten.

Mein Herz schlägt mir bis zum Hals. Der Kloß, der irgendwie nicht verschwinden will, pulsiert derart kräftig mit, dass mir davon übel wird. Es regt mich auf, dass ich ständig stark schlucken muss.

Verschreckt wühle ich in meiner Tasche herum und bin wirklich froh, dass ich meinen Ausweis so schnell zur Hand habe.

»Ines Herzog …«, liest der geschniegelte Typ vor und ich werde das Gefühl nicht los, dass er das nicht einfach nur so wiederholt hat, sondern dass er das irgendjemandem weitergegeben hat. Da fallen mir auch die technischen Errungenschaften auf, die er im Ohr stecken hat.

Wen hab ich da eben eigentlich kennengelernt? Den französischen Außenminister? Oder befinden sich hier die Men in Black auf geheimer Erkundungsmission? Also ehrlich. So außerirdisch sehe ich auch nicht aus. In den Augen von Pierres Abkömmling vielleicht unterirdisch, aber das alleine kann mich ja noch nicht verdächtig machen.

»Bleiben Sie bitte einen Moment hier«, sagt einer der Polizisten, und zusammen mit dem anderen Mann und meinem Ausweis verschwindet er in Richtung Hotel. Der Anzugträger liest auf dem Weg alle Daten vor, die mein Ausweis hergibt. Toll!

Der andere Polizist bleibt bei mir und wartet. Weil er nichts sagt, sage ich auch nichts.

Außerdem möchte ich mir gar keine Gedanken darum machen, was hier los ist. Ich wollte bei dieser unbändigen Hitze doch nur einem alten Mann eine Flasche Wasser spendieren.

Dieser Gedanke verfolgt mich noch auf dem ganzen Weg bis in meine Wohnung, den ich sofort antrete, als ich endlich meinen Ausweis zurückbekomme.

Kapitel 2

Meine Wohnung ist eigentlich unsere Wohnung. Ich teile sie mit meiner Schwester Marie und meinem Kumpel Florian. Marie arbeitet seit Kurzem in einer Rechtsanwaltskanzlei und lässt sich dort meiner Meinung nach nur ausnutzen. Sie arbeitet von morgens bis abends und ihre Stimmung erreicht nicht einmal mehr ein annehmbares Niveau. Eigentlich ist das nicht verwunderlich, weil sie dauererschöpft ist.

Flo verdient seinen Lebensunterhalt von zu Hause aus, als Produkttester. Während Flo äußerlich eher mir ähnelt, ist meine Schwester meist extrem schick gekleidet. Sie ist es auch, die mit strengen Regeln dafür sorgt, dass unsere Wohngemeinschaft nicht völlig verwahrlost. Obwohl sie mich manchmal mit ihrer bevormundenden Art aufregt, muss ich ihr eines lassen: Es funktioniert. Flo leistet genauso seinen Beitrag zur Sauberkeit und Ordnung wie ich.

Ohne die seriöse Ausstrahlung von Marie hätten wir die Wohnung bestimmt niemals bekommen. Herr Willmann, ein Rentner, wohnt selbst im Erdgeschoss des Hauses und hat uns die Wohnung im ersten Stock vermietet. Er hat auch ein Hobby: Am liebsten verwickelt er uns in Gespräche, wenn wir nach Hause kommen. Inzwischen habe ich aber schon gelernt, wann ich ihn in seinem Redeschwall unterbrechen kann. Dann ist Flucht nach oben angesagt. Er ist eben einsam und freut sich über ein bisschen Ansprache.

Als unser Vermieter seinen Kopf in den Gang streckt, eile ich gleich nach oben: »Entschuldigung, aber ich muss dringend auf die Toilette.« Flucht gelungen, und das ohne ein Wort von Herrn Willmann. Strike!

Touchdown, denke ich mir, als ich endlich in meinem Zimmer angekommen bin.

Obwohl wir alle unsere Handys haben, teilen wir uns auch einen Festnetzanschluss, für den sich allerdings kaum jemand zuständig fühlt. So auch an diesem Abend, als das Gerät penetrant klingelt.

»Flo!«, brülle ich aus meinem Zimmer, weil sein Raum dem Apparat am nächsten liegt. Mein Heftroman hat mich für sich reserviert und ich habe nicht vor, jetzt zu unterbrechen. Schließlich scheint sich gerade das heiß ersehnte Happy End anzubahnen.

»Ja«, nörgelt Flo in den Apparat und ich lehne mich zufrieden in meinen Lesesessel zurück, weil ich bemerke, dass das Ja bereits dem Gesprächspartner am anderen Ende der Leitung gegolten hat.

»Jo, die ist da. Warte mal … Ines!«

Nein. Ein Anruf für mich?

»Ohh.« Ich stöhne genervt auf und rappele mich vom Sessel hoch.

Flo hält mir den Hörer demonstrativ entgegen. Sein Blick spricht Bände: Es ist klar, dass er mir vorwirft, warum ich nicht gleich ans Telefon gegangen bin.

»Ein gewisser Pierre«, brummt er mir zu, bevor er mich mit dem Hörer in der Hand stehen lässt.

Verdattert halte ich den Apparat an mein Ohr. Es ist ein Wunder, dass mir mein eigener Name noch einfällt. »Ines Herzog?«

»Guten Abend, Ines, ich wollte mich nur noch einmal vergewissern, ob Sie meiner Einladung auch tatsächlich Folge leisten.«

Ach du Schreck! Um ehrlich zu sein, ich hatte nicht vor, diese Einladung wahrzunehmen. Ich fühle mich schrecklich ertappt, so als hätte der alte Mann mich vollkommen durchschaut. Hastig schiele ich auf die Uhr, die neben mir an der Wand hängt. Es ist bereits nach sechs Uhr und meine Oma hat keine Ahnung, dass ich zusammen mit ihr zum Abendessen eingeladen bin.

Als wäre das Pierres Stichwort gewesen, fragt er: »Ihre Großmutter hat hoffentlich Zeit? Ich habe ein Taxi bestellt. Sie werden in ca. 20 Minuten abgeholt. Wohnt Ihre Großmutter in der Nähe?«

»Nun … ja … sie wohnt nur zehn Minuten mit dem Auto von mir …«

Na toll. Meine Adresse hat er wohl direkt von meinem Ausweis.

»Sehr gut. Ich freue mich. Bis gleich.« Schon hat er aufgelegt.

»Aben wir einen französischen Verehrer, Chérie? Der örte sich aber alt an.«

Immer noch den Hörer in der Hand, blicke ich hinter mich und sehe Flo lässig an seinen Türrahmen gelehnt. Seine enge Stretchhose betont seine schlanke Figur. Seine zotteligen, blondierten Haare hat er meist unter einer selbstgehäkelten Wollmütze versteckt und nur die Haarspitzen lugen darunter hervor.

Er sieht so absolut locker und lässig aus. Sein Lächeln finde ich immer wieder sehr sympathisch und es lenkt meine Aufmerksamkeit auf seine vollen Lippen mit dem Piercing.

»Heute habe ich beim Spaziergang einen älteren Herrn kennengelernt. Er hat Oma und mich zum Abendessen eingeladen.«

»Ist der in Ordnung? Also, ich muss sagen, er hat sich ganz locker angehört, aber nicht, dass das so ein alter Lustmolch ist.«

»Ja, er ist völlig in Ordnung. Und er ist nett. Wir haben ein paar Gemeinsamkeiten, wie es scheint.« Ich lächle, weil ich mich darüber freue, dass Flo anscheinend in die Rolle des wachsamen großen Bruders geschlüpft ist.

»Und? Gehst du mit Leni hin?«

»Ach, Omi! Der hab ich noch gar nichts davon erzählt. Eigentlich dachte ich, das war nur so eine dahergesagte Einladung. Aber eben hat er angerufen und gesagt, ein Taxi würde mich abholen.«

»Was hast du getan? Mit deinen langen Wimpern geklimpert?«

Jetzt muss ich über ihn lachen. Wir wissen beide genau, dass meine Wimpern nicht das sind, was an mir zuerst auffällt.

»Ich habe ihm eine Flasche Wasser spendiert. Er saß in der prallen Sonne auf Opas Bank.«

»Was? Er hat also die Frechheit besessen, deine Privatbank zu besetzen? Und er hat es überlebt?«

Flo kennt die Geschichte von meinem Opa und mir und der Parkbank, die wir wöchentlich besucht haben. Deshalb brauche ich nur zu nicken.

»Willst du nicht endlich den Hörer auflegen und dich fertig machen?«

Oh! Ich halte tatsächlich immer noch den Hörer in der Hand, was ich schnell ändere. Flo will schon zurück in sein Zimmer gehen, aber ich gehe ihm nach. Er drängt sich nie auf, aber er ist so etwas wie mein Vertrauter geworden in all den Jahren unserer Freundschaft.

»Er … hat einen Sohn.«

Sofort bleibt Flo stehen und wendet sich mir wieder zu. »Ach!«

»Ja …« Warum nur kann ich Flo nicht in die Augen sehen? »Der scheint ein Arschloch zu sein.«

»Das hast du aber verdammt schnell herausgefunden. Was hat er gemacht? Eine Schere gezückt, als er deine Frisur gesehen hat?«

Er hat ja keine Ahnung, wie nahe er der Realität damit kommt.

»Nee, das hat er nicht wirklich getan, oder?«, hakt er nach, weil er meine Miene richtig deutet. Hilflos zucke ich mit den Schultern. »Nein, aber er hat mich einfach ignoriert.«

Jetzt lacht Flo auf. »Ja, niemand ignoriert eine Ines Herzog.«

»Hör auf. So war das nicht. Ich habe mich ihm vorgestellt – natürlich besonders höflich – und er hat mich ignoriert und mich beleidigt.«

Also erzähle ich Flo alles, was mir widerfahren ist.

Danach zuckt er mit den Schultern: »Hat es dich jemals gejuckt, wenn sich jemand so aufführt? Vergiss den Typen.«

Flo meint es gut mit mir und ich kann mich auch nicht erinnern, wann mich jemals eine Bemerkung so gekränkt hat. Okay, ich war schon des Öfteren angefressen, wenn ich mir dumme Kommentare wegen meiner Haare anhören musste, aber so verletzt hat mich noch niemand. Es ging hier auch deutlich über meine Frisur hinaus: Heute hatte ich das Gefühl, dass ich überhaupt nichts wert bin. Zumindest nicht in den Augen dieses Mannes.

»Der Typ hat mich als Mensch verachtet. Dabei ist er nichts weiter als ein eingebildeter Schönling im glänzenden Designeranzug. Sogar Gel hatte der in seinen gelockten Haaren. Wahrscheinlich schläft der jede Nacht mit Lockenwicklern.«

»Hey, hey, hey. Du schießt ganz schön scharf zurück. Stell dich nicht auf eine Stufe mit dem Kerl. Geh zu dem Essen mit seinem Alten und vergiss den Zombie.«

»Was mach ich, wenn der auch da ist?«

»Bestimmt nicht. Wenn sein Vater gemerkt hat, wie sehr sich sein Sohn danebenbenommen hat – und das hast du mir ja erzählt –, dann wird er ihn nicht zu einem netten Gespräch über deine Haare einladen.«

»Hm«, sage ich und überlege.

Nein, wahrscheinlich würde er auch nicht daran teilnehmen, selbst wenn sein Vater ihn dazu einladen würde. Oder doch?

»Ach, ich weiß nicht«, zweifele ich laut.

»Mach dich lieber fertig. Dein Taxi kommt bald. Zieh was Hübsches an. So was wie ein Kleid.«

»Ha! Du meinst das eine Kleid, das ich besitze? Das ist ein Strandkleid.«

»Macht doch nichts. Es ist ein hübsches Kleid. Glaub mir, ältere Männer freuen sich, wenn sie eine junge Frau in einem schönen Kleid sehen. Also, immer vorausgesetzt, dass er wirklich so seriös ist, wie du sagst.«

Also gut. Dann ziehe ich eben dieses Kleid an.

»Braves Mädchen«, raunt Flo mir nach, als ich in mein Zimmer gehe, obwohl meine Antwort nur gedacht war.

Eben dieses Kleid ist leider knallig gelb, mit einigen türkisfarbenen Batikanteilen darin. Passend zu meinen hellblonden Rastahaaren, die dann noch pinke und lilafarbene Anteile von älteren Färbeversuchen aufweisen. Prima! Damit bin ich bunter als so mancher Papagei. Aber ich war schon immer farbenfroh.

Gerade als ich fertig bin, werde ich von dem angekündigten Taxi abgeholt. Für die Omi habe ich jetzt keine Zeit mehr gehabt. Ich werde auf gut Glück bei ihr vorbeifahren müssen, um zu sehen, ob sie sich für ein spontanes Abendessen erweichen lässt.

Im Treppenhaus treffe ich meine Schwester Marie, die kraftlos die Stufen zu unserer Wohnung nimmt.

»Du gehst aus?«

»Ja, erzähl ich dir ein anderes Mal.«

»Gut. Viel Spaß.« Sie klingt so ausgepowert.

Die Arme. Die dunklen Ringe unter ihren Augen und die nicht mehr perfekt sitzende Frisur lassen mich nur erahnen, dass sie wieder mal den ganzen Tag geschuftet hat. Eigentlich ist es kein Wunder, dass sie immer öfter miese Laune hat.

»Du solltest mal Urlaub machen«, sage ich.

Sie winkt ab. »Sag das meinem Chef.«

Das Taxi hupt erneut und ich mache mich auf den Weg zu Omi.

Auf jeden Fall freut sie sich sehr, mich zu sehen, als sie mir die Tür ihres kleinen Reihenhäuschens öffnet. Ihr Nachbar freut sich weniger: Wie immer lugt er missmutig hinter seinem Küchenvorhang hervor. Endlich hat er wieder etwas, worüber er sich aufregen kann. Ein Taxi in seiner Straße – das geht ja wohl mal gar nicht!

»Ines, so eine Überraschung. Komm herein.«

»Nein, komm du heraus. Wir sind zum Abendessen eingeladen.«

»Hab ich einen Termin vergessen?«

»Nein, es ist alles ziemlich kurzfristig. Kannst du dich fertig machen? Ich erklär dir alles im Taxi.«

»Taxi? Das klingt ja alles sehr aufregend.«

Die Aufregung bringt ein Leuchten in Omas Augen und Leben in ihre Handlungen. Eilig macht sie sich ausgehfein. Es dauert natürlich trotzdem alles seine Zeit. Sie trägt meist diese Haushaltskittel mit den unmöglichen Musterungen, wenn sie zu Hause ist. Aber da sie ansonsten keinen Unterschied zwischen zu Hause und Ausgehen macht, muss sie sich tatsächlich nur ein anderes Kleid anziehen, dann ist sie fertig. Es wundert mich schon etwas, dass sie nicht genauer nachgefragt hat, was los ist. Es ist ja nicht so, dass ich jeden Freitagabend bei ihr vor der Tür stehe und sie zu einem Essen entführe.

Kaum, dass sie bei mir im Taxi sitzt, fragt sie schon: »Also, welches Abenteuer haben wir zwei Hübschen heute vor? Gehts in die Disco?«

Lachend verneine ich und erkläre ihr knapp, dass ich einen freundlichen älteren Herrn kennengelernt habe. »Der wohnt in Opas Hotel und hat Opa auch gekannt. Er wollte unbedingt, dass ich zum Essen komme und dich mitbringe.«

»Das heißt, wir fahren ins Parkhotel?«

»Ja«, gebe ich zu und es ist mir nicht entgangen, dass Omi leicht panisch klingt.

Ich beobachte, wie sie kräftig schluckt und aus dem Fenster sieht. »Okay, Ines. Ich sage jetzt bestimmt nicht Nein, aber ist dir klar, dass ich dort nicht mehr war … seit …«

»Oh, das wusste ich nicht. Weißt du, ich gehe fast jeden Freitag zu der Bank, auf der ich immer die Tauben mit Opa gefüttert habe.«

Sie nickt und betrachtet ihre Hände, die sie ruhig in ihren Schoß gebettet hat. Sie trägt noch immer ihren Ehering. Dann schnauft sie erneut tief durch, sieht mich an und lächelt. »Vielleicht ist es an der Zeit, dieses Gebäude nicht länger zu meiden. Wer weiß, vielleicht ist es Schicksal, dass ich heute mit dir dorthin muss.«

»Bestimmt«, sage ich und lächle sie an. Ihre Worte verdrängen mein schlechtes Gewissen nicht ganz.

Es ist ja auch so, dass weder Omi noch ich ständig Gast in solchen Hotels sind. Ich kann verstehen, dass Omi sicherlich auch deswegen beunruhigt ist.

Aber für einen Rückzieher ist es zu spät – wir sind schon da. Der Taxifahrer will kein Geld. Er gibt an, bereits für die Fahrt entlohnt worden zu sein, und verabschiedet uns höflich.

Oma und ich betreten das Hotel, nachdem wir von dem Wagenmeister begrüßt worden sind. Mit Mantel und Zylinder sieht er genauso aus wie mein Opa immer, und ich kann es meiner Oma ansehen, dass dies ein schwerer Gang für sie ist. Das hatte ich natürlich nicht bedacht, als ich dieser Einladung zugestimmt habe. Für meine Oma ist dieses Hotel ein emotional behafteter Ort. Für mich eigentlich auch, aber auf einer anderen Ebene als für Oma. Bei mir überwiegen die glücklichen Erinnerungen und überdecken die Trauer. Für Oma scheint der Schmerz über den Verlust im Vordergrund zu stehen.

»Gehts?«, frage ich sie deshalb und hake mich bei ihr unter.

Sie riecht nach diesem schrecklichen Parfüm, das ich so hasse, das aber für mich für immer mit meiner Oma verbunden sein wird.

Spontan drücke ich ihr einen kleinen Kuss auf die mit Altersflecken übersäte Backe, die sich immer so erstaunlich weich und zart anfühlt.

Kapitel 3

Als wir die noble Suite des Hotels betreten, wird mir bewusst, warum ich mich noch wesentlich hübscher hätte machen sollen. Ein Hotelmitarbeiter hat uns geöffnet und mir wird schlagartig klar: Wir sind nicht die einzigen Gäste von Pierre.

Ein elegantes Ehepaar im Alter meiner Mutter und eine junge Frau in meinem Alter sind bereits da. Alle tragen schicke Abendgarderobe und Oma Leni und ich sehen absolut unpassend aus, obwohl wir uns ja sogar fein gemacht haben. Hier liegt ein klassischer Fall chronischen Underdressings vor. Ob es dafür eine Diagnose gibt?

Hastig zähle ich die Gedecke auf dem Tisch und komme zu dem Schluss, dass noch eine Person fehlt.

Nein! Hoffentlich nicht dieser arrogante Jérôme, denke ich mir, muss mir aber eingestehen, dass meine Hoffnungen wahrscheinlich vergebens sein werden. Natürlich wird sein »Junge« zum Essen kommen, wenn er schon eine dahergelaufene Parkbankbekanntschaft einlädt. Meine Hände ballen sich zu Fäusten und ich merke, wie sich der Rest meines Körpers ebenso verkrampft.

Pierre lässt das Ehepaar und die gestylte junge Frau kurz stehen, um uns zu begrüßen. Seine Arme öffnet er freundschaftlich und als er mir die Hand reicht, hält seine zweite Hand meinen Arm. Ich fühle mich merkwürdig steif.

»Es freut mich, dass Sie gekommen sind«, sagt er und seine Augen leuchten irgendwie, bevor er mir angedeutete Küsse über die Schulter wirft. Jetzt wendet er seine ganze Aufmerksamkeit meiner Oma zu. Das verschafft mir Zeit für ein paar entspannende Atemübungen.

»Sie müssen die wunderbare Dame sein, von der ich heute schon so viel gehört habe.«

»Nun ja … hoffentlich nur Gutes …« Meine Oma freut sich ehrlich und als Pierre ihr näher kommt, werden ihre Augen groß und ihre freie Hand langt sich wie ferngesteuert an die Brust.

So habe ich meine Oma noch nie gesehen. Es ist, als hätte sie einen Geist gesehen.

»Omi, ist alles in Ordnung mit dir? Gehts dir nicht gut?«

Mir kommt es so vor, als schnappte sie nach Luft und wollte einen Schrei loslassen, den Pierre allerdings im Keim erstickt.

Ob absichtlich oder nicht, kann ich nicht erahnen. Er ergreift auf jeden Fall die Hand, die sie ihm zur Begrüßung bereits entgegenstreckt, und sagt hastig: »Ich weiß, ich weiß. Es muss nicht einfach für Sie sein, dieses Hotel zu betreten. Die vielen Erinnerungen.«

Ich beobachte meine Oma genau. Sie hat wieder etwas Farbe bekommen und atmet tief durch.

»Sie haben recht, aber …«

»Nein, nein. Es war unüberlegt und unverzeihlich von mir, diese Einladung auszusprechen. Umso mehr freut es mich, dass Sie gekommen sind. Ich darf doch Leni sagen?«

Wie erstarrt beobachte ich, dass Pierre meine Oma irgendwie so schmalzig umschmeichelt, dass es mich nicht wundern würde, wenn ich nun auf seiner Spur ausrutschen würde.

Aber ich folge ihm trotzdem, weil er mir meine Oma geradewegs entführt und zu den anderen Gästen zieht. Bei der Vorstellrunde bekomme ich mit, dass es sich bei dem Ehepaar um den französischen Botschafter samt Gemahlin und Tochter handelt, die hier in der Stadt ihren Lebensmittelpunkt haben. Vielleicht ist Pierre doch ein französischer Politiker? Doch nicht der Präsident? Nein. Den hätte ich ja wohl erkannt.

Na toll. Da sitze ich nun also bei einem Essen mit ein paar Diplomaten. Das ist nun wirklich überhaupt nicht die Sorte Mensch, mit der ich normalerweise zu tun habe. Dennoch begrüßen sie mich ebenso freundlich wie ich sie. Mein heißkaltes Inneres kann ich dennoch nicht regulieren.

Meine Großmutter scheint nicht ganz auf der Höhe zu sein: Sie verhaspelt sich ständig und schielt die ganze Zeit zu Pierre hinüber. Als ich einmal ihren Blick auf mich lenken kann, macht sie große Augen und lächelt so strahlend, dass ich noch mehr der Meinung bin, sie hat nicht mehr alle Tassen im Schrank. Ich habe sie mit diesem Besuch völlig überfordert. Was denke ich da? Ich selbst bin unfähig, mich dieser Situation anzupassen. Wie soll es meiner armen Omi denn hier gehen?

»Es wird das Beste sein, wenn wir uns schon einmal setzen. Jérôme ist wie immer spät dran«, erklärt Pierre.

Unauffällig, aber doch bestimmt werden die Sitzplätze vergeben. Eigentlich müsste es egal sein, wer wo an dem ovalen Tisch sitzt, aber Pierre zieht bereits einen Stuhl für Leni weg und wartet, bis sie sich gesetzt hat.

Dann bestimmt er sofort: »Ich werde mir den Platz neben Ihnen sichern.« Der Ritter der Tafelrunde hat gesprochen. Damit ist klar, dass Pierre neben meiner Oma sitzen wird.

Bevor ich dem Diplomatenehepaar zu nahe komme, lasse ich mich auf der anderen Seite neben meiner Oma nieder. Die Diplomaten füllen samt Tochter die Plätze neben Pierre auf. Zwischen mir und der Diplomatentochter namens Danielle ist der letzte freie Platz.

Leider.

Hoffentlich verspätet sich dieser Jérôme so sehr, dass ich ihm gerade noch beim Dessert etwas vorschmatzen kann. Wie gerne würde ich mit meiner Oma den Platz tauschen, aber nachdem Pierre darauf bestanden hat, neben ihr zu sein, werde ich mich in mein Schicksal ergeben und diesen Abend neben dem größten Ignoranten der Nation verbringen. Sollte es bzw. er jemals eintreffen.

Wie es aber so ist, wenn man vom Teufel spricht – die Tür der Suite wird geöffnet und mit eiligen Schritten nähert sich besagter Teufel: das A-Loch namens Jérôme.

Ich wage es nicht, ihm ins Gesicht zu sehen. Zu sehr fürchte ich mich vor der Gewissheit, dass er mich erneut ignorieren wird.

Zweimal am Tag brauche ich diese Demütigung wirklich nicht. Es reicht mir schon, dass ich höre, wie sein Schritt sich kurz verlangsamt, als er einen Blick auf meine Oma und mich erhascht hat. Falsch. An meiner Oma kann er wirklich nichts rumzumeckern haben. Sie hat keine Dreads.

Eigentlich müsste er sie lieben. Sie war wirklich auch nicht gerade begeistert, als ich mich fürs Häkeln entschieden habe. Okay, zuerst war sie schon erfreut. Schließlich habe ich mich plötzlich für ihre Sammlung an Häkelnadeln interessiert. Als ich ihr dann aber erklärt habe, was genau ich damit vorhabe – nämlich meine Haare zu häkeln –, war die Euphorie verflogen. Omi würde ihren Missmut niemals lautstark rauslassen, aber ich kenne ihren Tonfall und ihren Blick, mit dem sie ihn verdeutlicht. Ihre Lippen werden zu einer Linie und sie legt ihren Kopf schief, bevor dieser Laut aus ihrem Mund kommt. Den kann ich gar nicht beschreiben.

Auf jeden Fall wird diese Geste für immer mit meinen Dreads verbunden sein.

In diesem Moment wünsche ich mir nichts so sehr, als dass ich dieser Einladung irgendwie hätte absagen können. Weil sich in mir so eine Wut zusammenbraut, befürchte ich schon, dass ich dem lieben Jérôme in sein makelloses Gesicht springen werde, wenn er sich jetzt neben mich setzt.

Wie es scheint, hat er seine Höflichkeit wiedergefunden, weil er um den Tisch herumgeht und alle Anwesenden mit Handschlag und pantomimischen Küsschen begrüßt. Seine Stimme klingt dabei höflich. Nicht zu laut und nicht zu leise. Einfach perfekt. Die anderen Gäste scheinen in seiner Anwesenheit beinahe zu verglühen. Es kommt mir fast so vor, als würden die sich alle verbeugen. Schon ein bisschen übertrieben. Da fände ich Omis Missmutsgeste an dieser Stelle viel witziger.

Als er mir tatsächlich seine Hand hinhält, bin ich kurz in der Versuchung, nicht darauf einzugehen. Mit Absicht lasse ich ihn einen Moment warten und ich weigere mich bei dem kurzen Hautkontakt auch, ihn anzusehen. Vor meinem inneren Auge sehe ich Omi. Omi mit linienförmigen Lippen, schiefgelegtem Kopf, und ich höre ihr »Mhm …« schon beinahe echt.

Mein genuscheltes »Hallo« ist wirklich unter aller Kanone und bringt mir einen kleinen Fußtritt von meiner Oma ein.

Oha! Eine neue Methode, um mich über ihren Unwillen in Kenntnis zu setzen.

Aber wie soll sie wissen, dass der Sack mich heute im Park unfreundlich abgewiesen und beleidigt hat?

Meine Omi kann ihrer Begeisterung für den stattlichen jungen Mann kaum Einhalt gebieten. Was ist nur los mit ihr? Sie stammelt eine Begrüßung zusammen, als wüsste sie nicht, wie sie den Mann ansprechen soll.

Jérôme begrüßt Danielle als Letzte. Ich kann nicht anders – ich muss mir ansehen, wie sich sein Gesicht zu einem freundlichen Lächeln verzieht, und stelle verbittert fest, dass er ihre Hand viel zu lange und intensiv drückt. Er kann also, wenn er will. Das ewige Küsschen rechts, Küsschen links will einfach kein Ende nehmen.

Auf Danielles Gesicht beginnt es förmlich zu leuchten. »Eure …«

»Also ich finde, auf die Höflichkeiten können wir in diesem Rahmen verzichten«, unterbricht Pierre Danielle.

Danielle kichert peinlich berührt und senkt den Blick.

Ganz klar: Hier knistert die Luft und ich bin Zeuge. Mir fällt auf, dass die schweigsame Danielle jetzt förmlich aufblüht. Jérôme sitzt noch nicht ganz, da beginnt sie schon, eine wirklich sehr spannende Geschichte von ihrem heutigen Tag zu erzählen.

Dabei fällt mir auf, dass sie diese Geschichte mehr ihren Eltern und Pierre erzählt. Klar, sie ist über beide Ohren in Jérôme verknallt.

Mein lautes Ausschnaufen wird sofort bemerkt. Jérôme zieht eine Augenbraue hoch und betrachtet mich kurz. Ich erstarre so lange, bis ich mir sicher bin, dass er nicht mehr zu mir sieht.

Danielle berichtet weiter: »… Der Ausritt war wirklich spektakulär, aber übertrifft bei Weitem nicht die Dressurstunden.«

Warum nur kann ich nicht verhindern, dass ich die Augen verdrehe? Vielleicht, weil auch ein Blick zu meiner Oma gezeigt hat, dass auch sie ihre Hochstimmung kaum im Zaum halten kann.

Wie gerne hätte ich jetzt Flo hier. Mit ihm könnte ich mich über Jérôme mit dem Stock im Darmausgang sicher köstlich amüsieren.

»Was machen Sie denn beruflich?«

»Warum antwortet niemand?«, denke ich mir noch, als ich bemerke, dass Danielles Vater mich ansieht.

Alle sehen mich an. Sogar Jérôme.

Am liebsten würde ich sagen, dass ich nicht arbeite und von Sozialhilfe lebe, weil ich seinen Vorurteilen gerne gerecht werden würde; andererseits wäre das unfair gegenüber allen Menschen, die wirklich auf diese Hilfe angewiesen sind.

Es ist wohl so, dass ich schon zu lange nicht geantwortet habe, weil meine Oma das Wort ergreift. »Sie ist immer so bescheiden, die liebe Ines, dabei sind wir alle so stolz auf sie. Erzähl es ruhig.«

Omis warmer Händedruck holt mich in die Gegenwart und zu der Frage zurück, die ich eigentlich beantworten sollte. »Ich bin Lehrerin.«

»Wirklich?«, ruft Danielle und sieht mich so merkwürdig an. So nach dem Motto: Die soll eine Vorbildfunktion haben?

Meiner Oma war das natürlich nicht genug der Antwort. Sie lässt es sich nicht nehmen, meine Antwort detailreich zu erweitern. »Ines ist Lehrerin an einer Schule für Gehörlose. Sie beherrscht die Gebärdensprache perfekt und arbeitet manchmal sogar als Dolmetscherin.«

»Oma …«, unterbreche ich sie, weil es mir peinlich ist, wenn sie mich in den höchsten Tönen lobt. Ich will nicht hervorgehoben werden mit einem Beruf, den ich nur ausüben kann, weil es in unserer Gesellschaft gehörlose Menschen gibt. Das ist für mich so, als ob ich meine beruflichen Erfolge auf dem Rücken der Menschen mit einer Behinderung austragen würde.

Meine Oma lässt sich aber nicht unterbrechen und unterhält die anderen mit stolzgeschwängerter Stimme weiter.

Nur Danielle beugt sich zu Jérôme und flüstert ihm etwas ins Ohr. Auf Französisch. Sie kichert.

Mir wird schlecht.

Jérôme antwortet etwas auf Französisch. Jetzt würde ich am liebsten brechen. Der Appetit ist mir auf jeden Fall längst vergangen.

Wenigstens sieht Jérôme nicht so amüsiert aus wie Danielle, aber ihr erneutes Lachen gibt mir den Rest.

Natürlich können sie es nicht wissen. Ich verstehe die französische Sprache einigermaßen. Der Höflichkeit halber hätten sie wenigstens Deutsch miteinander sprechen können.

Wütend unterbreche in den Redefluss meiner Oma und sage laut: »Vielleicht werde ich meinen Job bald an den Nagel hängen und mich im Tierschutz engagieren. Es kann ja nicht sein, dass heutzutage jeder Durchschnittsreiter auf ein Pferd gelassen wird.«

Das hat gesessen. Das Lachen von Danielle erstirbt, leider ist auch meine Oma entsetzt. »Ines!«, zischt sie mir zu.

Jérôme sieht mich interessiert an. Vielleicht war es ein Fehler, dass ich einen Teil seines Wortlauts wiedergegeben habe. Schließlich hat er eben auch von Durchschnitt gesprochen. Nur, dass er mich damit gemeint hat, und ich Danielle.

Pierre lenkt ab und sieht zur Tür. »Ah, die Vorspeise kommt.«

Danielles Eltern gehen sofort darauf ein. Ich weigere mich, mich umzusehen, um die Vorspeise willkommen zu heißen.

Stattdessen sehe ich, dass Jérômes Blick immer noch auf mir ruht. Er verzieht keinen Muskel, sieht mich einfach nur an. Sehr lange, sehr intensiv.

Mein geweckter Kampfgeist lässt mich seinem Blick standhalten. Ich habe einfach keine Lust mehr, den minderwertigen Gast zu spielen.

Jérôme ist der Erste, der wegsieht. Allerdings erst, als er die Vorspeise serviert bekommt.

Hilflos schiele ich zu meiner Omi. Am liebsten würde ich gehen. Andererseits sollte ich ihr zuliebe versuchen, dieses Dinner irgendwie würdevoll durchzuziehen. Schließlich wird das hier eine einmalige Angelegenheit werden. The same procedure as … wird hier nicht passieren.

Die Vorspeise besteht aus einem merkwürdig verbogenen Löffel, der auf einem Teller liegt. Auf dem Löffel ist die Vorspeise drapiert. Sieht aus wie Lachs, zusammen mit einer Creme und ein paar Kräutern.

Wie soll ich das essen?

Fängt man an, mit dem Besteck auf dem Löffel zu hantieren, oder schiebt man sich das ganze Teil in den Mund?

Abwartend beobachte ich, was die anderen machen, um anschließend festzustellen, dass sich Frau Diplomatin erst einmal die Serviette auf den Schoß legt. Das spricht auf jeden Fall schon einmal für die komplette Löffel-in-den-Mund-Version. Fällt etwas daneben, dann landet es auf der Serviette.

Meine Oma ahmt die Aktion mit der Serviette nach und Pierre fängt meinen Blick auf, indem er auf meinen Teller deutet. »Guten Appetit!«

Das ist nicht fair. Jetzt scheinen alle darauf zu warten, dass ich anfange zu essen. Da sehe ich, dass die Diplomatin tatsächlich nach dem Besteck greift und damit auf dem Löffel herumhantiert.

Die muss wirklich ein Feinmotorik-Genie sein, wenn sie das hinbekommt, ohne den Lachs überall zu verteilen. Es ist ein Ding der Unmöglichkeit! Allein schon, wenn ich ihr dabei zusehe und das quietschende Geräusch des Bestecks auf dem Löffel höre, wird mir ganz anders.

Was soll's. Weil Jérôme immer noch so abwartend neben mir sitzt, greife ich einfach den Löffel und schiebe mir die komplette Vorspeise in den Mund. Die Diplomatin sieht mich mit großen Augen an, ich aber schließe meine Augen und ziehe den leeren Löffel genüsslich aus dem Mund.

»Mmh. Sehr fein«, stelle ich fest, nachdem ich gekaut und geschluckt habe.

Pierre lacht auf und nimmt den Löffel. »Wissen Sie, ich habe mich gerade gefragt, wie wir das am besten essen sollen, aber wie man sieht, funktioniert Ihre Methode.«

Dann schiebt er sich ebenfalls den Löffel in den Mund, um die gesamte Vorspeise mit einem Happs zu verschlingen. Genüsslich kaut er und schluckt. »Sie haben recht. Schmeckt vorzüglich.«

Befreit lache ich auf, weil Pierre herrlich unverkrampft wirkt. Er ist so normal. Dabei bewohnt er die größte Suite des Hotels und hat einen Sohn, der so hochnäsig ist, dass dies für sie beide reicht.

Vielleicht kann er deshalb normal sein, weil sein Sohn den Rest übernimmt.

Danielle hält sich, was die Essmanieren angeht, an ihre Mutter und fängt an, den Lachs auf dem Löffel zu zerteilen, um ihn in winzig kleinen Stücken in ihren Mund zu schieben. Jérôme, der immer noch vor seinem unangerührten Teller sitzt, greift nun nach dem Löffel und tut es seinem Vater gleich. Meine Oma schließt sich an. Nur die Diplomatenfamilie stochert auf ihren Löffeln herum.

Das Problem bei meiner Vorgehensweise? Wir sind fertig und müssen nun zusehen, wie dumm sich die anderen mit ihrer Essgewohnheit anstellen. Es sieht überhaupt nicht nobel und gepflegt aus. Ich wusste gar nicht, dass man so mit einem Stück Lachs kämpfen kann. Zwischendurch rutscht mir leider ein kleines Lachen heraus, als Danielle mit ihrer Gabel den Löffel verfehlt und quietschend damit über den ganzen Teller fährt.

»Sagen Sie, Ines, wie sind Sie denn nun auf die Idee mit Ihrer Frisur gekommen?«

Das war ja ein rasanter Themenwechsel, denke ich mir, blicke aber freundlich zu Pierre, der mir diese Frage gestellt hat.

Der Blick meiner Omi entgeht mir nicht. Es fehlt gerade noch, dass sie sagt: »Hab ich dir nicht immer gesagt, dass du dich mit diesen Haaren selbst ins Abseits manövrierst?« Natürlich hat sie das nie gesagt, aber Blicke reichen manchmal schon.

»Uh, das ist eine längere Geschichte. Ich bin sicher, dass Sie die jetzt nicht hören wollen«, betone ich mit einem Lächeln und Pierre versteht sofort, dass mir die Runde zu groß ist. Leider beugt sich Danielle schon wieder in Richtung Jérôme und flüstert etwas auf Französisch.

Ich verstehe jedes Wort.

Meine Wut steigt ins Unermessliche. Die ist so was von unverschämt. Eigentlich passt sie hervorragend zu diesem Jérôme. Der ist keinen Dreck besser.

Ich habe gar keine Ahnung, wie ich das Essen hinter mich bringe. Vielleicht, weil meine Oma sich so gut zu amüsieren scheint. Ich sitze eindeutig am falschen »Eck« der Tafelrunde.

Jérôme unterhält sich mit Danielle. Falsch: Danielle unterhält sich mit Jérôme. Der sagt eigentlich nur das Nötigste und wirkt, als wäre er mit seinen Gedanken woanders. Oder geht ihm dieses Essen mit Danielle genauso auf den Geist wie mir? Mit Pierre alleine hätte es ein angenehmer Abend werden können.

Irgendwann haben wir aber auch das Dessert hinter uns gebracht und es spricht wirklich nichts dagegen, dass wir jetzt gehen. Glücklicherweise ist meine Oma so gut und will aufbrechen. Pierre bittet sofort einen Hotelangestellten, der wie auf Abruf in der Suite steht, einen Wagen für uns zu organisieren. Dann verabschieden wir uns von allen Anwesenden. Sogar Jérôme reicht mir ohne zu Zögern seine Hand. Wie durch ein Wunder sieht er mich dabei kurz an. Seine Aufmerksamkeit ist aber sofort wieder bei den anderen Gästen. Pierre bringt uns bis zur Tür der Suite und ich staune nicht schlecht, als er meiner Oma zum Abschied einen Handkuss gibt.

Als wir endlich im Fahrstuhl stehen, fällt mir ein Stein vom Herzen.

»Puh, das war ja was«, lacht meine Omi.

»Das kannst du laut sagen.«

»Was haben die geredet, diese Danielle und der P… ich meine Jérôme?«

Ich weiß, worauf meine Oma anspielt. Sie weiß, dass ich Französisch verstehe. Beim Sprechen tue ich mich schwer, aber ich verstehe es.

»Das willst du gar nicht wissen.«

»Ich habe mir schon gedacht, dass es in eine gemeine Richtung ging. Irgendwie hätte ich erwartet, dass dir der Kragen platzt. Hast dich aber gut gehalten, bis auf das mit der gemurmelten Begrüßung.«

Kurze Zeit später sitzen wir schon in dem Wagen, der uns nach Hause bringt.

»So, Liebes, jetzt muss ich dir aber endlich was erzählen …« Da erschrickt meine Oma. »Ach herrje! Ich hab meine Tasche oben liegen lassen.«

»Halten Sie bitte an!«, rufe ich sofort dem Fahrer zu. Der Wagen kommt ruckartig zum Stehen. Ein Blick aus dem Fenster zeigt mir, dass wir schon ein Stück vom Hotel weg sind.

»Sind da deine Hausschlüssel drin?«

»Ja, aber ich hab einen Ersatz. Es muss auch nicht sofort …«

»Quatsch. Du fährst heim und ich hole die Tasche. Reicht es dir, wenn ich sie dir morgen bringe?«

»Du musst nicht extra …«, will meine Oma mich zurückhalten, sieht dann aber, dass mein Entschluss steht, weil ich die Autotüre aufreiße. »Ja, es reicht mir morgen. Ich muss dir unbedingt noch etwas erzählen. Komm auf einen Kaffee vorbei, ja?«

»Mach ich.«

Mit einem Knall schlage ich die Tür zu und renne zurück zum Hotel.

Völlig außer Puste komme ich in der Straße des Hotels an, obwohl ich nur ca. zwei Minuten gejoggt bin.

Mein gelbes Kleid habe ich zusammengerafft, damit ich nicht darüberfalle. Schon von Weitem sehe ich, dass Jérôme vor dem Hotel steht und sich nach allen Richtungen umsieht. In der Hand hält er etwas, das sehr der Handtasche meiner Oma ähnelt. Er unterhält sich kurz mit dem Wagenmeister, der ihm zu bestätigen scheint, dass wir bereits weg sind.

Ich beginne wieder zu rennen und rufe laut: »Hier bin ich!«

Der Wagenmeister und Jérôme sehen sich zu mir um.

Ich bleibe stehen und winke übertrieben. Dann renne ich erneut los und sehe nur, wie Jérôme dem Wagenmeister kurz auf die Schulter klopft und mir dann entgegengeht.

Dass ich mit ihm alleine sein werde, wenn ich ihn erreicht habe, wird mir erst jetzt bewusst.

Natürlich sind wir nicht wirklich alleine, aber die paar Passanten werden mich vor seiner hochnäsigen Art nicht retten. Stark schnaufend bleibe ich vor ihm stehen und er hält mir sofort die Tasche hin. Ich kann kaum sprechen, so außer Puste bin ich.

»Danke … wir … haben es gerade … bemerkt«, keuche ich und nehme die Tasche entgegen. Jérôme ist groß. Viel größer als ich. Und täusche ich mich oder lächelt er leicht? Seine Hände hat er hinter seinem Rücken versteckt, während er mich ansieht. Es wundert mich beinahe, dass keine gemeine Bemerkung über seine Lippen kommt. Und da fragt er etwas auf Französisch.

Es ist ein Test, das ist mir sofort klar. Ich habe nicht die Absicht, mich auf dieses Spiel einzulassen.

Deshalb übergehe ich seine Frage völlig, als hätte er nie etwas gesagt. »Ich muss dann los. Es ist ein Stück bis zu meiner Wohnung.«

Da ich nicht vorhabe, ihm die Hand zu reichen, gehe ich ein Stück rückwärts, winke ihm und drehe mich um.

»Warten Sie!« Sofort bleibe ich stehen und lausche, was er zu sagen hat, da er sich für die deutsche Sprache entschieden hat.

»Ich fahre Sie.«

Jetzt ist seine vorherige Frage zu einer Feststellung geworden.

»Ich gehe gerne ein Stück. Danke.«

Er lässt mich nicht davonkommen und ist schon bei mir. »Keine Widerrede«, sagt er, während er an mir vorbeigeht, damit ich ihn ansehen muss.

»Sonst?«

Oh Gott. Warum muss ich ihn nur so provokant ansehen? Warum kann ich es nicht einfach gut sein lassen?

»Es ist mir egal, wie Sie zurückkommen, aber wenn Ihnen etwas passiert, dann werde ich mich ewig schlecht fühlen.«

Obwohl er mich weder berührt noch sonst irgendwie unter Druck setzt, fühle ich mich in seiner Gegenwart eingeengt.

»Wissen Sie was? Es ist mir egal, wie Sie sich fühlen. Im Gegenteil. Es ist mir sogar sehr recht, wenn Sie sich mies fühlen.«

So mies, wie ich mich heute wegen dem Arsch schon gefühlt habe, kann es ihm gar nicht gehen. Leider lässt er sich durch meine Worte nicht einschüchtern. Er tritt auch nicht zur Seite.

»Kommen Sie schon! Ihrer Großmutter wäre es auch nicht recht, wenn Sie hier alleine unterwegs sind. Dieses dünne Kleid ist zu kalt für einen Fußmarsch.«

Ja, das weiß ich alles selbst und es ärgert mich, dass er es auch begriffen hat.

»Sie haben nicht einmal eine Jacke dabei.« Ich versuche zu ignorieren, dass seine Blicke über meine nackten Arme gleiten, auf denen sich eine Gänsehaut gebildet hat.

»Wissen Sie, ich habe genug Haare, um mich damit einzukleiden.«

Kurz stutzt er und dann tut er etwas, womit ich nicht gerechnet hätte: Er lacht. Sogar sehr laut. Dann winkt er einen Mitarbeiter des Hotels herbei, um seinen Wagen vorfahren zu lassen.

Während wir schweigend auf das Auto warten, weicht er mir keinen Zentimeter von der Seite. Ich traue mich nicht, einfach zu gehen.

Als ich bei ihm im Auto sitze, einem schnittigen Zweisitzer-Cabriolet, ärgere ich mich maßlos.

Es ärgert mich, dass er mich am Oberarm gehalten hat, als sein Auto vorgefahren wurde.

Es wurmt mich, dass er mir die Tür aufgehalten hat.

Am allermeisten bin ich aber sauer, dass er dabei die ganze Zeit so spöttisch gelächelt hat. Mir ist klar, dass einer wie er ein Ladykiller sein muss. Zu dumm nur, dass er seinen Charme nicht selbstverständlich zur Schau trägt, sondern eigentlich ein Idiot ist.

Ach, ich ärgere, ärgere, ärgere mich.

Verbissen klammere ich mich an Omas Handtasche und fasse es nicht, dass ich in so einem Bonzenwagen nach Hause gebracht werde. Ätzend ist das. Dass sein ganzes Ego in diesem doch eher kleinen Wagen Platz hat, ist mir unbegreiflich. Wahrscheinlich machen das die PS wieder wett.

Immer wieder schielt dieser Angeber während der Fahrt zu mir hinüber. Es entgeht mir nicht, dass er mein Kleid sehr interessant zu finden scheint. Das bringt das Fass zum Überlaufen. Ich kann nicht mehr. Es muss raus.

»Was? Was stimmt Ihrer Meinung nach nicht mit mir oder mit meinem Kleid? Wissen Sie, ich kann es auch ausziehen – jetzt sofort. Das macht mir nichts aus, denn so, wie Sie mich schon den ganzen Abend über behandeln, fühle ich mich sowieso bloßgestellt und nackt.«

Bevor ich mich selbst ausbremsen kann, streife ich mir die dünnen Träger des Kleides über die Schultern und versuche, mich aus meinem Kleid zu winden.

Jérôme macht eine unkoordinierte Bewegung am Lenkrad, was den Wagen ins Schlingern kommen lässt. Hastig korrigiert er den Fehler und konzentriert sich auf die Straße.

»Lassen Sie das Kleid an!«, droht Jérôme leise, aber ich gebe nicht auf. »Lassen Sie es an!«, sagt er nun laut und deutlich.

»Sonst was?«, fauche ich zurück.

Weil ich nicht aufhöre, an meinem Kleid zu ziehen, greift er mit seiner rechten Hand zu mir herüber, um den Träger wieder nach oben zu befördern. Sofort schlage ich nach seiner Hand.

»Finger weg! Wagen Sie es ja nicht, mich anzufassen!«

Unser Schlagabtausch führt dazu, dass er das Fahrzeug immer weniger ruhig in der Spur halten kann. Hastig setzt er den Blinker und fährt rechts ran.

»Danke fürs Anhalten. Ich wollte sowieso gerade aussteigen.«

Er hat gar keine Chance mehr, auf mich zu reagieren. Im Nu habe ich den Wagen verlassen und gehe zu Fuß weiter. Mit herrischen Bewegungen bringe ich die Träger des Kleides wieder in ihre ursprüngliche Position zurück. Ich bin so wütend auf mich, denn ich hatte mir keine Gedanken darüber gemacht, dass ich keinen BH trage.

An dem Motorengeräusch hinter mir kann ich nur erahnen, dass er es sich nicht nehmen lässt, mir zu folgen.

Er macht allerdings keine Versuche, mich zum Einsteigen zu bewegen. Erst als ich sicher vor meinem Wohnhaus angekommen bin, höre ich den Motor seines

Wagens ungeduldig aufheulen. Als ich die Wohnungstür aufsperre, rast sein Fahrzeug hinter mir vorbei.

Erschöpft nehme ich die Stufen bis zu meiner Wohnung. Meine Wut hat sich während des Heimweges gelegt, oder besser gesagt in Müdigkeit verwandelt.

Ich bin froh, dass ich endlich zu Hause angekommen bin. Mein Bett wartet schon auf mich.

Kaum habe ich die Tür geöffnet und bin eingetreten, da versperrt mir Flo den Weg zu meinem Bett.

»Du, die Leni hat angerufen. Du sollst dich gleich melden, wenn du zu Hause bist. Ist was passiert?«

»Ach, keine Ahnung, was sie hat.« Nein, eine Einladung zum Essen ist passiert, denke ich mir, rufe meine Oma aber noch schnell an.

»Sag mal, Liebes, willst du, dass deine Oma an einem Herzinfarkt stirbt?«

»Nein, natürlich nicht. Mir geht dieser Schnösel so dermaßen auf die Nerven und seine Holde, diese Danielle, ist keinen Tick besser. Nie im Leben hätte ich so eine Einladung annehmen dürfen. Es tut mir leid, Omi.«

»Ines, Kindchen. Darum geht es doch gar nicht. Doch, darum geht es auch, aber deswegen stehe ich nicht kurz vorm Herzkasper. Weißt du überhaupt, wer er ist?«

»Wer?«

»Pierre.«

»Naja, Pierre eben. Ein alter Mann, der hier im Parkhotel wohnt, gerne Tauben füttert, mit einer Deutschen verheiratet war, einen Kotzbrocken zum Sohn hat …«

»Sagt dir der Name Pierre Marzin was?«

»Nein.«

»Na hör mal. Du liest doch ständig diese Romanheftchen.«

»Da kam dieser Name nicht vor, Omi. Worauf willst du hinaus?«

»Dein Pierre …«

»Er ist nicht mein Pierre«, unterbreche ich sie scharf.

Ich kann sie lachen hören. »Dein Pierre ist Fürst Pierre III. von Le-Blanc-Calais.«

Von dem kleinen Fürstentum im Süden Frankreichs habe ich zwar schon gehört, aber eigentlich interessiere ich mich überhaupt nicht für die echten Fürstenhäuser. Es reicht mir schon, wenn ich einmal in der Woche von einem fiktiven lese.

Da erreicht die Botschaft mein Gehirn.

»Er ist was?«

»Pierre ist der Fürst von Calais. Und Jérôme, sein Sohn, ist Prinz Jérôme I., sein Nachfolger.«

Ja, klar. Augenblicklich muss ich so laut lachen, dass Flo und meine Schwester aus ihren Zimmern kommen. Flo, weil er neugierig ist, und meine Schwester wütend, weil sie nicht schlafen kann. Aber es fällt mir sehr schwer, mich zu beruhigen.

Meine Oma hat den Lachanfall ruhig abgewartet, weshalb ich schon unsicher bin, ob sie überhaupt noch dran ist.

Aber als ich mich beruhigt habe, sagt sie: »Glaub es oder glaub es nicht: Wir waren heute Abend bei einem echten Fürsten zum Essen.«

Sie meint es ernst, dämmert es mir. »Omi, du liest zu viel in diesen Klatschzeitschriften.«

»Genau deshalb habe ich ihn auch erkannt. Er ist es. Ich habe extra in der letzten Wochenrevue nachgesehen.«

»Da war er drin?«

»Aber sicher doch. Da steht sogar, dass er momentan in Deutschland ist.«

Herrje. Ich fürchte, dass ich nun kein Auge mehr zutun kann. Ich habe einen Prinzen beleidigt.

Okay, er ist der Arsch-Prinz, aber vielleicht hat er ja auch recht. Ich bin eine gewöhnliche Bürgerliche in seinen Augen, noch dazu mit unpassender Frisur. Ich hab mich völlig zum Affen gemacht und mich komplett danebenbenommen. Wahrscheinlich war es schon ein Ding der Unmöglichkeit, dass ich seinen Vater einfach auf einer Parkbank angesprochen habe.

Ich kann keinen Hofknicks und wollte mir mein Kleid vor seinen Augen herunterreißen. Oh mein Gott.

Das habe ich in meinen Romanheftchen auch noch nie gelesen. Klar, immer wieder treffen dort die Adeligen mit den Bürgerlichen aufeinander, aber sie haben es meist gewusst. Und wenn sie es nicht gewusst haben, dann waren sie sofort verliebt. Super!

Ich treffe einen Prinzen und hasse ihn. Und er hasst mich.

Das gibt es doch nicht! Jede Frau wartet in ihrem Leben insgeheim auf ihren Prinzen, und da kommt einmal einer daher, aber dann ist zwar sein Vater in Ordnung, aber er selbst entpuppt sich als absolut untragbar. Da helfen das gute Aussehen und die tolle Herkunft nichts. Und ein Pferd hatte er auch nicht dabei – daran hätte ich ihn natürlich sofort erkannt. Dass er etwas Besseres ist, hat er sehr offensichtlich raushängen lassen. Es wurmt mich nur, dass er sich nicht nur für was Besseres hält, sondern dies auch noch offiziell ist.

»Oh Gott« ist das einzige, was ich noch zu meiner Oma sagen kann. Sie lacht und hat noch frohe Neuigkeiten: »Stell dir vor: Er hat mich nach meiner Telefonnummer gefragt.«

»Jérôme?«

»Natürlich nicht Jérôme. Der Fürst selbst hat meine Nummer. Ich muss jetzt auflegen. Gute Nacht, Ines.«

»Gute Nacht«, antworte ich mechanisch, obwohl schon sehr viel passieren müsste, damit die noch gut werden kann. Nach dem Auflegen sehe ich, dass meine Schwester schon wieder in ihrem Zimmer verschwunden ist; nur Flo steht noch da und nickt fragend in meine Richtung.

»Hast du einen Geist gesehen?«

»Nein«, hauche ich und mache mich auf den Weg in mein Zimmer. Bevor ich meine Tür schließe, sage ich noch zu Flo: »Einen selten dämlichen Prinzen.«

Flo verlangt natürlich nach einer ausführlicheren Schilderung, als er am nächsten Mittag total zerzaust aus seinem Zimmer kommt.

Er nimmt sich wie selbstverständlich von dem Kaffee, mit dem ich mich am Leben halte, da die Nacht schlaflos war. Flo setzt sich zu mir an den Küchentisch.

Auffordernd nickt er in meine Richtung. »Erzähl mir von dem Prinzen.«

»Willst du, dass ich mich aufregen muss?«

»Nein, aber ich konnte die halbe Nacht nicht schlafen, weil ich so neugierig war.«

»Dass du das zugibst!«, tadele ich ihn. »Außerdem zockst du doch sowieso die Nacht durch.«

Er nimmt einen großen Schluck von dem heißen Kaffee, den er wie gewöhnlich schwarz trinkt.

Ich weiß, dass er wartet, also lege ich los.

Lebhaft schildere ich ihm die Sitzordnung des vorherigen Abends. Dazu stehe ich auf und gebe jedem unserer Stühle einen Namen.

»Da ist Danielle, hier sitzen ihre Eltern. Die teilen sich diesen Stuhl, weil wir nicht genug Plätze hier haben. Da sitze ich, du bist der Prinz. Stell dir da drüben noch den Fürsten vor und meine Omi sitzt neben mir.«

»Fürst?«

»Du wirst gleich verstehen.«

Ich berichte ihm, was mir im Nachhinein klar geworden ist: Meine Omi hat den Fürsten von Anfang an erkannt, aber es schien ihm aus irgendeinem Grund wichtig zu sein, dass das nicht thematisiert wird. Auch, wie er die Begrüßungsrunde seines Sohnes kommentiert hat, macht mir das klar.

Dann gehe ich am Tisch zwischen den Stühlen hin und her. Ich bleibe immer hinter den Stühlen stehen und berichte, was die Leute gesagt haben.

Flo lauscht mir neugierig.

Wir sind gerade bei der Frage des Diplomaten, was ich beruflich mache, angekommen.

»Und stell dir vor … du kennst ja Omi – sie konnte es nicht lassen und hat mich in den Himmel hinauf gelobt.«

»Da hat sie doch nicht ganz unrecht.«

»Psst. Hör zu. Jetzt geht es nämlich erst richtig los.«

Ich gehe zu dem Stuhl, auf dem Danielle sitzt.

»Sie hier hat nämlich angefangen, mit dem Prinzen Französisch zu sprechen.«

»Sie hat es ihm französisch gemacht? Vor deinen Augen?«

»Och, hör auf mit deinen Späßen. Sie hat wohl gemeint, dass ich das nicht verstehe. Auf jeden Fall sagt sie: ‚Es wundert mich, dass sie mit der Frisur nicht an eine Schule für Blinde versetzt wurde.'«

»Nein!«

»Doch.« Ich gehe hinter Flo und fasse ihn an den Schultern. Dann verstelle ich meine Stimme und ahme den Prinzen nach. »Ihr Gesicht ist recht nett anzusehen, aber sonst ist sie sehr durchschnittlich. Nichts Außergewöhnliches.«

Bevor Flo reagiert, wechsele ich wieder zu Danielles Stuhl und sage mit spitzer Stimme: »Die ist doch nie und nimmer verbeamtet.«

Flo streckt den Zeigefinger in die Höhe. »Wahre Worte!«

Ich boxe ihm auf den Oberarm. »Danielle kann mir echt gestohlen bleiben. Die ist eine doofe Tussi. Aber er … er ist gemein.«

»Du bist alles andere als durchschnittlich. Das weißt du hoffentlich?«

»Nicht so ganz.«

»Komm schon. Lass dich von so einem nicht fertigmachen.«

»Zum Glück muss ich mich nie wieder mit dem abgeben.«

»Was haben die denn alle – deine Dreads sehen supercool aus.«

Ich bleibe hinter Danielles Stuhl und verstelle die Stimme. »Das ist unsagbar hässlich!«

»Das hat sie gesagt?«

Ich nicke und wechsele den Platz zu Flo. »Geschmackssache«, sage ich und ahme Jérôme nach.

Das hat er gesagt, als er sich vielleicht schon Gedanken gemacht hat, dass ich ihn verstehen könnte. Schließlich habe ich seine Bemerkung über meine Durchschnittlichkeit aufgegriffen.

»Versuch es doch mal positiv zu sehen: Er hat dich nicht als unterdurchschnittlich bezeichnet. Vielleicht ist durchschnittlich aus seinem Mund sogar ein Kompliment.«

»So hab ich das noch gar nicht gesehen.« Flo hört genau, dass ich das nicht ernsthaft in Erwägung ziehe.

»Was meinst du, würde sie zu meiner Strickmütze sagen.«

Ich winke ab und ziehe die Mundwinkel nach unten. »Unsagbar hässlich.«

Flo schmollt künstlich. »Marie wäre wahrscheinlich die Einzige, die nicht durchgefallen wäre. Wo ist sie überhaupt?«

»Na, wo wohl? Arbeiten. Ich glaub, ihr Chef hat schon wieder angerufen.«

»Warum geht sie auch immer ans Telefon? Selbst schuld.« Flo zieht seine Strickmütze vom Kopf, betrachtet sie intensiv und sagt: »Unsagbar hässlich.«

Wir lachen gemeinsam und ich setze mich wieder, um mit Flo gemeinsam den Kaffee zu trinken.

Kapitel 4

Wie gut, dass diverse Klatsch- und Tratschhefte sowie das Internet sehr mitteilungsfreudig sind. Denn ich kann nicht anders: Ich muss einfach alles über die Familie Marzin wissen.

Die deutsche Fürstin Katja, eine begnadete Fotografin, erlag ihrem Krebsleiden, als Jérôme und seine Schwester noch Teenager waren.

Jetzt, wo ich das alles lese, kommen mir die Geschichten doch entfernt bekannt vor. Ich habe schon von der Fürstenfamilie gehört, mich aber bisher zugegebenermaßen nie sonderlich für sie interessiert.

Dafür ist mein Interesse jetzt umso größer. Jérôme ist schon auf Fotos ein gutaussehender Mann, obwohl er immer ernst und streng dreinschaut. In natura ist er wirklich umwerfend. Wenn er doch nicht so ein Depp wäre!

Ich gebe es zu: Ich lese alles, was ich über ihn in Erfahrung bringen kann. Wahrscheinlich weiß ich jetzt mehr über seine bisherigen Freundinnen als er. Nein, ich finde es überhaupt nicht bedenklich, dass ich besonders über sein Liebesleben informiert bin. Schließlich ist das das Hauptthema, über das berichtet wird. Die anderen Bereiche seines Lebens sind eher weniger ausgeschmückt. Hier und da eröffnet er irgendwas, gibt irgendwelche Bälle für wohltätige Zwecke, kümmert sich um das Erbe seiner Mutter. Das Hauptthema ist aber er – der begehrenswerte Junggeselle, dessen Herz noch keine erobern konnte. Das wundert mich nicht. Miss Perfekt muss bestimmt erst in irgendeinem Labor gezüchtet werden. Dem kann doch keine gut genug sein. Außerdem möchte ich noch grundsätzlich infrage stellen, ob der Mann überhaupt so etwas wie ein Herz hat.

Es gab da aber auch einmal eine Zeit, in der ganz vorsichtig darüber spekuliert wurde, ob der Sohn des amtierenden Fürsten gar nicht auf der Suche nach der Frau fürs Leben sei, sondern einen Mann bevorzugen würde?

Dann müsste ich mir um eine Sache keine Sorgen mehr machen. Ich bin schließlich diejenige, die sich vor ihm im Auto halb entblößt hat. Ich mag gar nicht daran denken, was geschehen wäre, wenn von dieser Fahrt Fotos aufgetaucht wären. Letztendlich genügt mir schon das Wissen darum, dass er dieser verdammte Fürstensohn ist.

Hätte ich ihn doch anderweitig kennengelernt. Vielleicht hätte er mich gut leiden können. Hör auf, Ines. Schlag dir diesen Schnösel aus dem Kopf! Und überhaupt: Warum machst du dir solche Gedanken?

Sei doch froh, dass du den Typen nie mehr wiedersehen musst.

Das Festnetztelefon klingelt und reißt mich aus meinen Gedanken. Ich bin froh darüber, weil es mich echt ankotzt, dass ich immer wieder an einen gewissen Jérôme denken muss. Ich will das doch gar nicht!

»Flo!«, brülle ich. Ich sitze vor dem PC und starre auf ein Foto von … Jérôme. »Och«, schimpfe ich und klicke das Bild weg. »Flo! Telefon!«

Nichts rührt sich. Vielleicht ist er nicht da. Hastig stehe ich auf und stampfe zu dem Apparat im Flur unserer Wohnung.

»Ines Herzog.«

»Liebes? Geht es dir nicht gut?«

Ich schnaufe langsam aus und mahne mich zur Ruhe. Wie kann man auch Wochen nach einer Begegnung noch so dermaßen mies drauf sein? So mies, dass das sogar meine Oma an zwei Worten am Telefon erkennt. »Alles gut.«

»Na, das klingt aber ganz und gar nicht so. Hast du dich mit deiner Schwester gestritten?«

»Nein. Sie ist ja die meiste Zeit in der Arbeit.« Jetzt lächle ich und der Klang meiner Stimme hat sich verändert.

Das scheint meine Oma auch zu beruhigen, da sie nicht länger an dem Thema festhält. »Ich möchte dir gerne etwas erzählen, Liebes.«

Sie klingt so glücklich. »Hast du im Lotto gewonnen?«

»Viel besser.«

»Du hast den doofen Nachbarn umbringen lassen.«

Oma kichert. Das klingt niedlich. »Noch besser, Liebes.«

»Noch besser? Was kann noch besser sein? Der Nachbar ist doch die Hölle.« Missmutig denke ich daran, wie er meiner Oma im Winter immer mit Absicht den Schnee rüberschiebt. Er ist auch einer, der sich über jeden Kaffeeklatsch im Garten meiner Oma aufregt, dann aber selbst am Abend lautstarke Grillpartys gibt.

Ein Depp eben. Ich kann mir kaum vorstellen, was besser sein sollte als sein Ableben. Okay, vielleicht hat sie ihn auch gefangen genommen und im Keller eingesperrt.

»Pierre hat mich eingeladen.«

Der Name löst eine kleine Schockreaktion bei mir aus. Ich kann das taube Gefühl in meinen Armen nicht steuern. Da ist eine Gänsehaut. Und ich weiß ganz genau, dass es nicht Pierre ist, der die bei mir auslöst.

»Das weiß ich doch, Omi. Ich war doch dabei.«

Sie kichert schon wieder so niedlich. »Nein, nein. Du verstehst mich ganz falsch. Er hat mich zu sich eingeladen.«

»Ist er wieder da?« Das wäre wirklich erstaunlich. Schließlich ist er ja erst abgereist … vor 16 Tagen, sieben Stunden, 33 Minuten und 18 Sekunden.

»Nein. Weißt du – ich habe hin und wieder mit ihm telefoniert …«

»Du hast was?« Ich wage mir gar nicht vorzustellen, dass meine Oma – die das Telefonieren liebt – ständig bei einem Fürsten anruft und ihm von ihren Wehwehchen erzählt.

Meine Hand hat meine Stirn gefunden. Ich schäme mich gerade echt fremd.

»Er hat mich angerufen. Mittlerweile telefonieren wir beinahe täglich.«

»Ach!« Er hat sie angerufen? Das überrascht mich. Wo nimmt ein Fürst die Zeit her, sich so um eine Zufallsbekanntschaft zu bemühen? Es sei denn … ja, es sein denn …

»Einmal hab ich ihm von meinem chronischen Husten erzählt …«

Mein Lächeln erstirbt. Sie hat ihm echt von ihren Wehwehchen erzählt. Omi sieht mein Gesicht nicht – zum Glück – und lässt sich nicht beirren.

»… und er meinte, ein milderes Klima wäre sicherlich förderlich für meine Gesundheit …«

So langsam schwant mir, worauf das alles hinausläuft. Oma redet und redet. Letztendlich höre ich nur noch den Schluss ihres Berichts.

»… Ich packe schon. Übermorgen geht es los.«

»Er hat dich eingeladen?«

»Sag ich doch die ganze Zeit.«

»Und du fährst hin?«

»Ja!«

Omi klingt so beschwingt. Noch beschwingter als nach der Kaffeefahrt auf das Weingut damals.

»Also, kneif mich mal. Ich krieg es grad nicht gebacken. Du bist von Fürst Pierre eingeladen. In welchem Hotel wirst du wohnen?«

»Liebes, du bist doch sonst nicht so verlangsamt. Im Palast natürlich.« Omi singt das Wort »Palast« höher, als jede Sopranistin jemals kommen könnte.

Okay! Das ist der Moment, in dem mir der Mund aufklappt. Nach einer Weile ziehe ich die Lade wieder hoch.

»Du sagst ja gar nichts mehr.« Zweifel. Ich höre ihn ganz deutlich. Sie hat auch ihre Zweifel, ob sie so eine Einladung annehmen kann. Ich möchte nicht, dass sie unsicher ist. Wegen mir soll sie ihre Freude nicht verlieren.

»Ich freu mich so sehr für dich.« Ja. Das tue ich wirklich.

»Ich wünschte, du könntest mit. Pierre hätte sich sehr darüber gefreut.«

»Das geht nicht, Omi. Die Schule …« Mehr brauche ich nicht zu sagen.

»Ja, das hab ich ihm auch gesagt.«

Moment mal – er hat mich wirklich eingeladen? Puh! Fühlt sich gut an. Und bedrohlich. Gegen einen Besuch bei Pierre hätte ich wirklich nichts, aber muss es denn gleich ein Palast sein? Was aber am allerschwersten wiegt: Muss er denn so einen Sohn haben?

Oma bittet mich noch, nach ihrer Post und – was am wichtigsten ist – nach ihren Pflanzen zu sehen, solange sie weg ist. Natürlich werde ich das gerne übernehmen, obwohl ich für das Überleben der Pflanzen nicht garantieren kann.

Kapitel 5

Die Tage ziehen ins Land.

Oma geht es sehr gut in dem Fürstentum, ihren Pflanzen geht es nicht ganz so gut. Aber die Hauptsache ist doch, dass meine Oma dafür regelrecht aufblüht. Das merke ich daran, dass sie sich eher selten meldet. Wenn sie mal anruft, dann schwärmt sie mir von der wunderschönen Landschaft und dem herrlichen Wetter vor. Sie berichtet, dass sie schon ganz braun geworden sei und jeden Tag schwimmen gehe.

Sie klingt ausgelassen, ja, manchmal sogar verjüngt. Wenn sie von Pierre spricht, dann wird ihre Stimme noch weicher als sonst. Ich glaube, sie hat ihn richtig lieb gewonnen. Ich freue mich für Oma.

Meine Schwester sieht das Ganze etwas nüchterner. »Was will sie denn da? Hat der überhaupt Zeit für sie? Sie kann da doch nicht ewig bleiben.«

Ich gebe zu, dass mir solche Gedanken auch schon ab und zu durch den Kopf schießen. Aber ich bin dann doch romantischer veranlagt als meine Schwester. Vielleicht liegt es aber auch nur daran, dass sie als Rechtsanwaltsgehilfin mehr mit den Schattenseiten des Lebens konfrontiert ist als ich. Früher war es eher nervig, wenn Omi ständig angerufen hat und kein Ende finden konnte. Jetzt würde ich mir manchmal einen Anruf von ihr wünschen.

Ich bin jetzt die, die ihr hinterhertelefoniert. Sie steht auf Kriegsfuß mit Mobiltelefonen, weshalb ich eine Durchwahlnummer in ihr Gästezimmer bekommen habe.

Ich lasse es, wie so oft, ewig klingeln. Sie wird nicht da sein. Wenn ich sie erreicht habe, dann war sie immer sehr schnell am Apparat.

Gerade, als ich schon auflegen will, höre ich ein klackendes Geräusch am anderen Ende der Leitung. »Omi?«, frage ich, als sich niemand meldet.

»Liebes …« Ich erschrecke. Omi klingt krächzend und schwach.

»Was hast du?«

»Ach, Liebes. Ich fühl mich nicht gut.«

Tausend Gedanken schießen mir durch den Kopf: Hat sie sich in eine kleine Liebelei gestürzt, die nun jäh beendet wurde? Hat sie Gefühle für Pierre entwickelt, die dieser nicht erwidert hat?

»Ich habe mir den Magen verstimmt.«

Ich schließe die Augen und atme tief durch. »Ach so.«

»Seit gestern behalte ich nichts mehr bei mir. Und der flotte Otto erst …«

Würde meine Oma nicht so geschwächt klingen, dann hätte ich das wieder für eine ihrer Wehwehchen-Geschichten gehalten.

»Warst du beim Arzt?«

»Pierre hat seinen Hausarzt kommen lassen.«

»Das ist gut.« Na, immerhin. Kein Liebeskummer.

»Ich hoffe, dass … dass es bald wieder bergauf geht.«

»Ach, Omi. Das wird schon wieder.«

Ob ich mir das selbst glaube? Ich mache mir Sorgen um sie. Am liebsten würde ich sofort zu ihr fahren, um zu sehen, wie schlimm es wirklich ist. Ich muss mir erst bewusst machen, dass sie nicht eben um die Ecke ist, sondern ungefähr tausend Kilometer von mir entfernt. Ihre Stimme klingt schrecklich.

Bis zu den Pfingstferien sind es nur noch ein paar Tage. »Soll ich kommen?«

»Nein, nein. Ich habe wirklich alles, was ich brauche.«

Als ich mich von ihr verabschiede, bleibt die Sorge zurück. Sie lehnt einen Krankenbesuch ab?

Ich muss mit irgendjemandem reden. Alles, was ich habe, ist die Nummer von Oma. Sie hat mir aber gesagt, dass die letzten drei Ziffern ihre Durchwahl sind. Also gibt es wohl so was wie eine Zentrale. Das ist doch oft die Nummer Null. Oder?

Hm. Bei der Auskunft kann ich wohl schlecht anrufen. Hallo, könnten Sie mir bitte die Nummer von Fürst Pierre III. geben? Was? Eine Geheimnummer? Das ist bedauerlich.

Was soll ich denn tun? Ganz einfach: Ich versuche es mit der Null. Da habe ich leider Pech – die Nummer ist nicht vergeben.

Weil ich sonst nichts zu tun habe und immer noch in Sorge um Oma bin, versuche ich nun wahllos verschiedene Kombinationen. Manchmal ertönt sogar ein Freizeichen, aber es nimmt niemand ab.

Ich wähle stoisch verschiedene Kombinationen durch. Als ich eine Stimme an anderen Ende höre, habe ich schon so gut wie aufgelegt. Zu spät. Ich habe aufgelegt. Hastig versuche ich mich an die letzte Kombination zu erinnern und wähle die Nummer erneut.

Hellwach warte ich, ob sich erneut jemand meldet.
»Qui?«

Ich jauchze beinahe auf. Mein Französisch ist echt eingerostet, aber ich versuche trotzdem, mir ein paar Wörter abzuwürgen. Offensichtlich werde ich nicht verstanden.

Dafür verstehe ich die Antwort umso besser. »Madame! Hören Sie sofort auf, hier anzurufen, sonst muss ich die Polizei verständigen.«

Hastig lege ich auf. Ich kann nicht aufhören. Entschlossen wähle ich die nächste Nummer, dann die nächste Nummer, dann die nächste Nummer.

Ich bin wirklich eine ganze Weile beschäftigt. Manchmal bekomme ich tatsächlich Leute an den Apparat. Irgendwie scheitert es aber an der Verständigung. Warum versteht mich denn niemand?

Ich nehme mir vor, es beim nächsten Mal mit Englisch zu versuchen. Vielleicht habe ich dann endlich Glück.

Es klingelt ein paar Mal. Dann hebt jemand ab. Angestrengt lausche ich in die Leitung und höre nichts. Es hört sich für mich so an, als ob am anderen Ende ebenfalls jemand lauscht. Wenn ich dazu in der Lage bin, das beurteilen zu können.

»Hello?« Mein englischer Versuch beginnt.

Mit einer deutschen Antwort hätte ich nicht gerechnet. »Wer sind Sie?«

Nein! Ich kenne diese Stimme und bevor ich meinen Mund verschließen kann, huscht die Frage einfach aus mir heraus. »Jérôme?«

Meine Augen sind weit geöffnet, obwohl ich eine Antwort nicht werde sehen können. Ich glaube schon gar nicht mehr, dass sie kommt.

»Ja«, sagt er schließlich und bestätigt meine Befürchtung. »Und wer sind Sie?«

Ach du Scheiße! Tatsächlich. Ausgerechnet er. Ob ich jetzt lieber auflegen soll? Er klingt angriffslustig. Ich hätte ihn nie einfach so mit Jérôme ansprechen dürfen. Verdammt! Wie sagt man zu einem Fürstensohn? Euer Gnaden?

»Übrigens, ich kann Ihre Nummer hier im Display sehen und habe sie mir soeben notiert.«

Oh, oh. Ich bin so ein Depp. Ob er weiß, dass ich es bin? Mein Herz schlägt viel zu schnell. Ich hasse es, wenn sich ungewollt diese Aufregung in mir aufbaut. Diese Nervosität, die ich aushalten muss, macht mich echt fertig. Jetzt habe ich sogar schon Schwitzehände.

»Ich … bin die Enkelin von Leni Herzog. Ich …«

»Ines Herzog? Sie sind das?«

Er klingt so fassungslos. Soll ich mich nun darüber freuen, dass er noch weiß, wer ich bin?

»Ja.«

Ich warte, aber er bleibt still. Seine Atmung verrät mir jedoch, dass er noch da ist. Aus Atemgeräuschen kann ich nun wirklich nichts deuten. Vielleicht hat er einmal kurz kräftig ausgeatmet. Das kann ja viel bedeuten. Ganz übel ist es allerdings, dass er jetzt gar nichts mehr sagt. Oder doch? Ich warte.

»Woher haben Sie diese Nummer?«

Echt jetzt? Das interessiert ihn?

»Ich rufe wegen meiner Oma an. Ich habe gerade mit ihr telefoniert.«

Gerade ist gut. Das war, bevor ich angefangen habe, Hunderte von Kombinationen einzugeben. Wahnsinn! Ein Blick auf die Uhr bestätigt mir, dass ich hier mehr Zeit verbracht habe, als ich angenommen hatte. Es ist schon nach 22 Uhr.

»Es geht ihr den Umständen entsprechend gut.«

Woah! Der regt mich echt auf. Was soll das denn heißen, den Umständen entsprechend?

»Nein! Den Eindruck habe ich ganz und gar nicht. Es geht ihr beschissen …« Ich beiße mir kurz auf die Zunge. Er wird solche Ausdrücke sicherlich missbilligen. Zu spät. Ganz ruhig bleiben. »… Sie ist echt nicht gut beieinander. Ich mache mir Sorgen.«

»Der Arzt war heute bei ihr.«

»Das weiß ich. Wie geht es ihr?«

»Sie sagten es doch selbst eben schon. Was wollen Sie jetzt von mir hören?«

Er klingt ärgerlich, genervt und kurz angebunden. Von allen Nummern dieser Welt musste ich ausgerechnet seine wählen. Warum? Lotto brauche ich in diesem Leben bestimmt nicht mehr spielen.

»Nun, Sie könnten mir Ihre Sicht der Dinge sagen.«

»Sie ist eine alte Frau, die sich eine schwere Magen-Darm-Grippe eingefangen hat.«

»Das ist Ihre Sicht?«

»Die des Arztes.«

Ich stöhne auf.

»Warum machen Sie solche Töne?«

»Das wollen Sie echt nicht wissen.«

»Warum? Weil Sie etwas Beschissenes sagen wollen?«

Mir verschlägt es die Sprache. Er hat dieses Wort in den Mund genommen? Das hätte ich echt nicht erwartet. In tausend Jahren nicht.

»Hören Sie, ich habe gerade sehr schlecht Zeit. Hier ist eine Irre unterwegs, die alle möglichen Leute im Palast anruft und belästigt. Ich muss jetzt auflegen. Wir kümmern uns um Ihre Großmutter, das verspreche ich Ihnen.«

»Das war ich.«

»Wie bitte?«

»Die Irre. Die bin ich.«

»Sie waren das?« Klingt er jetzt entsetzt oder amüsiert? »So sind Sie also an meine Telefonnummer gekommen.«

»Ja. Tut mir leid.« Ich weiß nicht, warum ich meine, mich entschuldigen zu müssen. Also, ausgerechnet bei so einem wie dem.

»Tun Sie mir den Gefallen und hören Sie damit auf. Sie haben unseren Sicherheitsdienst in helle Aufregung versetzt.«

Ups. »Das wollte ich nicht.« Ach herrje. Ich fühle mich wie der letzte Depp.

»Wenn Sie das nächste Mal anrufen, dann wählen Sie bitte die 476. Das ist die Durchwahl meiner Sekretärin.«

Obwohl er nun so höflich mit mir spricht, versetzt er mir einen Stich.

Kontakte zu Bürgerlichen bitte nur über das Personal!

So will er das also handhaben. Na schön. Da stehe ich drüber. Dann werd ich mich halt noch mal entschuldigen. »Ich werde Sie nie wieder direkt in Ihrem Büro anrufen. Versprochen!«

»Das haben Sie nicht. Ich liege im Bett.«

Es muss die Aufregung sein, weil ich mir die Nummer notiere. Erst die 476 und dann noch die Durchwahl 355. Dahinter schreibe ich: Schlafzimmer. Ob er im Pyjama schläft oder oben ohne? Meine Fantasie zeigt ihn mir im Bett liegend, nackt, die Decke bis zum Bauch hochgezogen.

Das ist ja wohl der Hammer. Ich habe einen Prinzen in seinen privaten Gemächern angerufen! Hammer, Hammer, Hammer. Das glaubt mir niemand.

»Wieso legen Sie nicht auf?«

Die nüchterne Nachfrage lässt mich mental auf dem Boden aufschlagen. Ich hatte vergessen, dass er kein Märchenprinz ist.

»Gute Nacht«, sage ich schnell und drücke die Taste, die den Anruf beendet.

»Ach du große Scheiße!«, denke ich laut. Er hätte doch auch auflegen können. Warum fällt mir das erst jetzt ein?

Kapitel 6

Am Freitagmorgen, dem letzten Schultag vor Pfingstferienbeginn, bin ich mit den öffentlichen Verkehrsmitteln auf dem Weg zur Schule. Je näher ich der Haltestelle der Schule komme, umso mehr Schüler betreten die Straßenbahn.

Einige Schüler grüßen mich mit ihren Gesten der Gebärdensprache und ich grüße zurück. Mir ist klar, dass die Unterhaltungsthemen in meiner Anwesenheit sehr bedacht ausgewählt werden. Schließlich kann ich jedes Gespräch bequem mitverfolgen.

Während der letzten Tage habe ich immer wieder bei meiner Oma angerufen. Es scheint ihr nicht besser zu gehen. Im Gegenteil: Ich habe den Eindruck, dass es ihr immer schlechter und schlechter geht. Besonders bedenklich finde ich, dass sie mir gegenüber nicht ehrlich zu sein scheint. Einmal sagte sie mir gerade, dass es ihr schon wieder etwas besser gehe, und musste dann das Telefonat unterbrechen, weil sie sich übergeben musste.

Ich spüre mein Handy in meiner Tasche vibrieren. Normalerweise reagiere ich nicht unbedingt darauf, da gewisse Apps für ständiges Vibrieren sorgen. Diesmal scheint es aber weder um eine Textnachricht noch um die Benachrichtigung einer App zu gehen. Das Vibrieren hört nicht auf.

Die Straßenbahn hält an der Haltestelle der Schule und ich fische nach dem Handy in meiner Handtasche.

Bewusst nehme ich die Stufe nach draußen auf den Gehweg. Einen Sturz aus Unachtsamkeit kann ich jetzt nicht gebrauchen.

»Ines Herzog«, melde ich mich schließlich, als ich auf dem Gehweg in Richtung der Schule gehe.

»Ines, guten Morgen. Hier spricht Pierre.«

Ich bleibe stehen. »Pierre? Ist mit meiner Oma alles in Ordnung?« Warum ruft er an? Sie wird doch nicht …

»Keine Sorge«, beschwichtigt er mich.

Erleichtert atme ich tief ein und merke, dass mein Herz wild pulsiert. So wild, dass ich den Pulsschlag in den Fingern spüre, die mein Handy umklammern.

»Ich werde Sie nicht lange aufhalten. Sie müssen bestimmt zum Unterricht.«

»Richtig.« Langsam setze ich mich wieder in Bewegung.

»Heute ist doch der letzte Schultag vor den Ferien.«

»Ja.«

»Machen wir es kurz: Haben Sie Lust, die Ferien hier bei uns zu verbringen? Ihre Großmutter erholt sich nur langsam und ich kann mir vorstellen, dass familiärer Kontakt den Genesungsprozess beschleunigen würde.«

»In Ordnung.« Ich brauche wirklich nicht lange zu überlegen. Genau genommen wäre ich am liebsten schon vor Tagen in das kleine Fürstentum geflogen, um dort nach Omi zu sehen. Die Einladung von Pierre kommt mir sehr gelegen.

»Wunderbar. Ich freue mich und lasse sofort alles Nötige in die Wege leiten.«

Was auch immer er damit meint. Ich bedanke mich

bei ihm und wir verabschieden uns. Ich muss mich sputen, da ich vor Unterrichtsbeginn noch einige Kopien machen will.

Der Tag in der Schule verläuft schleppend, obwohl an diesem Tag schon früher Schluss ist als gewöhnlich. Ich kann mich schlecht auf den Unterricht konzentrieren, was am letzten Schultag vor den Ferien kein großes Drama ist.

Aber ich bin innerlich außer Rand und Band. Diesmal ist es neben der Sorge um Omi auch noch die kitzelige Aufregung, die meine Nerven kribbeln lässt.

Kein Grund zur Aufregung? Stimmt. Ich kenne Pierre und ich werde meine Oma besuchen. Das ist nichts weiter als ein Krankenbesuch.

Es hilft nichts. Ich bin kurz davor, abzuheben vor lauter Nervosität. Ich fahre zu einem Fürsten in einen Palast. Ich habe absolut keine Ahnung, wie ich mich zu verhalten habe.

»Frau Herzog?«, höre ich eine meiner Schülerinnen, die sehr gut in Lautsprache ist.

Ich sehe auf und sie artikuliert sich weiter in der Gebärdensprache. Hastig sehe ich auf die Uhr: Es ist kurz vor Schulschluss.

Ich blicke zu meiner Kollegin, die mich mit hochgezogenen Augenbrauen ansieht. Es ist wirklich gut, dass wir an dieser Schule im Tandem unterrichten. Ohne sie wäre ich heute nicht mehr in die Spur gekommen.

Wir nicken uns zu und beenden den Unterricht.

Zehn Minuten später hetze ich aus der Schule. Gedanklich bin ich schon dabei, meinen Koffer zu packen.

In der Gegend ist es um diese Jahreszeit schon wärmer als bei uns. Ich werde vielleicht sogar im Meer baden können, sobald es Omi etwas besser geht.

Ein Lächeln schleicht sich auf mein Gesicht. Ja, ich werde Zeit haben, mich zu erholen, und so etwas wie einen Urlaub dort machen können. Damit hatte ich nicht gerechnet. Eigentlich hatte ich mir für die zwei Wochen nichts Besonderes vorgenommen. Über ein paar Tagesausflüge und kleinere Bergtouren hatte ich nachgedacht, mehr aber auch nicht.

In der Straßenbahn träume ich schon vom blauen Meer, dem warmen Wind und dem Rauschen der Wellen. Ich war schon viel zu lange nicht mehr am Meer. Ob es dort eher felsige Strände oder Sandstrände gibt? Ich weiß es nicht. Oma hat davon nichts berichtet.

Zu Hause beginne ich sofort mit Packen.

Flo wird wohl von meiner Unruhe angezogen. Es dauert nicht lange, da lehnt er schon lässig in meinem Türrahmen. »Du verreist? Hast ja gar nichts gesagt.«

»Ich fahre zu Omi.«

»Gehts ihr noch nicht besser?«

»Leider nicht.«

»Wann gehts los?«

»Das weiß ich nicht so richtig. Ich soll angerufen werden.«

Wie aufs Stichwort klingelt mein Handy. Ich deute mit meinem Zeigefinger nach oben, um Flo zu signalisieren, dass das wohl der Anruf sein wird. Er wartet gespannt ab und beobachtet, wie ich den Anruf entgegennehme.

Wie immer melde ich mich mit meinem Namen. Da ist ein Mann dran, dessen Name mir nichts sagt. Er klingt ein bisschen verschnupft. Nicht im Sinne einer Erkältung, sondern eher versnobt.

»Guten Tag, mein Name ist Leon Bernard. Ich bin der persönliche Sekretär von seiner Durchlaucht Fürst Pierre III. aus dem Hause Marzin, Oberhaupt der Familie Marzin.«

Das dauert, aber er ist noch nicht fertig. Flo sieht mich schon so skeptisch an, weil ich so lange nichts sage.

»Ich habe mir erlaubt, einen Flug für Sie zu buchen, Mademoiselle. Sie werden heute Abend um 17:45 Uhr starten und landen nach 22 Uhr in Marseille. Dort werden Sie abgeholt.«

Puh! Das ist ganz schön spät. Bis zum Fürstentum ist es von Marseille aus dann auch noch ein Stück.

»Danke sehr.«

»Ihr Ticket ist am Schalter der Lufthansa hinterlegt. Ich wünsche Ihnen eine gute Reise.«

»Danke.«

»Auf Wiederhören, Mademoiselle.«

Ich verabschiede mich und lege auf.

»Alles nicht so einfach, wa?« Flo mustert mich immer noch.

»Naja, ich fahre zu einer Durchlaucht, deren Name so lang ist, dass ich ihn mir nie werde merken können. Meinst du, ich kann da ganz normal aufkreuzen? So, wie ich bin, in den Klamotten, die ich habe?«

»Er hat dich eingeladen, oder? Er wird schon wissen …« Flo zuckt mit den Schultern und wendet sich zum Gehen. »Lass dich ja nicht von denen verbiegen. Ich mag dich nämlich so, wie du bist.«

Irgendwie süß. Er schmeißt mir seine Komplimente immer über die Schulter zu, so als wären sie eine Nebensächlichkeit.

»Du solltest noch klären, wer die Blumen und die Post bei der Omma macht.«

Shit! Daran hab ich überhaupt nicht gedacht. Meine Schwester wird sich bedanken. Die jammert eh schon immer rum, dass sie so viel zu tun hat, was ja auch stimmt.

»Flo?«, zwitschere ich deshalb hinter ihm her.

»Vergiss es.«

»Biiittteeeee!«

»Na gut. Ich hab mich eh schon damit abgefunden. Leg mir den Schlüssel neben das Telefon.«

»Du bist ein Schatz, Flo!«

Flo streckt seinen Kopf aus seiner Zimmertür und deutet auf mich. »Nur damit du es weißt: Dafür hab ich was gut.«

»Klaro.« Ich grinse und wackele mit den Augenbrauen. In dem Moment ist es mir echt egal, dass ich mich irgendwann für diesen Gefallen revanchieren muss. So schlimm wird es schon nicht werden.

Meiner Schwester gebe ich kurz in der Arbeit Bescheid. Immerhin findet sie es gut, dass ich nach Omi sehe. Ihre Begeisterung über meine Abwesenheit an sich hält sich aber in Grenzen. »Du weißt schon, dass du nächste Woche mit Putz- und Mülldienst dran gewesen wärst?«

»Ja.« Natürlich weiß ich das. Ich hätte nur nicht gedacht, dass ich deswegen Urlaubssperre bekomme.

Sie seufzt. »Schon gut. Dann übernehme ich das eben. Wenigstens wird es nicht so viel Dreck geben, wenn nur Flo und ich da sind.«

Also, was soll ich denn jetzt davon halten? Als ob ich der größte Dreckbär dieser WG wäre.

Momentan mache ich meinem Unmut allerdings wenig Raum, denn ich will ja nicht, dass sie sich noch mehr aufregt.

Dann höre ich sie kurz kichern und merke, dass es ein Scherz war. Wow! Das ist ein gutes Zeichen, oder?

»Du lachst?«

»Grüß mir die Omi und drück sie ganz fest von mir, ja?«

»Mach ich.«

Kapitel 7

Der Flug verläuft ruhig und angenehm. Wie angekündigt erwartet mich jemand, der einen Zettel mit meinem Namen in die Luft hält. Es ist ein junger Mann.

Naja, ungefähr in meinem Alter, würde ich sagen. Mitte zwanzig oder so.

»Hallo, ich bin Ines.«

»Hallo, ich bin Steven. Ich arbeite als Praktikant in der Pressestelle des Fürstenhauses.« Er reicht mir seine Hand und ich gebe ihm meine gerne. Sein Händedruck ist kurz und schwammig. Hastig greift er nach meinem Gepäck.

Da er zu wissen scheint, wo er hinwill, folge ich ihm. »Wenn Sie in der Pressestelle arbeiten – warum sind Sie dann hier, um mich abzuholen?«

»Das ist bei einem Praktikum durchaus üblich. Erstens soll ich über alles einen Überblick bekommen und zweitens ist man für jeden Job gut genug. Sie verstehen?«

»Ich glaube schon.«

Der Mann ist mir sympathisch. Er scheint lockerer zu sein als der Sekretär am Telefon, und ganz bestimmt ist er aufgeschlossener als der Fürstensohn.

»Ich …«

»Sie haben bestimmt jede Menge Fragen. Wir haben während der Fahrt noch genug Zeit, alles zu klären.« Er lächelt mich an.

Okay. Wenigstens werden die mich nicht wie den letzten Deppen in jedes Fettnäpfchen trampeln lassen. Das ist ja schon mal beruhigend.

Wir verlassen das Gebäude nicht in Richtung Parkdeck. Ich erkenne unser Ziel sofort: Zwischen den Taxis steht ein riesiges dunkles Fahrzeug einer Marke, die ich auf Anhieb nicht erkenne.

»Aston Martin. Nicht schlecht, was?«

Zu meiner großen Verwunderung wird nicht Steven den Wagen fahren – er hat einen Fahrer dabei. Genau so, wie man sich so einen Fahrer vorstellen würde: Er trägt eine Kappe und eine Art Uniform.

»Das ist Hector. Hector, das ist Mademoiselle Herzog.«

Hector nickt mir zu und hält mir die Tür auf.

Das alles ist wie ein Traum. Die Innenausstattung sieht so unberührt aus, dass ich mich gar nicht traue, mich ganz normal auf den Sitz plumpsen zu lassen, wie ich es üblicherweise tun würde. Ich achte peinlich genau darauf, wo ich meine Schuhe platziere, dass ich nicht aus Versehen etwas dreckig mache.

Hector schließt die Tür. Ich warte ab, bis Hector und Steven mein Gepäck verstaut haben. Diese Lederausstattung ist so übertrieben.

Alleine schon die Tatsache, dass hier hinten nur zwei Personen sitzen können. Nur ist gut. Ich habe so viel Platz wie noch nie in einem Auto. Von Rückbank kann echt nicht die Rede sein; das hier sind zwei separate Sessel.

Der Motor geht so ruhig, dass ich nicht einmal

merke, dass Hector ihn überhaupt angemacht hat. Fühlt sich vom Fahrgefühl nicht viel anders an als im Flugzeug vorhin. Sehr angenehm.

»Fürst Pierre bittet Sie morgen zum Frühstück in seine Räume.«

»Okay.« Ich nicke und schlucke.

»Sie sollten ihn in der Gegenwart anderer Personen – egal welcher – immer siezen. Was auch immer sonst zwischen Ihnen ausgemacht ist, geht niemand anderen was an.«

»Muss ich irgendwie so eine Art Knicks machen?«

»Nein. Der offizielle Hofknicks wurde abgeschafft. Lediglich bei manchen offiziellen Veranstaltungen können Sie Ihren Respekt vor dem Fürsten und seiner Familie durch einen kleinen Knicks deutlich machen.«

»Ach du Scheiße …«

»Und mit Ihrer Wortwahl sollten Sie auch vorsichtig sein.« Er sieht mich so schelmisch an, dass ich lachen muss. Ungezwungen spricht er weiter. »Hey, schon klar. Ich rede privat auch ganz anders. Aber in einem Palast erscheint es eben unangebracht. Verstehen Sie, was ich meine?«

»Ich weiß nicht so ganz. Ich will mich eigentlich nicht den ganzen Tag verkrampfen.«

»Das werden Sie auch nicht müssen. Die Umgebung wirkt sich normalerweise wie von selbst auf die Art aus, wie wir uns verhalten.«

»Dann muss ich auch zum Lachen in den Keller gehen. So wie ich den Sohn des Fürsten kennengelernt habe …« Ich beiße mir auf die Lippe. Ich kenne diesen Steven kaum. Hinterher berichtet er alles brühwarm weiter und ich habe mehr Ärger als ohnehin schon.

Steven lacht. »Ja, ich verstehe schon, was Sie meinen. Er wird mit königliche Hoheit angesprochen … und er liebt den Knicks.«

»Das kann ich mir vorstellen.«

»Höre ich da eine Geschichte heraus?«

»Nein, eigentlich nicht.« Es wird Zeit, mit dem Lästern aufzuhören. Ich habe Jérôme im Grunde genommen nur zweimal getroffen. Einmal haben wir auch telefoniert. Dass ich ihn nicht leiden kann, sollte ich vielleicht auf dem Weg zu seinem Vater nicht gleich in die große Welt hinausposaunen.

Wir sind wirklich lange unterwegs. Es ist zwar übertrieben bequem, aber bei meiner Müdigkeit zöge es mich mehr in ein Bett.

»Wir sind gleich da«, sagt Steven.

Konzentriert blicke ich aus dem Fenster. Wir scheinen schon in der Stadt zu sein, die der Sitz des Fürstentums ist. Weil der Mond heute Nacht den Himmel erhellt, erkenne ich die Umrisse des Palastes oben auf dem Felsen sehr deutlich. Der imposante Bau selbst ist ebenfalls beleuchtet. Wow! Da fahren wir hin.

Die Straße ist von vielen steilen Kurven gesäumt. Mein Magen, der gewöhnlich um diese Zeit leer ist, rebelliert. Hoffentlich sind wir bald da. Ich würde nur ungern die Innenausstattung dieses Wagens vollkotzen. Wenigstens wäre alles abwischbar, denke ich und kralle mich in das Leder.

Wir passieren zwei Tore. Beide sind bewacht: sowohl personell als auch mit technischen Spielereien. An Tor zwei muss ich sogar noch einmal meinen Ausweis vorzeigen.

Der Sicherheitsdienst hier arbeitet wirklich sehr korrekt. Kein Wunder: Wenn die schon bei meinen Anrufen unruhig wurden, dann ist es klar, dass bei Besuch noch mehr Vorsicht geboten ist.

Das Palastareal scheint riesig zu sein. Ich habe schon völlig die Orientierung verloren, als wir in irgendeinem Innenhof in ein Rondell einfahren.

Direkt vor dem mit Säulen gesäumten Eingang kommt der Wagen zum Stehen.

Automatisch lange ich an den Türgriff.

»Nicht«, warnt Steven, »Sie wollen Hector doch nicht seine Arbeit wegnehmen.«

Oh weh! Das will ich nicht. Ich habe mir gar keine Gedanken gemacht, dass ich Hector damit beleidigen könnte. Ich wollte doch nur nett sein. Vielmehr mache ich meine Autotür normalerweise immer selbst auf.

Geduldig warte ich, bis Hector so weit ist, mir die Tür zu öffnen. Meine Beine scheinen noch müder zu sein als der Rest meines Körpers. Sie fühlen sich recht wackelig an, als ich mich aufrichte.

»Ihr Gepäck wird Ihnen sofort gebracht. Ich wünsche Ihnen eine angenehme Nachtruhe, Madame.«

»Danke, Hector. Gute Nacht.«

Bevor ich die Gelegenheit bekomme, unnütz herumzustehen, fällt mein Blick auf die Frau, die mir aus dem Haus entgegenkommt.

»Guten Abend, Madame, und herzlich willkommen

im Hause Marzin. Mein Name ist Marie. Ich bin Ihre Zugehfrau.«

Krass! Ich hab meine eigene Zugehfrau. Die heißt auch noch wie meine Schwester. Ob das ein gutes Omen ist?

»Wenn Sie erlauben, dann zeige ich Ihnen Ihre Gemächer.«

Gemächer. Wahnsinn! Wo bin ich hier gelandet? In einem Paralleluniversum. Wo bitte spricht man denn so?

Da fällt mir wieder ein, was Steven gesagt hat. Die Leute passen ihren Umgangston vielleicht wirklich der Umgebung an.

Nun, das hier ist ein prachtvolles Märchenschloss, eine Riesenvilla.

Dennoch kann ich mich nicht beherrschen. Als ich Marie durch die imposante Eingangshalle folge, entfährt mir: »Krasser Scheiß!«

Sie überhört es netterweise.

Aber mal ehrlich. Das ist ein Marmorboden der feinsten Sorte. Ich möchte gar nicht wissen, wer den pflegt. Mir reicht zu Hause schon die Marmorplatte vor dem Fenster. Wehe, man verschüttet beim Blumengießen etwas Wasser, dann gibt das Flecken für die Ewigkeit.

Dann sehe ich jede Menge rote Stoffe, die mit goldenen Borten bestückt sind, Vasen und Uhren, die extrem teuer aussehen. Der Höhepunkt aber ist das riesige Ölgemälde, das an der Wand über der zweiflügeligen Treppe hängt, die Marie hinaufsteigt. Ich folge ihr. Wir gehen und gehen und gehen. Wenn ich jetzt den Weg zurück zum Eingang finden müsste, ich glaube, da hätte jeder Demenzkranke bessere Chancen als ich.

»Das ist ein großes Haus.« Mehr fällt mir jetzt echt grad nicht ein. Die Frage »Wie lange dauert es noch?« wäre weitaus unhöflicher gewesen.

»Wir gehen in den Privattrakt der Familie.«

Moment. Ich kann nicht verhindern, dass ich kurz stehenbleibe. Privattrakt?

Marie geht einfach weiter. Sie sieht in ihrer schwarzen Uniform mit Rock sehr offiziell aus. Es wundert mich, dass sie kein weißes Häubchen aufhat.

Was bitte habe ich im Privattrakt verloren? Ich möchte gerne so weit wie möglich von irgendeiner privaten Unterbringung entfernt sein. Wer weiß, wie hellhörig dieses alte Gebäude ist.

Also, ich hatte das schon mal im Hotel. Da hatte ich echt schon die Befürchtung, der Mann mit dem würgenden Raucherhusten stünde bei mir im Bad. Das brauche ich echt nicht noch mal.

Wenn ich mir vorstelle, dass ich vielleicht Bad an Bad mit diesem Prinzen wohne, dann … Nee, also das wäre doch etwas zu privat. Das würde der auch nicht wollen.

Ich gehe also tapfer weiter hinter Marie her. Die Umgebung wird etwas moderner. Wenn ich mich jetzt so umsehe, dann würde ich gar nicht vermuten, in einer Art Burg zu sein. Es erinnert mich jetzt doch etwas an ein Hotel, nur dass die Gänge deutlich breiter und wohnlicher eingerichtet sind. Es gibt Spiegel, Bilder,

Kommoden, kleine Leseecken. Alles sehr lauschig und gemütlich.

Marie bleibt endlich vor einer Tür stehen, öffnet diese und betätigt den Lichtschalter. Dann macht sie eine Armbewegung und deutet so an, dass ich vorgehen soll.

»Wow!« Ich kann meine Begeisterung nicht verbergen, als ich den Raum betrete. Der Raum ist so großzügig angelegt, dass ich eine Art Schlafecke hinter einem Raumteiler habe, eine Wohnecke und eine kleine Arbeitsecke.

Marie geht nun mit energischen Schritten durch den Raum, um die eine Tür zu öffnen, die es noch gibt. »Das Badezimmer.«

»Danke.«

Sie geht zu einem großen Schrank neben dem Schreibtisch und öffnet diesen. »Die Küche.«

»Ihr Gepäck«, sagt Steven hinter mir. Ich wirbele herum und sehe, wie er meinen Koffer in die Wohnung wuchtet.

»Danke.«

»Gut. Dann lassen Marie und ich Sie mal alleine. Vergessen Sie morgen nicht das Frühstück mit dem Fürsten.«

»Nein, bestimmt nicht. Holen Sie mich ab?« Ich habe echt Angst, den Raum wieder zu verlassen. Ich bin hier hoffnungslos verloren ohne Navigator.

»Marie wird sich bei Ihnen blicken lassen.«

»Das werde ich, Mademoiselle.«

»Okay, dann bin ich beruhigt.« Nachdem sich die

Tür hinter den beiden geschlossen hat, streife ich mir als Allererstes die Schuhe von den Füßen. Mein Weg führt mich ins Bad, wo ich endlich die Toilette aufsuchen kann. Ich verspüre auch das starke Bedürfnis, meine Hände und mein Gesicht mit kaltem Wasser abzuspülen. Der glänzende Badezimmerboden ist ganz in Braun gehalten. Die hellbraunen Marmorplatten an den Wänden runden das luxuriöse Gesamtbild ab. Es ist hier alles so hochpoliert, als wäre es noch niemals benutzt worden. Gläserne Türen trennen den begehbaren Bereich der Dusche und einen kleinen Raum mit Badewanne ab. Das alles so sauber zu halten, muss der reinste Horror sein.

Auf dem Weg zurück durch den Raum in Richtung Bett fällt mir das Telefon auf, das auf dem Schreibtisch steht.

Es ist ein modernes Gerät mit Display und Kurzwahlfunktion. Ich hebe ab und lausche – kein durchgängiger Ton. Aha, es gibt also ein internes Netz.

Ich teste die Null und erhalte ein Freizeichen.

Irgendwie kann ich mich jetzt noch nicht entschließen, ins Bett zu gehen. Klar bin ich müde, sogar sehr, aber ich möchte unbedingt wissen, wie es meiner Oma geht.

Ob sie schläft? Mhm – ob ich sie anrufen soll?

Vielleicht ist sie gleich neben mir und ich kann ihr noch einen Kurzbesuch abstatten.

Nur, wenn ich sie aufwecke, dann ist sie bestimmt ärgerlich.

Gedankenverloren registriere ich, dass ich mit dem

Telefon herumgespielt habe. Ich hatte aufgelegt, habe dann aber wohl wieder abgehoben.

Ach du Schreck! Ich rufe gerade irgendwo an. Es tutet in regelmäßigen Abständen.

Mein Blick huscht auf das Display.

Nein! Das kann nicht wahr sein. Die Nummer, die ich da in meinem Irrsinn gewählt habe …

»Ja«, knurrt es mir aus dem Hörer entgegen. Oh, oh. Hastig lege ich auf. Puh!

Wenigstens habe ich nicht Omi geweckt, denke ich mir.

Wie erstarrt sitze ich vor dem Telefon und warte. Niemand ruft zurück. Da habe ich aber noch mal Glück gehabt. Vielleicht kann er die internen Nummern nicht auf seinem Display sehen.

Ich zucke zusammen, weil es klopft.

Shit! Jemand poltert ziemlich geräuschvoll an meine Tür.

Langsam stehe ich auf und schleiche zur Zimmertür hinüber. Die Türklinke wirkt wie die Vorankündigung eines bevorstehenden Unheils auf mich. Dennoch schaffe ich es irgendwie, meine Hand darauf zu legen und die Klinke langsam nach unten zu drücken.

Die Tür fällt sofort wie von selbst ein Stück auf. Ich schiele durch den Spalt nach draußen auf den Gang.

Da steht er.

Breitbeinig. Im gestreiften Pyjama. Mit verschränkten Armen. Viel Weiß in den sonst so blauen Augen. Ungehalten und überheblich.

Kurz: Jérôme!

Wie im Zeitraffer dreht sich alles rückwärts und Stevens Worte hallen durch mein leeres Hirn. Ich reagiere nur noch. Langsam senke ich den Kopf und vollführe einen Knicks.

»Eure … euer …« Moment, ich überlege noch. Ich muss so aufpassen, weil mir das Wort Arschloch nicht aus dem Sinn will. Außerdem irritieren mich sein Bartschatten und die verwüstete Frisur. Er sieht richtig verwegen und leider auch sexy aus.

Mein Blick huscht wild umher, offensichtlich händeringend nach dem richtigen Ausdruck. Ich hole tief Luft, sehe dem Prinzen in die Augen und sage laut und deutlich: »Guten Abend, eure Durchloch.«

Meine Augen fallen zu und ich hoffe, dass er es nicht so gehört hat, wie ich meine Worte selbst verstanden habe. Es käme mir auch nicht ganz ungelegen, wenn er jetzt einfach so verschwinden würde. Seine Anwesenheit kann ich aber selbst mit geschlossenen Augen noch deutlich wahrnehmen. Ist mir so heiß oder spüre ich tatsächlich seine körperliche Nähe durch die Wärme, die er ausstrahlt? Es kommt mir echt so vor. Die Hitze scheint von vorne auf mich einzuprasseln, während ich den Raum hinter mir eher angenehm kühl wahrnehme.

»Königliche Hoheit«, sagt er.

»Nein, bitte, Sie müssen mich echt nicht so anreden.« Also, jetzt übertreibt er es aber. Ich bin doch hier nur Gast.

»Das war auch nicht die korrekte Anrede für Sie, sondern die meine. Von Durchloch habe ich noch nie etwas gehört. Wenn, dann nehmen Sie bitte Durchlaucht.«

Nein! Ich bin doch sonst nicht so schwer von Begriff. Wie komme ich bei ihm rüber? Wie ein naives Dummerchen. Ich hätte niemals hierherkommen dürfen. Danielle hatte so, so recht. Ich habe in seinen Augen nicht nur eine unsagbar hässliche Frisur, ich habe auf der ganzen Linie versagt. Aber so was von.

Was soll ich denn jetzt noch sagen? Meine Zunge klebt mir so am Gaumen, dass jetzt nur noch weniger Sinnvolles daraus hervorkommen würde.

Am besten, ich sage nichts mehr.

»Warum haben Sie mich angerufen?«

Ja, warum? Ich weiß es doch selbst nicht.

Meine Lippen fühlen sich an wie Knetmasse, als ich sie verlegen aufeinanderpresse.

»Sie waren doch wohl nicht enttäuscht, dass ich Sie nicht persönlich vom Flughafen abgeholt habe?«

»Wie bitte?« Also, ehrlich gesagt ist das das Letzte, was mir je in den Sinn gekommen wäre.

»Na, sagen Sie schon! Warum rufen Sie mich nun schon zum wiederholten Male mitten in der Nacht an?«

»Ich habe Ihre Nummer aus Versehen gewählt. Es war keine Absicht, okay?«

»Ihr Wort in Gottes Ohr, Mademoiselle.«

Er glaubt mir nicht? Ja, was meint der denn, was hier los ist? Dass ich mich vor Sehnsucht nach ihm verzehre? Wie gerne würde ich ihm alle möglichen Bosheiten an den Kopf schleudern. Leider gibt es da eine Tatsache, die ich nicht mehr vergessen kann: Er ist ein Fürstensohn. Ach, scheiß drauf!

»Es war ein Versehen, ob Sie es glauben oder nicht. Meinen Sie denn, ich lasse mich gerne von Ihnen quälen? Glauben Sie tatsächlich, ich rufe Sie freiwillig an, um mir Ihre Liebenswürdigkeiten anzuhören? Und jetzt gehen Sie und verklagen Sie mich wegen Majestätsbeleidigung oder wie auch immer man das bei Ihnen nennt.«

Oh weh! So bin ich eigentlich nicht. Ich bin immer die Ruhe selbst und alle Widrigkeiten aus meiner Umgebung lassen mich normalerweise kalt. Was ist nur los mit mir?

Besonders mies fühle ich mich, weil Jérôme nicht zurückschießt. Er sieht mich abwartend an, so als könnte das doch unmöglich schon alles gewesen sein, was ich ihm hatte sagen wollen.

Ich schweige und er wartet immer noch.

Stille.

Jetzt holt er tief Luft. »Was Sie mir nun schon mehrfach deutlich gesagt haben. Sie waren in der Lage, jedes Wort, das Danielle und ich gewechselt haben, zu verstehen.«

»Naja, nicht jedes, aber …«

»Sie haben zumindest den Großteil kapiert.«

»Ja.«

»Gut. Sind wir dann in der Lage, über diese Situation hinwegzukommen?«

Ich hab in dem Moment überhaupt keine Ahnung, was der Fürstensohn von mir will.

»Was ich wissen will: Werden Sie mir bei jeder zukünftigen Begegnung die Worte dieses unseligen Abends nachtragen?«

Eigentlich hatte ich das wirklich vor. Nie im Leben wollte ich ihm das vergeben. Aber so, wie er jetzt hier vor mir steht, fällt es mir zunehmend schwerer. Obwohl er sich nicht entschuldigt hat. Warum sollte er auch? Er ist bestimmt immer noch der Annahme, dass er nichts verkehrt gemacht hat. Aber er fordert ein, dass ich es gut sein lasse. Kann ich das?

»Sie waren …« Gut. Der Anfang ging schon mal in die Hose.

»Ja?«

»Sie haben …«

»Ich habe?«

Mühsam versetze ich mich an jenen Tag zurück und muss gerecht sein. Es geht mir weniger um die mitgehörte Unterhaltung von Danielle und ihm. Ich war bereits in dem Moment im Park gekränkt gewesen, als er meine freundliche Begrüßung so übergangen hat.

»Also, wenn Sie sich schon so über mich ärgern, Mademoiselle, dann sollten Sie mir den Grund schon nennen können.«

»Sie sind so dermaßen überheblich über mich hinweggegangen, als wäre ich gar nicht da.«

»Das meinen Sie?«

Ich weiß, ich weiß. Das war völlig falsch formuliert. Wie oft habe ich das schon gehört – formuliere Ich-Botschaften! Die kommen immer besser an. Aber echt jetzt: Dazu habe ich keine Lust. Hätte ich etwa sagen sollen: Ich habe mich nicht wohlgefühlt. Es hat mich so sehr verletzt, als Sie mich wie den letzten Dreck behandelt haben.

Leider ist es so, dass eine Du-Botschaft wie diese oft nach hinten losgeht. Er sieht mich schon so ärgerlich an, als würde er gleich losgehen, aber eher nach vorne. Direkt auf mich zu.

»Sie kennen mich nicht, Mademoiselle. Woher nehmen Sie sich die Freiheit, über mich zu urteilen?«

Ich pruste los. Das muss gerade er sagen.

»Das finden Sie offensichtlich auch noch lustig.«

»Ja. Total. Sie sind doch derjenige, für den ich vom ersten Moment an unten durch war.«

»Das entspricht nicht der Wahrheit.«

Er sagt dies so bestimmt, dass ich es weder wage, zu widersprechen, noch, mir dazu Gedanken zu machen.

Jérôme kommt ein Stück näher und ich muss mich beherrschen, die Tür nicht vor seiner Nase zu schließen.

»Sie haben keine Ahnung, warum ich mich wie verhalte.«

»Ja, da haben Sie echt recht. Ich kann Typen wie Sie nicht verstehen.«

»Sehen Sie?«

»Nein. Ich sehe nichts.« Doch. Genau genommen sehe ich diesen Mann da vor mir stehen, im Schlafanzug. Was hat der für Hammer-Wimpern! Gehört eigentlich verboten bei einem Mann.

»Sie haben mich von dem Moment an verurteilt, als Sie mich gesehen haben,« sagt Jérôme.

»Ich Sie? Das ist doch nicht wahr.«

»Doch. Ich habe Ihren Blick gesehen. Zuerst haben Sie meine Schuhe betrachtet, dann meinen Anzug. Als Sie mir ins Gesicht gesehen haben, da dachte ich schon,

Sie müssten sich gleich erbrechen. Es war Ihnen deutlich anzusehen, dass ich Ihnen zutiefst zuwider war.«

Ich kann nicht beschreiben, was seine Worte in meinem Inneren anrichten. Ich will das alles nicht hören, aber da ist ein Gefühl, das auf Nährboden stößt. Ja, ich hatte echt nicht mit so einem Schnösel gerechnet, der als Pierres Sohn auftauchen würde.

Aber das werde ich doch jetzt niemals zugeben. Vor allem erschrecke ich, dass er mir meine Gedanken so leicht aus dem Gesicht lesen konnte. So wenig habe ich meine Gesichtszüge unter Kontrolle? Erbärmlich.

Trotzdem werde ich mich nicht entschuldigen. Schließlich wusste ich damals nicht, dass es sich hier um eine Fürstenfamilie handelt. Dass er sich vielleicht so kleiden muss und so auftreten muss, damit er in den Klatschheftchen gut rüberkommt.

»Mademoiselle, ich sehe schon, dass ich Ihnen für heute Abend genug zugemutet habe. Gibt es denn noch etwas, was Sie mir mit auf den Weg geben wollen?«

Hastig überlege ich, was eigentlich mein Hauptvorwurf gegen ihn war.

»Vielleicht sollten Sie die Menschen nicht nach ihrem Äußeren beurteilen.«

»Das werde ich mir zu Herzen nehmen, wenn ich Ihnen die Worte zurückgeben darf.« Er lächelt. Wow! Was ist das für ein schelmisches schiefes Lächeln?

Obwohl ich mich in seinem Bann gefangen fühle, merke ich, dass der Schuss schon wieder nach hinten losgegangen ist. Darauf versuche ich mich zu konzentrieren. »Vielleicht sollten Sie sich mehr Zeit nehmen, die

Menschen kennenzulernen, bevor Sie sie beurteilen.«

Er wird ernst und sagt: »Ebenso.«

Puh! Dieses Gespräch sollte ich jetzt echt beenden. Ich bin inzwischen klatschnass geschwitzt.

Ich deute hinter mich. »Ich sollte jetzt besser schlafen gehen.«

Zu meiner Überraschung macht er eine knappe Verbeugung, was im Pyjama irgendwie witzig aussieht. »Ich wünsche Ihnen eine gute Nacht.«

Schon wendet er sich ab und geht.

Geräuschlos öffne ich meine Tür ganz weit und beuge mich in den Gang hinaus. Wo er wohl seine Räume hat?

Die scheinen auf jeden Fall weiter weg zu sein. Er geht den Gang bis ganz zum Ende und verschwindet dann um eine Ecke.

»Gute Nacht«, flüstere ich ihm nach.

Kapitel 8

Mein Smartphone weckt mich zur gewünschten Zeit. Ganz gegen meine Gewohnheit habe ich in diesem fremden Bett geschlafen wie ein Stein. Dennoch fühle ich mich gerädert, weil die Nacht nach der Reise zu kurz war.

Die nächtliche Begegnung wirkt jetzt verblasst, so als hätte sie in einem Traum stattgefunden. Leider kann ich mich aber noch daran erinnern, dass es kein Traum war.

Es ist schon hell draußen. Mein erster Weg führt mich direkt auf den Balkon, dessen Geländer aus weißen Säulen besteht.

Mein Blick schweift in die traumhafte Umgebung. Ich habe Meerblick. Die Farbe des Meeres unterscheidet sich kaum von der des Himmels. Der ist wolkenlos. Obwohl es noch etwas kühl ist, liegt das Versprechen auf einen herrlichen Tag in der Luft.

Wäre ich nicht wegen meiner kranken Omi hier, dann hätte ich Urlaubsfeeling pur. Alleine schon die Palmen und die vielen Pflanzen mit Blüten in allen Farben, die man sich nur vorstellen kann, versprechen Erholung.

Der Duft von Sommer liegt in der Luft.

Ich kann mich nur schwer von dem Platz auf dem Balkon trennen, aber ich wollte mich vor dem Frühstück noch duschen.

Außerdem lässt mich der frische Wind an diesem Morgen leicht frösteln.

Da das luxuriöse Bad dem Blick vom Balkon in fast nichts nachsteht, fällt mir der Entschluss zu duschen nicht schwer.

Gestern Nacht habe ich nur die nötigsten Sachen aus meinem Koffer gezogen. Das hole ich, nur in ein Handtuch gewickelt, auf die Schnelle nach.

Was habe ich mir nur dabei gedacht, den aktuellen Fürstenroman mitzubringen? Die halten mich hier bestimmt für irre.

Achtlos lege ich das Heft auf die Seite und kümmere mich um die Bekleidung.

Heute sind auf jeden Fall kurze Hosen und T-Shirt angesagt.

Ich entscheide mich für eine hellblaue Jeans, die ich über den Knien abgeschnitten und ausgefranst habe. Dazu ziehe ich ein bunt gestreiftes Spaghettiträgertop an.

Meine Haare frisiere ich zu einem riesigen Dutt und verstecke die Ansätze der Dreads unter einem dunklen Tuch. Meine braunen Sandalen runden das Outfit ab.

Ich bin gerade fertig, als es an der Tür klopft. Mit schnellen Schritten eile ich zur Tür und öffne diese schwungvoll.

Da steht Marie. Nein, nicht meine Schwester Marie, sondern die Haushälterin. »Guten Morgen, Mademoiselle. Haben Sie alles, was Sie brauchen?«

»Ja, danke. Alles bestens.«

»Dann darf ich Sie nun zu Madame Herzog begleiten. Sie ist wach und freut sich schon sehr, Sie zu sehen.«

Na endlich! Ich hätte mich schon gar nicht mehr getraut, nach meiner Omi zu fragen. Doch, wahrscheinlich hätte ich schon irgendwann gefragt, aber ich will den Leuten ja auch nicht auf den Geist gehen.

Ganz besonders möchte ich einem gewissen Prinzen nicht mehr zu nahe treten. Aber ich glaube, da brauche ich mir gar keine Sorgen zu machen. Er wird vielbeschäftigt sein, mit … naja mit den Dingen, die ein Prinz eben so machen muss. Was weiß ich schon, was das ist. Sich ein Sixpack antrainieren vielleicht?

Ich folge Marie, die wie gestern Nacht über den Gang vor mir her läuft. Diesmal haben wir es nicht weit. Meine Omi residiert nur ein paar Zimmer weiter.

Marie klopft lautstark an die Tür. Leicht verdattert höre ich eine Männerstimme rufen: »Herein!«

Marie öffnet die Tür, tritt aber nicht ein. Sie steht im Gang und wartet auf mich. Neugierig nähere ich mich der Türöffnung und schiele ins Innere des Raumes.

Mein Blick fällt sofort auf das pompöse Bett und meine kleine Omi, die darin fast zu verschwinden scheint.

Auf einem Stuhl am Bett sitzt der Fürst höchstpersönlich, der prompt aufsteht.

»Ines«, sagt er erfreut und kommt mir leicht gebückt entgegen. Seine Stoffhose und das kurzärmelige Hemd wirken wesentlich seriöser als mein Outfit. Aber er scheint sich nicht daran zu stören. Ich betrete den Raum.

Hastig überlege ich, wie jetzt gleich wieder die richtige Ansprache für ihn ist.

»Eure Durchlaucht«, murmele ich leise. Sollte es die falsche Ansprache sein, dann fällt es vielleicht nicht auf.

Es wärmt mich innerlich, zu sehen, wie sehr sich Pierre über mich freut. So viele Lachfältchen in einem Gesicht. Ist das denn die Möglichkeit! Ganz automatisch ziehen sich meine Gesichtsmuskeln in die Richtung meiner Ohren. Ich grinse wie ein Honigkuchenpferd, hätte Omi jetzt sicher gesagt, wenn sie nicht so blass und eingefallen in dem Bett liegen würde.

Fürst Pierre drückt meine Hand fest mit beiden Händen. Er bemerkt sofort, dass meine Aufmerksamkeit zu meiner Oma schnellt. »Gehen Sie nur, Ines. Ich lasse die Damen dann mal alleine.«

»Nein«, krächzt Oma. »Bleib doch, Pierre.«

Der Fürst sieht mich fragend an. Ich nicke. Da sehe ich, wie er Marie ein Zeichen gibt, die immer noch draußen auf dem Gang bei der offenen Tür steht und wartet.

Als ich mich umdrehe, ist sie schon dabei, die Tür von außen zu schließen. Pierre lässt meine Hand los und ich eile zum Bett meiner Omi.

»Hey, Omi. Was machst du denn für Sachen?« Schon sitze ich auf dem Bett und greife Omis knöcherne Hand.

»Es ist so schön, dass du da bist. Ich habe eben erst davon erfahren.« Sie klingt so schwach und gebrechlich.

So kenne ich meine Oma gar nicht. Dennoch höre ich ihre Worte sehr genau und suche mir die Bestätigung beim Fürsten, der wieder in dem Stuhl am Bett Platz genommen hat.

Der lächelt nur. Ich merke, dass er nur Augen für die Kranke zu haben scheint. Sehe ich da auch eine ganz besondere Art der Sorge um meine Omi?

»Pierre hat gesagt, es sollte eine Überraschung werden«, erklärt Omi, während ich noch Pierre betrachte, der gleich dahinschmilzt.

So langsam bekomme ich den Eindruck, dass ich es bin, die hier stört. Obwohl meine Oma offensichtlich nicht gesund ist, leuchten ihre Augen, wenn sie zu Pierre sieht. So habe ich sie schon lange nicht mehr gesehen. So glücklich.

»Was hast du dir denn da eingefangen, Omi? So was Hartnäckiges.«

»Ach, Liebes. Ich habe das Klima so sehr genossen, bis ich mir diesen Virus geholt habe. Inzwischen ist er aber nicht mehr ansteckend. Also keine Sorge: Du wirst deinen Aufenthalt hier genießen können.«

»Aber ich bin doch hier, um mich um dich zu kümmern.«

»Siehst du, Pierre.«

Omi übergeht mich einfach und ich kann gerade noch sehen, wie Pierre mir zuzwinkert.

»Wissen Sie, was das erste war, das Ihre Großmutter gesagt hat, als ich ihr von Ihrer Ankunft berichtet habe? Natürlich erst, nachdem sie sich ausgiebig über Ihre Anwesenheit gefreut hatte.«

Ich sehe zwischen Pierre und Omi hin und her. »Was geht hier vor?«

»Liebe Ines. Ich habe Sie hierhergebeten, damit Sie nach Ihrer Großmutter sehen …«, sein Zeigefinger schnellt in die Höhe, »… aber ich möchte mich auch für Ihr liebes Verhalten revanchieren, als Sie mir im Park das Wasser angeboten haben. Ich möchte, dass Sie die Tage hier nutzen, um es sich gut gehen zu lassen.«

»Aber –«

»Kein Aber«, mischt sich Omi ein. »Meinst du, ich kann gesund werden, wenn du den ganzen Tag hier sitzt? Ich freue mich sehr, wenn du zwischendurch mal bei mir reinsiehst und mir berichtest, was du alles erlebt hast.«

Pierre lächelt mir aufmunternd zu.

»Na gut.«

»Na, siehst du. Deshalb macht ihr euch jetzt auf zum Frühstück. Und danach drehst du für mich ein paar Runden draußen im Pool.«

Pierre tätschelt meiner Omi den Arm und steht dann auf. Und auch ich streichele meiner Oma nochmals über die Schulter und erhebe mich von ihrem Bett. »Bis später, Omi.«

»Geh nur, geh nur.« Sie winkt mich hinaus.

Pierre steht an einem Apparat, der neben der Tür aufgebaut ist. Bevor ich mich fragen kann, was er da macht, erkenne ich es: Er desinfiziert sich die Hände.

Ich trete neben ihn, weil ich das für eine gute Idee halte.

Schließlich verlassen wir die kranke Omi und machen uns auf den Weg zum Frühstück.

»Wir gönnen uns heute den Luxus eines privaten Frühstücks. Außer Ihnen wird nur die Familie anwesend sein. Daher speisen wir im kleinen Salon.«

Mein Herzschlag beschleunigt sich. Das bedeutet, dass Jérôme auch da sein wird, oder?

Der Druck in der Magengegend macht mir schwer zu schaffen, als wir den Salon erreichen. Mein Appetit ist mir bereits vergangen.

Hastig schiele ich in den Raum mit den schweren, dunklen Möbeln, den dicken Vorhängen und Teppichen. Es ist noch niemand da.

Mit beschleunigtem Atem versuche ich die Wucht, mit der sich mein Magen entspannt, zu kompensieren. Jérôme ist nicht da. Noch nicht – oder kommt er gar nicht?

Was ist nur los mit mir?

Ich versuche meine Aufmerksamkeit auf den reichhaltig gedeckten Frühstückstisch zu lenken. Hier scheint es alles zu geben, was das Herz begehrt. Herzhaftes und Süßes.

»Suchen Sie sich einen Platz aus.«

Ich zähle die Gedecke und überlege, wo ich mich am sinnvollsten platzieren sollte.

»Guten Morgen«, ertönt hinter mir eine helle Stimme, die mich herumfahren lässt.

Eine Frau in meinem Alter betritt mit schnellen Schritten den Raum. Sie trägt eine Uniform, wie ich sie bei Dressurreitern schon gesehen habe. Die Stiefel und der Helm fehlen noch und die Jacke ist noch nicht zugeknöpft.

Ich weiß, wer das ist. Während meiner intensiven Internetrecherchen über Jérôme bin ich natürlich auch über seine jüngere Schwester Charlotte gestolpert, die eine ambitionierte Reiterin ist.

Shit – wie soll ich sie begrüßen? Ich sehe nur, wie ihr Vater sie kurz in seine Arme schließt und sie ihm ein Küsschen auf die Wange drückt. Eine sehr ungewöhnliche Begrüßung, wenn man sich doch jeden Tag sieht. Das mit dem Küsschen hier und Küsschen da kenn ich ja jetzt schon, aber das sind immer nur diese Luftküsschen. Charlotte drückt ihrem Papa echte Küsse auf die Wangen. Also, meine Mutter und ich sind da nicht so verkuschelt. Aber macht ja nichts. Jedem so, wie es ihm gefällt.

Jetzt wendet sich die Prinzessin mir zu und ich knickse, verbeuge mich und senke den Blick. Viel zu viel des Guten. »Königliche Hoheit.«

»Nein, nein, nein. Bitte nicht.« Charlotte lacht und als ich sie wieder ansehe, winkt sie wild gestikulierend ab. »Wir sind doch hier unter uns und du bist ein persönlicher Gast meines Vaters.«

Stürmisch bewegt sie sich auf mich zu. Sie wirkt dennoch wie eine zarte Elfe, die durch den Raum schwebt. Ihr Lächeln ist so herzlich, dass ihre Augen dabei zu leuchten scheinen. Überrascht lasse ich mich von ihr in den Arm nehmen und drücken. Ihre Ankunft wird von einem Windstoß begleitet, dem der blumige Duft eines leichten Parfüms anhaftet. Mit erstaunlicher Kraft zieht Charlotte mich zu sich hinunter. Ihr seidenweiches langes Haar kitzelt mir in der Nase, als sie ihre

Backe an meine Backe drückt. Dieses Küsschen-über-die-Schultern-Werfen muss ich erst noch lernen, fürchte ich.

»Ich bin Charlotte«, sagt sie, als sie sich von mir gelöst hat.

Ich stehe immer noch da wie zuvor, unfähig, mich zu bewegen. »Ines.«

Charlottes Blicke umrunden meinen Kopf. Ausgiebig mustert sie meine Dreads und legt dabei sogar leicht den Kopf schief. Was sie hinter diesen großen Augen und dem Lächeln wohl denkt?

Ich werde abgelenkt, weil jemand den Raum betritt. Charlotte wirbelt sofort herum und eilt zu ihrem Bruder.

Ich muss kräftig schlucken und bemerke, wie der Druck auf meinen Magen wieder anwächst. Meine Fingerspitzen fühlen sich taub an.

Jérôme trägt eine dunkle Stoffhose und ein lilafarbenes Hemd. Mir wird schwindelig, als ich sehe, dass er es nicht ganz bis oben zugeknöpft hat. Der Ansatz seines Brustkorbes sieht so makellos aus, dass ich kaum wage, mir vorzustellen, was unter dem Hemd alles verborgen ist.

Mir wird warm und gleichzeitig fröstelt es mich. Verwundert blicke ich auf meinen rechten Unterarm und sehe, wie sich sämtliche Haare darauf aufstellen.

Charlotte fällt auch ihrem Bruder um den Hals. Da er noch größer ist als ich, muss sie sich fast an ihn hängen, damit er sich zu ihr hinabbemüht. Sie kichert, als sie ihm ein Küsschen auf die Wange drückt.

Er sieht nicht begeistert aus, lässt es sich aber gefallen. Eine seiner Hände berührt ihre Taille. Er hat wirklich tolle Hände. Wie es wohl wäre, wenn er mich so berühren würde? Dann wäre es keine harmlose Szene unter Geschwistern.

Sein Blick trifft mich unvorbereitet, als ich lautstark durch den Mund ausatme und verkrampft von der Hand wegsehe. Unerbittlich schiebt diese Hand nun seine Schwester etwas zur Seite. »Heb dir deine Küsschen lieber für Papa auf. Der freut sich drüber«, tadelt Jérôme seine Schwester. Die Milde in seinem Blick belehrt aber jeden Anwesenden eines Besseren.

Charlotte eilt zum Tisch, greift nach einem Croissant und hat bereits hineingebissen, bevor sie sitzt.

Eigentlich hätte ich auch Hunger, aber irgendwie scheint das Loch in meinem Magen mit Beklemmung gefüllt zu sein.

Es entgeht mir nicht, dass der Fürst zwischen Jérôme und mir hin- und hersieht, bevor er sich einen Platz am Tisch sucht.

Jetzt stehen nur noch Jérôme und ich herum.

Ich möchte gerne etwas sagen, aber es kommt kein Wort über meine Lippen. Nicht einmal, als ich Luft geholt und den Mund geöffnet habe. Mit viel Fantasie hätte man den Buchstaben A heraushören können. Sehr informativ. Letztendlich schließe ich den Mund wieder und schaue bestimmt noch bedröppelter drein als zuvor.

Als Jérôme gemütlich in Richtung Tisch und damit auch auf mich zu schlendert, überlege ich, ob ich mich kurzfristig in Luft auflösen könnte. Wie wäre es mit dem praktischen Verschwindibus-Zauber?

Shit – den kenne ich ja gar nicht. Was mache ich denn jetzt? Warum zum Teufel fühle ich mich so … so schrecklich ausgeliefert?

Ich glaube, ich habe meinen Körper schon verlassen, als Jérôme mich erreicht. Wie ferngesteuert sehe ich zu ihm auf. Meine Augen fühlen sich trocken an, weil ich gar nicht mehr weiß, wann ich die Lider zuletzt bewegt habe.

Etwas berührt meine Hand. Falsch – jemand berührt meine Hand. Ich fühle, wie sie nach oben gezogen wird. Mit der größten Überraschung erkenne ich, dass Jérôme meine Hand zu sich zieht. Er beugt sich nach vorne, spitzt seine Lippen und …

Hastig ziehe ich ihm meine Hand weg. Das ging leicht, weil er wohl nicht damit gerechnet hat.

Ich kann allerdings nicht reagieren, als er nachgreift, meine Hand erwischt und erneut daran zieht. Diesmal will er mir wohl keinen Handkuss geben. Er zieht mich nah an sich heran und ehe ich mich versehe, wird mir ein herzhafter Kuss auf die Wange gegeben. Mehrmals. Rechts, links, rechts. Oder auch umgekehrt. So genau kann ich das gar nicht eruieren. Diesmal handelt es sich nicht um die angedeuteten Küsschen. Er berührt mich wirklich mit seinen Lippen. Mein Gesicht explodiert gleich, wenn er nicht bald damit aufhört.

»Herzlich willkommen in Marzin, Mademoiselle. Ich hoffe, Sie werden den Aufenthalt hier in Calais genießen.«

Es blitzt gefährlich in seinen Augen.

»Japp.« Ich schnappe nach Luft und nicke. »Danke.«

Er hält immer noch meine Hand und ich merke, dass ich seine schüttele, als würden wir uns immer noch begrüßen.

Mir fällt auf, dass es sehr still ist. Kein Geschirrgeklapper, kein Geräusch weit und breit. Ich sehe zu Charlotte und dem Fürsten.

Beide lösen sich augenblicklich aus einer Art Starre und Charlotte sagt mit vollem Mund: »Frühstück?«

Jérôme lässt sofort meine Hand los und geht zu einem Stuhl, um diesen vom Tisch wegzuziehen. Ich muss dann wohl oder übel den Stuhl neben ihm nehmen. Mal wieder.

Mit Tunnelblick fixiere ich den letzten freien Platz, peile ihn an, ziehe den Stuhl weg und setze mich.

Charlotte lacht auf.

Irritiert sehe ich mich um. Die Ursache für diese Lachattacke bin nicht ich. Na immerhin. Charlotte lacht über meinen Nachbarn. Ich schiele zu Jérôme, der immer noch steht. So, wie er hinter dem Stuhl steht, sieht es so aus, als hätte er ihn für jemand anderen zurechtgerückt.

Offensichtlich für mich.

»Oh.« Ich lächele verlegen.

Jérôme zieht die Augenbrauen noch ein Stück weiter nach oben. Dann lässt er sich demonstrativ Zeit, als er sich setzt.

Ich möchte mich dazu zwingen, etwas zu essen. Mein Hungergefühl lässt mich zwar weiterhin im Stich, aber ich hoffe doch, dass der Appetit mit dem Essen kommt.

Interessiert lausche ich den familiären Gesprächen, während ich mir etwas zu essen auflade. Besonders lieb finde ich, dass die drei Deutsch sprechen.

Charlotte berichtet ihrem Vater von ihren Erfolgen beim Springreiten. Sie ist mit echter Begeisterung dabei. Ganz anders als diese Danielle mit ihrer blöden Angebermasche.

Als hätte ich laut gedacht, greift Jérôme meinen Gedanken auf. »Übrigens, Charlotte, wusstest du, dass Mademoiselle Herzog hier etwas gegen Tierquälerei hat?«

Charlotte unterbricht ihre lebhafte Erzählung und sieht mich überrascht an. Der Fürst hat ein kleines Lächeln aufgesetzt, beschäftigt sich aber sehr intensiv mit dem Rührei auf seinem Teller.

Mich hat niemand direkt etwas gefragt, aber ich fühle mich doch in Erklärungsnot. »Also, das bezog sich überhaupt nicht auf –«

»… den Reitsport?«, beendet Jérôme den Satz für mich.

»Eigentlich war das die Rache für ihr blödes Geschwätz über mich.« So – jetzt wissen es alle.

»Um wen geht es?«, will Charlotte wissen.

Ihr Vater holt tief Luft: »Um Danielle.«

»Unsere Danielle?« So, wie Charlotte das betont, fühle ich mich gleich noch ein Stück schlechter.

»Ja.« Der Fürst legt die Gabel in den Teller und wendet sich mir zu. »Sie ist übrigens auch ein gern gesehener Gast hier. Ihre Eltern wünschen, dass sie unsere Geschichte studiert. Deshalb erwarten wir sie in den nächsten Wochen.«

Egal. Bis dahin bin ich schon über alle Berge.

Alle lieben Danielle, sie ist auch noch gern gesehen hier und ich habe mich soeben als ihr Anti-Fan geoutet.

In Zukunft werde ich meine Zunge hüten. Kein böses Wort wird je wieder meine Lippen verlassen. Ganz großes Indianer-Ehrenwort!

»Was für Geschwätz hat sie denn von sich gegeben?« Charlottes Neugier scheint meinem Wissensdurst ähnlich zu sein.

Ich kann sie zwar verstehen, aber ich sag jetzt nichts mehr.

Jérôme, der seine Schwester wohl nicht im Ungewissen lassen möchte, antwortet frei heraus: »Sie hat sich sehr unangemessen über die Haare … über die Frisur von Mademoiselle Herzog geäußert.«

Charlotte, die mir gegenübersitzt, mustert mich direkt. »Wieso? Was ist damit?«

Ich kann es nicht glauben. »Na … ich habe Dreads.« Mit beiden Händen betone ich meinen Kopf und das dazugehörige Haar, während meine Grimasse Bände spricht.

Irgendwie süß von ihr, dass das für sie überhaupt kein Thema ist. Sie hat mich so hingenommen, wie ich bin. Sehr lieb.

»Ach so«, befindet Charlotte und zuckt mit den Schultern, »na und?«

Es gefällt mir, wie sie ist. So herrlich normal. Wüsste ich es nicht, dann würde ich sie niemals für eine

Fürstentochter halten. Das ist als Kompliment gemeint.

»Was haben Sie heute vor, Ines?« Der Fürst sieht mich interessiert an.

»Ich habe den Befehl erhalten, den Pool zu nutzen.«

»Befehlen sollte man gehorchen, besonders denen der Großmutter.« Der Fürst lächelt mich an, dann schweifen seine Blicke in die Ferne. »Ich hoffe, Sie finden sich hier zurecht. Ich werde nachher Marie bitten, Sie ein wenig herumzuführen.«

»Oder Sie rufen einfach um Hilfe. Inzwischen sind Ihnen ja schon diverse interne Rufnummern bekannt«, brummt Jérôme.

Charlotte kichert, während mir die Spucke wegbleibt.

»Oh ja. Sie haben einen bleibenden Eindruck bei Henri hinterlassen.« Der Fürst schmunzelt.

Ich traue mich gar nicht nachzufragen, wer Henri ist. Das Bild einer bösartigen Bulldogge möchte sich in meinem Gehirn entfalten.

»Das ist der Chef unseres Sicherheitsdienstes. Er ist schon sehr gespannt darauf, Sie persönlich kennenzulernen«, erklärt Pierre.

Also doch die bösartige Bulldogge. Wunderbar. Ich bin das Gegenteil von erpicht darauf, ihn kennenzulernen. Ich möchte am liebsten einen großen Bogen um Henri machen.

»Es ist mir eine Freude, Sie vorzustellen, Mademoiselle.« In Jérômes Augen blitzt es gefährlich.

»Ach, das eilt nicht«, sage ich und winke ab.

»Gut. Dann nach dem Pool.« Für Jérôme scheint

das eine abgemachte Sache zu sein. Er wischt sich mit einer Serviette den Mund ab, schiebt dabei den Stuhl nach hinten weg und steht auf. »Ich wünsche Ihnen einen erholsamen Tag, Mademoiselle.«

Habe ich da etwa eine kleine Verbeugung gesehen? Also, jetzt übertreibt er es aber gehörig.

Um mich herum herrscht Aufbruchstimmung. Unentschlossen erhebe ich mich ebenfalls und sehe Jérôme nach, der aus dem Raum eilt. Dort sehe ich auch Marie stehen.

»Marie ist ganz für Sie da«, erklärt der Fürst, bevor auch er den Raum verlässt. Charlotte eilt ihm hinterher und ruft mir noch zu: »Wir müssen unbedingt mal zusammen reiten.«

Joah, klar, wenns weiter nichts ist. Ich bleibe ihr eine Antwort schuldig, aber es ist auch nicht so, als hätte sie noch auf eine gewartet. Für sie ist die Sache abgemacht.

Marie begleitet mich zurück in mein Zimmer. Sie wartet vor der Tür, während ich meine Badesachen einpacke. Meinen gestreiften Bikini ziehe ich gleich an. Wer weiß, ob es am Pool eine gute Möglichkeit gibt, mich umzuziehen.

Zusammen mit Marie erkunde ich noch ein wenig den Palast. Zumindest finde ich jetzt vom Eingang zurück zu meinem Zimmer, und zum Pool finde ich auch selbst. Das ist ja schon einmal ein guter Anfang.

Um mich ein wenig einzuleben, lege ich mich erst einmal bekleidet auf eine der weißen Holzliegen am Pool. Es ist herrlich hier, aber gleichzeitig unbelebt und doch belebt. Schwer zu erklären. Ich bin alleine, es rührt sich nichts, aber dennoch springen dauernd irgendwelche Mitarbeiter herum. Ein Gärtner zum Beispiel, der an den vielen Palmen herumwerkelt.

Ich fühle mich beobachtet. So paradiesisch es hier unter dem Sonnenschirm auch ist. Es packt mich nicht, in den Pool zu gehen. Um mich herum scheinen alle arbeiten zu müssen, während ich faul herumliege. Meinen mitgebrachten Fürstenroman nehme ich nicht einmal aus dem Beutel. Wie sähe das denn aus?

Einige Zeit beobachte ich unter meiner Sonnenbrille den Gärtner, der sich durch den Garten arbeitet. Hinter dem Pool geht der Garten in eine steile Hanglage über und ich kann diesen bequem überblicken.

Irgendwo am Ende dieses Gartens, hinter dem Tor und der Mauer dahinter, muss der Ort liegen. Dort gibt es bestimmt auch einen Strand. Da sind Menschen, die sich – wie ich – faul herumflözen und die Sonne genießen. Da ist was los. Dort gibt es Wind und Meeresrauschen. Ich könnte den Sand unter meinen Füßen spüren, nicht die heißen Steinplatten der Terrasse. Es gäbe Eis und Touristenläden mit überflüssigem Schnickschnack. Hach, das wäre jetzt was.

Obwohl es erst vormittags ist, ist es hier am Pool kaum mehr auszuhalten. Die Hitze steht, selbst im Schatten. Die Luft ist beim Einatmen so unangenehm warm in meiner Lunge, dass ich jetzt schon am Verdursten bin.

So kann ich unmöglich meinen Aufenthalt hier herumbringen. Was soll ich denn Omi erzählen? Das ist doch langweilig. Ich möchte in den Ort, möchte die Menschen dieses Fürstentums sehen und mich einfach unter sie mischen. Was soll ich denn hier in dem Palast?

Kurzentschlossen stehe ich von der Liege auf und starre den Hang hinab. Der Gärtner ist nun ganz unten am Gartentor angekommen. Er scheint einen Schlüssel zu haben. Ich beobachte, wie er das Tor aufsperrt und einen Teil seiner Gartengeräte nach draußen trägt.

Spontan greife ich nach meinen Sachen, um ihm zu folgen. Schon die ersten Schritte in praller Sonne geben mir deutlich zu verstehen, dass mein Kopftuch keinen ausreichenden Schutz für mich bieten wird. Meine Dreads scheinen die Hitze nur noch mehr zu speichern. Bis ich im Ort bin, habe ich wahrscheinlich solche Kopfschmerzen, dass ich mich zu Omi ins Bett legen kann.

Zurück in mein Zimmer möchte ich aber auch nicht mehr gehen. Deshalb nehme ich einfach einen dieser weißen Palastsonnenschirme aus seiner Halterung, halte ihn wie einen Regenschirm über meinen Kopf und marschiere los.

Mit schnellen Schritten eile ich den angelegten Weg mit den Steinstufen den Hang hinab, genau auf das Tor zu, das immer noch offen steht. Kurz bevor ich das Tor erreiche, kommt mir der Gärtner mit einer Schubkarre entgegen.

Er ist ziemlich verwundert, mich hier zu sehen, aber ich lasse mich nicht beirren. Der Schirm ist schnell eingeklappt, damit ich durch das Tor passe. Auf der anderen Seite angekommen, höre ich noch, wie der Gärtner mir so einiges nachruft.

Jetzt sehe ich noch eine Mauer vor mir. Das muss die Außenanlage sein. Danach habe ich den Palast verlassen. Das Tor schließt sich gerade wieder. Es scheint automatisch zu funktionieren. Da sind auch Kameras und allerlei technischer Schnickschnack. Ist ja wie im Gefängnis hier.

Wenn ich schnell bin, dann schaffe ich es aber noch, durch das Tor zu kommen. Ich beschleunige und bin so froh, dass ich mich für die Sandalen und nicht die Flip-Flops entschieden habe.

Es ist eigentlich ein Wunder, dass ich mit Schirm und Tasche durch die kleine Lücke komme, bevor sich das Tor nach mir schließt.

Was ich nicht bedacht habe: das, was nach dem Tor kommt. Ich bin so schnell, dass ich den schmalen Feldweg quer nehme und nur aus den Augenwinkeln einen Sicherheitsmitarbeiter sehe, der gerade ins hohe Gras pinkelt. Schon presche ich hangabwärts, vorbei an dem Fahrzeug des Gärtners, mitten durchs Gestrüpp.

Ich strauchele, fange mich wieder und höre nur das Rascheln der Büsche und des trockenen Grases um mich. Die Pinien stupfen mich unaufhörlich, während ich den Hang hinabstolpere.

Ich glaube, der pinkelnde Waffenträger hat mich gar nicht gesehen. Vielleicht hat er was gehört, weil ich eine rufende Stimme hinter mir wahrnehme.

Das ist jetzt auch egal. Bremsen kann ich eh nicht mehr. Es gelingt mir erst, als ich auf eine geteerte Straße treffe. Puh! Außer Atem blicke ich erst einmal hinter mich. Der Palast liegt hoch über mir. Überall an meinen Armen und Beinen spüre ich die brennenden Kratzer der verwüsteten Botanik hinter mir. Nach kurzer Sichtung komme ich aber zu dem Ergebnis, dass ich nicht schwer verletzt bin und mit ein bisschen Sonnencreme jeden Schürfer wegreiben kann.

Viel wichtiger ist, dass ich jetzt die Straße entlang in den Ort marschieren werde. Ich sehe das Meer und den Strand. Endlich spüre ich auch den Wind im Gesicht. Yeah! Ich freue mich schon sehr auf den Tag, der vor mir liegt.

Beschwingt klappe ich den Sonnenschirm wieder auf. Er sieht weniger ramponiert aus als ich, was mich beruhigt. Schließlich will ich ihn heute Abend heil wieder zurückbringen. Hoffentlich lässt mich der Pinkler wieder rein, denke ich mir noch. Notfalls muss ich den Haupteingang finden und klingeln.

Kapitel 9

Endlich! Schnell schlüpfe ich aus meinen Sandalen und trete barfuß in den Sand. Das Gefühl des warmen Sandes an den Fußsohlen und das reibende Gefühl zwischen den Zehen habe ich vermisst. Das ist es, was ich mit Urlaub und Erholung verbinde.

Ich schließe die Augen, strecke mein Gesicht in Richtung Meer und lasse mir die Sonne auf die Haut scheinen. Hier am Meer ist es mit einer frischen Brise eine angenehme Wärme.

Der Strand ist gut besucht – besonders der Teil, der auch ohne Mietschirme benutzt werden darf.

Ich ergattere noch ein Fleckchen, das weit vom Wasser, dafür nah an der Strandpromenade ist. Einziger Minuspunkt: Ich liege sehr nah an dem Holzweg zu dem Steg, auf dem ein Kiosk ist. Das heißt dann wohl, dass hier größeres Personenaufkommen herrschen wird. Aber ich darf nicht meckern; am Pool war es mir ja zu einsam. Also, dieses Gefühl wird hier mit Sicherheit nicht aufkommen.

Mit größtmöglichem Druck bohre ich die Spitze des Sonnenschirmes in den Sandboden. Ich drücke, drehe und presse, so fest es geht. Dennoch macht der Schirm einen arg wackeligen Eindruck, was den Wunsch nach einem Vorschlaghammer in mir aufkeimen lässt. Leider habe ich keinen. Solange der Wind nicht zu stark ist, müsste der Schirm trotzdem halten.

Das Handtuch ist schnell ausgepackt. Endlich kann ich meine Klamotten ausziehen und es mir so richtig gemütlich machen, nachdem ich mich hastig mit Sonnenöl eingecremt habe.

Die Stunden vergehen. Ich bade, schlafe, esse Eis – mit anderen Worten: Ich lasse es mir so richtig gut gehen. Ja, ich lese sogar hemmungslos ein paar Seiten in dem Fürstenroman. Der Fürst in der Geschichte macht es der armen Angestellten nicht gerade leicht, aber davon kann ich auch ein Lied singen. Wie gut, dass ich wenigstens nicht für den Prinzen arbeite.

Die Sonne wird milder und irgendwann klappe ich den Schirm ein. Bei uns ist es um diese Jahreszeit selten so heiß, weshalb ich die letzten Sonnenstrahlen des Tages noch komplett in mich aufsaugen will.

Ohne Sonnenbrille liege ich auf dem Rücken, habe den Träger meines Bikinioberteils gelöst und döse vor mich hin.

Es fällt mir deshalb sofort mit geschlossenen Lidern auf, dass die Sonne sich verdunkelt hat. Automatisch öffne ich die Augen, in der Erwartung, eine Spielverderber-Wolke am Himmel zu entdecken. Das wäre dann die erste Wolke, die ich heute hier sehen würde.

Das ist keine Wolke. Da steht jemand, dessen Umrisse ich nur erahnen kann, weil er sich vor die Sonne geschoben hat.

Ruckartig setze ich mich auf und lege die Hand vor die Augen. Gleichzeitig spüre ich, wie mein Bikinioberteil den Halt verliert, und fange meine Körbchen samt Inhalt mit dem freien Arm auf.

»Mademoiselle.«

Das ist er. Jérôme.

Mein Herz schlägt augenblicklich schneller. Ich fühle mich ertappt, als hätte ich etwas Verbotenes getan.

Wenigstens hat er mich nicht mit »Mademoiselle! Möpse!« begrüßt.

Jetzt habe ich das dringende Bedürfnis, mein Bikinioberteil zu binden. Irgendwie möchte ich aber auch meinen Arm nicht da wegnehmen.

Einen Moment lang starre ich ihn regungslos an. Hätte er nichts gesagt, dann hätte ich ihn nicht auf Anhieb erkannt. Er trägt eine knielange Sommerhose und ein T-Shirt. Sein schwarzes Haar hat er unter einem Tuch versteckt, fast so wie ich.

Die Sonnenbrille kenne ich jedoch nur zu gut. Es ist die silberverspiegelte Pilotenbrille, mit der ich schon zu Hause im Park Bekanntschaft gemacht habe.

Was mich aber in Aufregung versetzt, ist die Tatsache, dass er so herrisch seine Arme verschränkt hat.

»Was tun Sie denn hier?«, fragt er mich nun.

Seine Worte bringen wieder Leben in mich. Abrupt löse ich mich aus meiner Starre und versuche mein Bikinioberteil einhändig zu binden, während ich immer noch mit dem Arm alles zusammenhalte. Es klappt nicht, und das macht mich noch nervöser. Ich schaffe es ja nicht einmal, beide losen Bändel in meinen Nacken zu befördern.

Jérôme geht neben mir in die Hocke. Weil er seine Arme in meine Richtung bewegt, verspüre ich kurz den Reflex, nach ihm zu schlagen, kann mich aber zurückhalten. Natürlich halte ich mich zurück. Die Möpse brauchen keinen Auslauf, und damit basta.

»Darf ich?«, fragt er.

Ich nicke und kümmere mich nur noch darum, möglichst stillzuhalten und ihn nicht zu berühren.

Er scheint auch den größtmöglichen Abstand zu mir zu halten. Er berührt nur die Bändel meines Oberteils und bringt mit wenigen Bewegungen einen anständigen Knoten zustande.

Kurz blicke ich an mir hinab, um zu sehen, ob alles brav in seinem Zwinger sitzt. Dann nehme ich die Hände weg.

Ich kann natürlich nicht beurteilen, wohin seine Blicke unter der Sonnenbrille gehen, aber ich kann mich des Gefühls nicht erwehren, dass er mich hemmungslos begafft.

Erschrocken schnappe ich mir den Fürstenroman, der aufgefaltet auf der Decke liegt, und lasse ihn in meinem Beutel verschwinden.

Jérôme bewegt sich immer noch nicht.

Er schluckt und ich greife nach meinem Spaghettiträgertop. Jérôme steht sofort auf. Ich ziehe mir das Shirt über.

Eilig suche ich nach meiner Hose und er nimmt die Brille ab, als hätte er einen stillen Vorwurf meinerseits gehört.

»Was haben Sie sich dabei gedacht?« Er klingt so anklagend, als hätte ich ein Verbrechen begangen.

Ich bin mir sicher, dass er sich nicht über den Roman aufregt, oder? Bestimmt geht es um den Schirm.

»Ich hätte ihn doch wieder zurückgebracht. Ich habe ihn mir nur ausgeliehen.« Schnell stehe ich auf und schlüpfe in die Hose.

Mit einer Berührung bringt er mich zum Innehalten, als ich gerade ein Bein in der Hose versenkt habe.

»Sie glauben, ich spreche von dem Schirm?« Ich antworte nicht, starre nur auf seine Hand an meinem Arm, bis er sie wegnimmt. Dann schlüpfe ich mit dem zweiten Bein in die Hose.

Jérôme ist nicht zufrieden. »Zugegeben, das hatten wir auch noch nie, dass ein Gast einen Schirm vom Pool hat mitgehen lassen – aber darum geht es mir nicht.«

Er wartet, bis ich in meine Schuhe geschlüpft bin, und nähert sich mir dann. Geht es doch um die Trivialliteratur? Wird er mir jetzt einen Vortrag halten, dass das kein geeigneter Lesestoff für mich ist?

»Sie sind aus dem Palast geflohen wie eine Gefangene. Wie wollten Sie denn zurückkommen? Über die Mauer klettern?«

»Naja …«

»Wollten Sie klingeln?«

Nein. Ich werde nicht zugeben, dass ich genau das vorhatte. »Ich dachte, ich rufe Sie an.«

Das war frech, aber ich finde, er braucht jetzt mal einen Schuss vor den Bug.

»Das hätten Sie sich tatsächlich noch einmal getraut?«

Ich zucke mit den Schultern und weiche seinem Blick aus. »Warum nicht? Hätten Sie mir den Kopf abgerissen?«

»Das nicht. Aber vielleicht hätte ich mir etwas anderes für Sie einfallen lassen.«

Jetzt hat er meine ganze Aufmerksamkeit. Schon öfter habe ich dieses gefährliche Prickeln in seinen Augen gesehen und auch jetzt fesselt mich sein Blick. Ich weiß gar nicht, ob ich jemals so hellblaue Augen bei einem Menschen gesehen habe. Die Iris scheint zu leuchten.

Nein, winke ich innerlich ab. Dieser Mann hat kein Interesse an einer wie dir. Rede dir das nicht ein.

Dennoch spüre ich ganz deutlich ein flaues Gefühl in meiner Mitte.

»Kommen Sie nun mit mir? Oder möchten Sie den Versuch mit der Mauer wagen?«

Das Gefühl verpufft so schnell, wie es entstanden ist. Da ist nichts. Ich bilde mir das nur ein.

»Ich dachte eigentlich, dass ich hier noch an der Promenade entlangschlendere. Ich wollte mir noch ein Souvenir kaufen.«

»Doch nichts von diesen kitschigen Teilen?«

Während er das sagt, ist sein Blick nicht auf mich gerichtet. Er scheint die Umgebung zu sondieren. Überrascht registriere ich auch einen neuen Tonfall in seiner Stimme. Will er mit mir scherzen?

»Warum kommen Sie nicht mit? Ich wette, Sie haben sich noch nie in den Souvenirläden umgesehen.«

Jetzt schnellt sein Blick über seine Schulter. Mein Kopf bewegt sich automatisch in die Richtung, in die er sieht. Auf der anderen Seite der Strandpromenade befindet sich ein Parkplatz. Dort sitzt auf der Motorhaube eines roten Sportflitzers ein glatzköpfiger Mann.

»Henri wird davon nicht begeistert sein.«

Das ist Henri? Seine dunkle Sonnenbrille passt ganz wunderbar zu seinem Anzug, aus dem er fast platzt. Nicht etwa, weil er dick wäre, sondern weil der Stoff den stählernen Muskeln nicht standhält. Abgerundet wird sein Auftritt nur durch das kleine Ziegenbärtchen, das ich auf die Entfernung nur erahnen kann.

»Jetzt haben Sie es wohl mit der Angst zu tun gekriegt. Aber keine Sorge: Wenn ich Ihnen nicht den Kopf abreiße, dann tut es Henri ganz bestimmt. Er ist der Spezialist im Köpfeabreißen.«

Mir wird schlecht.

»Packen Sie Ihre Sachen, dann stelle ich Sie vor.« Mit diesen Worten zieht Jérôme den Sonnenschirm aus dem Sand, greift ihn sich und lässt mich stehen. Er geht zu Henri, wechselt ein paar Worte mit ihm und überreicht ihm den Sonnenschirm.

Wie versteinert beobachte ich die Unterhaltung. So lange, bis Henri mir sein Gesicht zu offensichtlich zudreht. Wie der Blitz gehe ich in die Hocke und rolle mein Handtuch zusammen. Dafür lasse ich mir unendlich viel Zeit. Immer wieder spähe ich zu Jérôme und Henri hinüber. Es scheint kein Entkommen zu geben. Ich muss mich mit Henri auseinandersetzen und für all meine Verbrechen geradestehen.

Abartig träge hebe ich schließlich die gepackte Tasche auf und bewege mich gemütlich zu Jérôme und Henri hinüber.

Ich verlangsame noch mehr, als ich die beiden fast

erreicht habe. Jérôme wendet sich mir zu und deutet auf Henri.

»Mademoiselle Herzog, das ist Henri Lefebvre, der Chef unseres Sicherheitsdienstes. Er ist unter anderem auch für die Bewachung sämtlicher Ein- und Ausgänge des Palastes verantwortlich.«

Der Kommentar versetzt mir einen Stich, aber ich nehme mir allen Mut zusammen, Henri die Hand hinzustrecken. Er ergreift sie sofort. Sein Händedruck ist fest und er drückt die ganze Zeit über, während er mich begrüßt. »Mademoiselle, Ihr Ruf eilt Ihnen voraus. Wenn Sie erlauben, würde ich Sie möglichst bald zu einigen Angelegenheiten befragen.«

Henri blickt streng, aber nicht unerbittlich. Ich denke, mit ihm kann man reden.

»Ja ... sicher.« Welcher Ruf? Ich wusste gar nicht, dass ich einen habe.

Jérôme und Henri tauschen einen Blick.

»Sind Sie sicher?«, fragt Henri.

Jérôme nickt. Dann wendet er sich mir zu, während Henri sich zurückzieht. Zusammen mit dem royalen Schirm.

»Wollen wir?« Jérôme deutet auf die Strandpromenade. Jetzt bin ich baff: Er will tatsächlich mit mir bummeln gehen? Nie im Leben wäre ich darauf gekommen, dass er zu so was zu bewegen wäre.

Mehr als mit offenem Mund nicken kann ich nicht. Ich sehe, dass Henri bei einem anderen Wagen angekommen ist, in dem noch zwei weitere Männer sitzen. Ich gehe mal davon aus, dass die alle zum Sicherheitspersonal gehören. Der Schirm wandert ins Auto, während die beiden Männer aussteigen.

»Sie werden uns diskret folgen«, erklärt Jérôme. Sein Arm deutet immer noch in Richtung der Strandpromenade.

Langsam setze ich mich in Bewegung. Er geht ein Stück hinter mir. Eine Berührung in meinem Nacken jagt mir eine Gänsehaut den Rücken hinunter. Dass es sich um seine Finger gehandelt hat, wird mir sofort klar. »Sie haben einen Sonnenbrand am Rücken.«

Ich gehe schneller, um ihm zu entkommen. Was ist mit dem Mann los? Aber was frage ich mich: Ich selbst habe ihn sehr deutlich auf die Fehler hingewiesen, die er in meinen Augen hat. Es versetzt mich in Erstaunen, dass er sich so bemüht, sich zu bessern.

»Wie wäre es mit einem Eis?«

Obwohl ich schon eines hatte, gehe ich zielstrebig auf den Eisstand zu. Jérôme zückt bereits sein Portemonnaie, als er sich neben mich stellt.

»Zwei Euro pro Kugel!«, stellt er erschrocken fest.

»Haben Sie nicht so viel Geld dabei, Eure Hoheit?«

Er legt den Finger an die Lippen. Schon ist ein Mann hinter der Eistheke und verkauft uns zwei Kugeln.

Als wir weitergehen, flüstert Jérôme: »Wenn wir schon so privat unterwegs sind, dann verzichten Sie bitte auf die förmliche Anrede.«

»Dann sagen Sie bitte nicht immer Mademoiselle zu mir.«

»Warum nicht?«

»Ich weiß auch nicht. Ich fühle mich dann immer so ... so übertrieben kleingemacht.«

»Versteh ich nicht.«

»So, als könnte ich nicht bis drei zählen.«

»Dann verstehen Sie das völlig falsch.«

»Trotzdem.«

»Nein, bitte. Ganz besonders wegen unseres Gesprächs heute Nacht möchte ich betonen, dass ich Ihnen damit eine besondere Wertschätzung angedeihen lassen möchte.«

Ich muss lachen.

»Sie finden mich lustig? Mal wieder?«

»Nein, Entschuldigung. Ich finde es nur witzig, wie geschwollen Sie manchmal daherreden.«

»Ich hab keinen Stock im Arsch, wenn Sie das meinen.«

»Huch! So ein Wort aus Ihrem Mund. Ich bin schockiert, Eure Hoheit.«

»Wir wollten diese Anrede doch vergessen.«

»Richtig.«

Er bleibt stehen und wartet, bis ich ihm meine ganze Aufmerksamkeit widme. »Ich bin Jérôme.«

»Ines.«

Für einen Moment schauen wir uns tief in die Augen. So lange, bis ich es kalt auf meinen Fingern spüre. Mein Eis schmilzt und macht sich selbstständig. Schnell schlecke ich die Sauerei auf und gehe weiter. Jérôme schlendert neben mir her.

»Waren Sie schon einmal hier?,« frage ich ihn.

»Es wäre falsch, Nein zu sagen. Aber ich war schon

sehr lange nicht mehr hier. Wir haben einen Privatstrand. Hier ist die Gefahr zu groß, dass ich keine Ruhe habe.«

»Aber jetzt haben Sie doch Ruhe.«

»Das ist ungewöhnlich. Das muss daran liegen, dass hier kein Paparazzo mit jemandem aus der Fürstenfamilie rechnet. Außerdem scheint jetzt eine Flaute zu sein. Die Leute sind vom Strand zurück ins Hotel gegangen. Der nächste Ansturm kommt erst wieder in den Abendstunden.«

»Kann sein.«

Nachdem wir das Eis genossen haben, steuern wir den nächstbesten Souvenirshop an. Hier gibt es wirklich alles, was ein Touri-Herz höherschlagen lässt.

Angefangen von Postkarten über Aschenbecher bis hin zum Anstecker wird das Fürstentum erfolgreich vermarktet.

Jérôme scheint mich zu beobachten, während ich alles ausgiebig mustere. »Kommen Sie schon. Sie haben sich sicher noch nie die Merchandisingprodukte Ihrer Familie angesehen.«

Widerwillig folgt er mir in jeden Winkel des Ladens. »Da sind ja Sie!« Amüsiert zeige ich auf eine Tasse mit dem Profil von Jérôme. Die gedruckte Zeichnung lässt ihn genauso ernst und unnahbar aussehen, wie er bei unserer ersten Begegnung auf mich gewirkt hat.

»Also, das sieht aber mal stark nach Stock im Arsch aus.«

Er nähert sich der Tasse und betrachtet sie. Da er auch im Geschäft die Sonnenbrille aufgelassen hat, muss er vielleicht näher hingehen, um überhaupt einigermaßen etwas zu erkennen. »Finden Sie?«

»Sie lächeln nicht.«

»Ist das bei Ihnen ein Indiz für Stock im Arsch?«

»Warum lächeln Sie nicht?«

»Das ist unpassend. Wer will schon den Sohn des Fürsten breit grinsend auf seiner Kaffeetasse haben?«

»Wer will schon den Sohn des Fürsten überhaupt auf seiner Kaffeetasse haben?«

»Vielleicht jemand, der gerne Fürstenromane liest?«

Ich bin zu schockiert, um etwas darauf zu sagen. Zum Glück spricht Jérôme gleich weiter: »Wissen Sie was? Nach dieser Bemerkung muss ich Ihnen diese Tasse schenken.«

»Nein!«

»Doch.« Jérôme zieht die Tasse aus dem Regal und macht sich auf den Weg zur Kasse. »Auf der anderen Seite ist mein Vater. Wenn Sie mich nicht sehen wollen, dann drehen Sie sie einfach um.«

Nachdenklich betrachte ich einen Verkaufsständer mit Armbändern aus Leder. Wenn er schon etwas für mich kauft, dann möchte ich ihm auch ein Souvenir kaufen.

Ganz spontan entscheide ich mich für ein einfaches Lederband, das einen Sonnenuntergang zeigt, der kunstvoll aus verschiedenfarbigen Lederelementen gestaltet ist. Ich finde, dass das eine schöne Erinnerung an den heutigen Nachmittag wäre.

Ich hab zwar keine Ahnung, ob ein Prinz Lederarmbänder tragen darf, aber ich trinke meinen Kaffee normalerweise auch nicht aus royalen Sammeltassen.

Als ich zur Kasse komme, sehe ich, wie eine rundliche Frau die Hände zusammenschlägt und den Tränen nahe ein paar Worte stammelt. Ihre Apfelbäckchen glänzen.

Jérôme versucht die Frau zu beruhigen, aber sie klatscht immer wieder in die Hände und hält sich dann den Mund zu. Dabei raunt sie mit heiserer Stimme unaufhörlich vor sich hin – keine Frage, sie hat ihren Prinzen erkannt.

Jérôme will ihr Geld geben, aber sie winkt ab und weigert sich, das Geld auch nur in die Hand zu nehmen. Schließlich legt Jérôme es einfach vor ihr auf den Tisch.

Er wirkt gestresst und irgendwie auch hilflos. Seine Miene ist so erstarrt und ich kann sehen, wie seine Backenmuskeln arbeiten. Ich stelle mich einfach an seine Seite und raune ihm zu: »Lächeln! Das wird die Situation auflockern.«

Ich kann nicht sehen, ob er es hinbekommt, weil ich die Frau jetzt einfach ganz freundlich anlächele und ihr das Armband zeige.

Sie redet so schnell auf Französisch, dass ich kein Wort verstehe. Schließlich lege ich ihr auch einen Schein hin, aber sie hört nicht auf, zu reden und sich zu freuen.

Als wir gehen wollen, kommt sie hinter der Theke hervor. Jérôme will ihr seine Hand zum Abschied hinhalten und ich bin überrascht, wie schön er dabei lächelt. Die Frau fällt ihm um den Hals und drückt ihn. Ich glaube, er steckt es locker weg. Da steht Henri im Laden, während die anderen vor der Tür auf uns warten. Henri sagt ein paar laute Worte. Soweit ich es verstehe, macht er der Frau recht deutlich klar, dass der Prinz jetzt gehen wird.

Sie lässt ihn sofort los, freut sich aber immer noch unbändig. Dankend geht sie rückwärts zurück in Richtung ihrer Theke und verbeugt sich dabei ständig. Wieder murmelt sie für mich unverständliche Worte. Ich denke, dass ihr diese Begegnung unvergessen bleiben wird.

Zusammen mit der Tasse, dem Armband und dem guten Henri verlassen wir das Geschäft.

Henri geht eilig voran und Jérôme bleibt an ihm dran. Ich versuche, mit den beiden Schritt zu halten, während die anderen Männer uns folgen.

Bis zum Auto sprechen wir alle kein Wort mehr miteinander. Den kurzen Wortwechsel am Fahrzeug nehme ich kaum wahr. Henri deutet auf die Beifahrerseite des roten Cabriolets und ich steige flott ein.

Jérôme sitzt schon neben mir, legt mir die erstandene Tasse auf den Schoß und startet den Wagen.

Keine Minute später haben wir den Ort verlassen. Die vielen Kurven zum Palast werfen mich im Auto hin und her.

Jérôme fährt anstrengend. Immer wieder beschleunigt er auf den geraden Teilen der Strecke, nur um kurz darauf vor der Kurve stark abzubremsen.

Er sagt nichts mehr. Ich werde das Gefühl nicht los, dass er ärgerlich ist.

»Alles in Ordnung?«

»Nein«, brummt er leise, »die ganze Sache war äußerst unüberlegt. Ich weiß gar nicht, was ich mir dabei gedacht habe.«

»Tut mir leid.«

»Sie können nichts dafür. Ich hätte es besser wissen müssen.«

Ich fühle mich nicht besser. Im Gegenteil.

Die letzten Minuten bis zum Palast ziehen sich wie ein Kaugummi. Ich starre auf die Tasse in meinem Schoß und spiele mit dem Armband.

Irgendwann registriere ich, dass wir da sind. Sicher. Hinter den Mauern des Palastes. Jérôme stellt den Motor ab.

»Tun Sie mir den Gefallen und starten Sie keinen Alleingang mehr. Wir können Sie fahren, überallhin.«

Ich nicke. »Ich … wollte Ihnen noch … das Armband schenken.« Irgendwie komme ich mir jetzt damit sehr blöd vor. Die ganze Stimmung, mit der der Kauf stattgefunden hat, ist dahin. Ich bereue es schon, dass ich davon angefangen habe, als er mir sein Handgelenk hinhält.

Erstaunt suche ich in seinem Gesicht nach der Bestätigung für die Geste. Er sieht ernst aus, aber da ist auch ein Funken der Vertrautheit, die wir zusammen erlebt haben.

Mit zittrigen Händen lege ich das Armband um sein Gelenk und drücke den Verschluss zusammen. Es klackt.

»Danke«, flüstert er.

»Ich danke für die Tasse.«

Er lächelt und ich fasse den Mut, etwas zu fragen, was mich beschäftigt. »Wäre es so schlimm, wenn es bekannt würde, dass Sie in dem Geschäft waren?«

»Die Bevölkerung ist es nicht, die mir Sorge macht. Es ist die Klatschpresse.«

»Skandal«, rufe ich, »der Prinz kauft eine Tasse mit eigenem Motiv!«

»Seien Sie lieber etwas vorsichtig mit Ihren Scherzen. Sie sollten die Macht der Presse nicht unterschätzen.«

Er wirft mir einen letzten Blick zu, bevor er sich abwendet, um aus dem Auto auszusteigen. Ich tue es ihm gleich, noch bevor er mir die Tür aufhält. Im Grunde genommen möchte ich jetzt gerne meine Ruhe haben, aber auf den Stufen zum Eingang steht Marie, die mich wohl erwartet.

»Monsieur Lefebvre möchte Sie sprechen.«

Na toll. Was will Henri denn jetzt noch von mir? Jérôme winkt mir noch zu und geht dann ohne weitere Worte ins Haus. Ich folge Marie, die einen anderen Weg einschlägt. Wir gehen außen an dem großen Gebäudekomplex entlang. Ich habe keine Muße, mir die schön gestaltete Parkanlage näher anzusehen.

Kurze Zeit später betreten wir das Gebäude durch einen mir völlig unbekannten Eingang. Das muss natürlich nichts heißen – so gut kenne ich mich hier nicht aus.

Marie deutet auf einen Stuhl in dem Gang, der direkt an die Eingangstür mündet. »Setzen Sie sich. Monsieur Lefebvre wird Sie gleich hereinbitten.«

Kraftlos atme ich aus und nicke. Marie nimmt mir die Tasse und meine Tasche ab und geht. Dafür bin ich ihr sehr dankbar. Völlig von Sinnen habe ich mich an die Tasse geklammert, als wollte ich damit Spenden für einen neuen Sonnenschirm sammeln.

Einen Moment starre ich der lieben Marie noch nach, dann sacke ich auf den bepolsterten Jugendstilstuhl und strecke die Beine von mir.

Noch einmal sauge ich ganz bewusst sehr viel Luft in meine Lungen. Ich halte kurz inne und lausche. Da spricht jemand. Leise atme ich aus und stehe auf.

Das muss Henri sein. Horchend schleiche ich den Gang entlang und bleibe an der Tür stehen, hinter der ich die Stimme höre. Es sind Stimmen, wie ich feststelle: Zwei Männer unterhalten sich.

Erst verstehe ich nur ein paar Wortfetzen, da die Männer sehr schnell und noch dazu Französisch sprechen. Nach und nach höre ich mich aber ein.

Es geht um mich und meinen Ausflug. Sie sprechen über den fehlenden Sonnenschirm.

»Haben Sie sich schon kennengelernt?«, fragt Henri.

»Noch nicht. Aber das, was ich von ihr gesehen und gehört habe, reicht mir, um eine Einschätzung abgeben zu können.«

Wie bitte klingt das denn? Alleine die Stimme hört sich nicht unangenehm an, aber er betont die Worte so merkwürdig.

»Diese Frau ist ein Sicherheitsrisiko«, sagt die Stimme, die ich Henri zuordne.

Na, danke aber auch!

»Nicht nur das – ich habe sowohl dem Fürsten als auch Seiner königlichen Hoheit mehrmals gesagt, dass die Anwesenheit einer solchen Person im Palast unabsehbare Folgen für das Haus haben könnte. Eine persönliche Verbindung zur Unterschicht, die weder mit sozialem Engagement noch mit einem nachvollziehbaren Anlass zu tun hat, könnte missgedeutet werden.«

Okay, ich hasse diesen Kerl. Wer ist das? Warum spricht der so von mir?

»Im Hinblick auf das Ansehen des Fürstenhauses sind Sie der Spezialist. Ich muss mich um die Sicherheit der Fürstenfamilie kümmern und die ist mehrmals von dieser Frau unterwandert worden. Eine Katastrophe.«

»Sie sagen es. Eine große Katastrophe.«

Ich wünschte, ich hätte das nicht gehört. Jetzt weiß ich Bescheid, wie es um mich steht. In den Augen des Unbekannten bin ich unterste Schublade. Die Bedenken von Henri kann ich noch einigermaßen nachvollziehen: Ich habe ihn und sein Team wirklich in Teufels Küche gebracht. Was wäre gewesen, wenn jemand in den Palast gelangt wäre, der dort nichts zu suchen hat? Nicht auszudenken. Aber sollte mir Henri dann nicht dankbar sein? Ich habe ihm eine Sicherheitslücke aufgezeigt. Nicht ich bin das Risiko, sondern der Gärtner und der pinkelnde Wachmann.

Also, im Grunde genommen ist das doch megapeinlich.

»Ich werde den Hoheiten so bald wie möglich noch einmal verdeutlichen, wie unhaltbar der Aufenthalt dieser offensichtlich nicht gesellschaftsfähigen Person hier ist.«

»Wie gesagt, diese Aspekte sind Teil Ihrer Arbeit. Da halte ich mich raus.«

»Sehr wohl.«

Der gemeine Mann murmelt noch ein paar Worte, die sich nach Verabschiedung anhören. Ich weiß nicht, wo ich hin soll. Lautlos husche ich den Gang entlang und verlasse das Gebäude.

Als ich im Freien bin, schelte ich mich selbst für meine Feigheit. Ich sollte diesem Mann gegenübertreten, wenn ich ihm begegne. Seine Worte haben mich tief getroffen, aber muss ich mich deshalb vor ihm verstecken? Nein, ich werde ihm meinen Schmerz nicht zeigen und so tun, als hätte ich keine Ahnung von alledem.

Ohne groß weiter darüber nachzudenken, kehre ich in das Gebäude zurück. Da kommt mir schon jemand im Gang entgegen, der genauso schmal und hoch wie der Gang selbst wirkt.

Die Hände hinter dem Rücken, stakst er einem Storch ähnlich auf mich zu. Am liebsten würde ich jetzt doch stehen bleiben, aber ich zwinge mich, auf ihn zuzugehen. Der Gang ist immerhin so breit, dass wir problemlos aneinander vorbeigehen können.

Sein Blick ist tadelnd. Das wundert mich nach den Worten, die er für mich gefunden hat, nicht. Mein Eindruck von ihm ist daher vorbelastet. Müsste ich ihn Flo beschreiben, hätte ich treffende Worte gefunden. Er sieht aus wie eine Schildkröte mit Enterhaken im Gesicht. Also, die Nase ist wirklich betont.

»Bonsoir«, sage ich, als er auf meiner Höhe ist. Dabei sehe ich ihm direkt in die Augen.

Er bleibt stehen und wagt es zu lächeln. Mehr als ein müdes »Bonsoir, Mademoiselle« kommt ihm aber nicht über die Lippen.

Ich habe nicht vor, ebenfalls stehenzubleiben. Es trifft sich gut, dass ich Henri schon aus seinem Zimmer lugen sehe.

Er ist in diesem Moment wie eine Rettungsleine für mich. Immer schneller gehe ich auf ihn zu und habe die Ahnung, dass der Fiesling immer noch hinter mir im Gang steht und mir nachsieht.

Bestimmt analysiert er gerade meinen Gang, meine Kleidung, meinen Arsch … was weiß ich, was alles für die Fürstenfamilie untragbar sein könnte. Mal abgesehen von meinen Haaren und meinem unterprivilegierten Stand.

Henri geht schon in den Raum zurück, bevor ich ihn erreicht habe. Als ich durch die offene Tür in den Raum sehe, sitzt er schon an einem Schreibtisch und macht sich Notizen. Offensichtlich handelt es sich hier um das Büro des Sicherheitschefs. Ob es sich um eine neue Sicherheitslücke handelt, dass ich das vorherige Gespräch mitangehört habe?

»Setzen Sie sich und schließen Sie die Tür«, sagt er, ohne mich anzusehen.

Ich will schon fragen, was ich zuerst machen soll, entscheide mich dann aber selbst sinnvollerweise für die Tür.

Dann setze ich mich zu ihm an den Schreibtisch. Der Stuhl ist noch warm von meinem Vorgänger.

Geduldig warte ich, bis er fertig geschrieben hat. Irgendwann legt er den Stift zur Seite, legt die Hände auf den Tisch und verschränkt diese ineinander.

»Heute haben Sie den Vogel abgeschossen, Mademoiselle.«

»Hm.«

»Ich hatte Sie sowieso schon auf meiner Liste, wegen der Anrufe neulich, aber jetzt … jetzt kann ich hier zu einem Rundumschlag ausholen.«

Na, dann lohnt es sich wenigstens, denke ich. Dabei fühle ich mich nicht so frech, wie ich es gerne wäre. Mir ist nur allzu deutlich bewusst, dass ich unerwünscht bin in diesem Palast. Ich hätte niemals herkommen sollen.

»Wenn ich mal aufzählen darf: telefonische Belästigung mehrerer Mitarbeiter und Mitglieder der Fürstenfamilie, unerlaubtes Entfernen fürstlichen Eigentums aus dem Palast, nicht registriertes Entweichen aus einem der Nebeneingänge, ganz zu schweigen von der Vorgeschichte in Deutschland. Sie haben den Fürsten im Park angesprochen und ihm ihr Wasser angeboten? Gut, dass ich da nicht dabei war. Ich hätte Sie schon an Ort und Stelle unschädlich gemacht.«

»Es war nicht mein Wasser …«, flüstere ich.

»Wie bitte?«

»Es war ein extra Wasser.«

Er wird laut. »Mademoiselle! Wissen Sie denn nicht, wie man sich gegenüber Mitgliedern dieses Hauses zu benehmen hat? Wie man sich innerhalb dieser Räumlichkeiten zu kleiden hat? Eines kann ich Ihnen sagen: ganz gewiss nicht halbnackt!«

Mit einer ausschweifenden Handbewegung deutet er auf mein Top und steht dabei sogar fast von seinem Stuhl auf.

»Okay.« Also, so musste ich mich in meinem ganzen Leben noch nicht anreden lassen. So einen Anschiss habe ich nicht einmal von meiner Mutter bekommen.

Meine Lippen beben, obwohl ich es nicht möchte. Ich presse die Lippen aufeinander. Sehr fest.

Henri verlagert sein Gewicht wieder in seinen Stuhl und verschränkt die Finger so ineinander wie zuvor. Wäre ich nicht live bei seinem kleinen Ausbruch dabei gewesen, würde ich nicht glauben, dass er jemals stattgefunden hätte.

»Also«, sagt er und klingt wesentlich milder als eben noch, »jetzt schildern Sie mir bitte ganz genau, wie Sie es geschafft haben, das Gelände zu verlassen.«

Mühsam bringe ich meine Lippen auseinander. Mit schwankender Stimmlage berichte ich alles, so wie ich es in Erinnerung habe.

Henri macht sich Notizen und als ich geendet habe, hat er sofort Fragen.

»Da war also nur ein Wachmann am Tor?«

»Ja.«

»Und was hat der gemacht?«

»Ich glaube, er hat gepinkelt.«

Henri schüttelt den Kopf.

»Und der hat Sie weder angesprochen noch versucht, Sie aufzuhalten?«

Obwohl ich schon alles gesagt habe, erläutere ich es nochmals. »Ich bin dann ja sofort …«

»Ja, ja. Ich weiß … den Hang hinunter. Unglaublich!«

Wieder macht er sich Notizen und murmelt etwas.

»Das wird nicht wieder vorkommen,« versuche ich mich zu entschuldigen. Natürlich wird es das nicht. Ich werde so bald wie möglich wieder abreisen.

»Richtig. Der Gärtner und der Wachmann wurden entlassen.«

»Was?« Das wollte ich nicht.

»Welche Konsequenz hätten Sie gezogen? Mit dem Zeigefinger wackeln und du, du, du sagen? Glauben Sie mir, so wird das nichts. Und machen Sie sich nichts vor: Es ist Ihre Schuld, dass die beiden neue Jobs brauchen, und gleichzeitig Ihr Verdienst, dass dieses Desaster aufgeflogen ist. Dafür – und nur dafür – danke ich Ihnen.«

Mit dieser Kehrtwende hatte ich nicht gerechnet. Etwas verlangsamt klappe ich meine Lider zu und dann wieder auf. Sein Blick hat sich nicht geändert. Er meint, was er da sagt.

»So und jetzt lasse ich Sie für heute in Ruhe. Seien Sie sich aber sicher, dass wir ein Auge auf Sie haben werden. Sollten Sie so etwas in der Art noch einmal veranstalten, dann muss ich dem Fürsten dringlichst raten, Sie in den nächsten Flieger nach Hause zu setzen. Und machen Sie sich keine falschen Hoffnungen bezüglich der Sympathie des Fürsten für Sie oder Ihre Großmutter – in diesem Fall wird er meinem Rat folgen.«

Vielleicht will ich das ja.

Henri steht auf. Wie bei einer Reflexreaktion stehe ich auch mit auf. »Bonsoir«, sagt er und ich verstehe, dass das mein Wink ist. Ich verabschiede mich und gehe.

Jetzt muss ich nach Omi sehen. Ich muss ihr irgendwie schonend beibringen, dass ich hier nicht bleiben kann.

Eigentlich könnte mir dieser Arsch von Berater so was von egal sein. Ich bin auf den Typen nicht angewiesen, der hat mit mir und meinem Leben nichts zu tun. Aber … warum fühle ich mich dann so hundsmiserabel? Ich könnte heulen.

Wie durch ein Wunder finde ich den Weg zu ihrem Zimmer. Sie ist da und antwortet sofort, als ich klopfe.

»Ines, Liebes. Ich habe mir solche Sorgen um dich gemacht.« Omi richtet sich im Bett auf und streckt ihre Hände nach mir aus.

Wie heute Vormittag setze ich mich zu ihr aufs Bett. »Ach, Omi. Warum denn? Ich hab doch gesagt, dass ich komme und dir erzähle, was ich so gemacht habe.«

»Das brauchst du mir nicht zu erzählen. Das habe ich schon von Pierre gehört.« Sie ist ärgerlich. Ich weiß nicht, was ich jetzt noch sagen soll. Was weiß Pierre und was genau hat er Omi erzählt?

»Du brauchst gar nicht so zu gucken. Die haben nach dir gesucht und wollten es mir nicht sagen. Ich musste richtig massiv werden, damit Pierre mir reinen Wein einschenkt. Er hat sich dann auch entschuldigt – wollte mich bloß nicht aufregen, hat er gesagt.«

»Omi …«

»Als ich später hörte, dass Prinz Jérôme dich gefunden hat, da ist mir ein Stein vom Herzen gefallen.«

»Naja, so schwer war ich auch nicht zu finden.«

»Das sagst *du!* Bis der Wachmann zugegeben hat, dass du von dem Gelände verschwunden bist, hatten die hier schon alles abgesucht.«

»Oh.« Ich beiße mir auf die Oberlippe. »Da hab ich einfach nicht richtig nachgedacht. Aber ich hab mir schon meinen Anschiss deswegen abgeholt.«

»Den hast du auch verdient. Nicht nur ich war in großer Sorge – Pierre und Jérôme waren ganz blass. Als dann die Geschichte vom Gärtner kam, dass eine junge Frau mit einem Sonnenschirm rausgerannt ist, ist Jérôme sofort los.«

Ich weiß nicht, was diese Information mit mir anstellt. Ich spüre da etwas, was ich lieber nicht spüren sollte. Diese innere Aufregung in der Bauchgegend, die sich wundervoll anfühlt, gleichzeitig aber Kummer auslöst, kenne ich von meinen früheren Beziehungen.

Ich darf nicht vergessen, dass ich niemals ernsthaft für ihn infrage komme. Wenn er das irgendwann einmal anders sehen sollte, dann würde ihm sicher der üble Geselle aus Henris Büro Feuer unterm Hintern machen.

»Omi …« Ich überlege. Wie soll ich ihr beibringen, dass ich wieder abreisen muss?

»Ach, Liebes. Mach dir keine Gedanken. Ich bin dir nicht böse. Im Gegenteil –ich bin so froh, dass du da bist.«

Sie betont das so eindringlich und drückt mir dabei fest die Hände. Ich kann das nicht. Wie egoistisch wäre ich, wenn ich jetzt den Schwanz einziehe und flüchte.

»Ich bin auch froh.« Schluchzend lege ich mich zu

meiner Oma und lasse mich in ihre Arme ziehen.

Sie kann ja nicht wissen, dass ich nicht vor Rührung bebe, sondern aus lauter Verzweiflung.

Omi schläft schnell ein. Ich löse mich von ihr und setze mich auf. Mehrmals fahre ich mit den flachen Händen über mein Gesicht. Es fühlt sich feucht an und unnatürlich erhitzt. Meine Nase scheint doppelt so groß zu sein wie sonst und der Ansatz meiner Haare fühlt sich krümelig an.

Ich habe Sand in den Haaren und auf der Kopfhaut. Und das nicht zu knapp. Es wird Zeit für eine Dusche oder, noch besser, für ein ausgiebiges Entspannungsbad.

Leise schiebe ich mich vom Bett und tapse durch den Raum. Es ist noch nicht sehr spät am Abend, aber ich fühle mich so ausgelaugt wie ein ausgedrückter Schwamm. Meine Wahrnehmung ändert sich, wenn ich so erschöpft bin. Es ist, als würde ich meine Umwelt nur noch durch Watte wahrnehmen, und zwar mit allen Sinnen.

Vorsichtig schleiche ich auf den Gang und versuche, die Tür von Omis Zimmer lautlos zu schließen. Es klappt. Wie in Trance mache ich mich auf den Weg zu meinem Zimmer.

»Möchten Sie noch etwas essen?« Jérômes Stimme erweckt mich zu neuem Leben. Ich wirbele herum und sehe ihn erst jetzt in dem Sessel am Ende des Ganges sitzen.

»Nein, danke. Ich habe keinen Hunger.«

Er nickt und steht auf. Sein feuchtes Haar lässt

mich vermuten, dass er sein Entspannungsbad bereits hinter sich hat. Oder ist er eher der Duschtyp? Außerdem hat er die Kleidung gewechselt. Die kurze Sommerhose ist einer langen Leinenhose gewichen, das T-Shirt wurde zum edlen Hemd.

»Wie ich sehe, hat Henri Ihren hübschen Kopf drangelassen?«

»Ja.« Warum fühle ich mich so befangen, so unwohl? Und warum dieses unerwartete Kompliment, mit dem ich so gar nicht umgehen kann? Seit unser Ausflug so plötzlich unterbrochen wurde, ist der Wurm drin, vor allem, seit ich diesen unbekannten Unruhestifter belauscht habe.

Mein Blick fällt zufällig auf sein Handgelenk. Wow! Er trägt immer noch das Lederarmband, das ich ihm geschenkt habe.

»Hatten Sie schon Gelegenheit, unseren Berater Benjamin kennenzulernen?«

Also das ist er. Der Berater? Na toll.

»Nicht, dass ich wüsste. Ich habe einen Mann auf dem Gang getroffen, vor Henris Büro.«

Jérôme nickt. »Das wird er gewesen sein. Groß, schlank, Nase?«

»Ja.« Ich kann über den versuchten Scherz nicht lachen. Dieser Benjamin findet mich unter aller Würde. Wie soll ich mich überhaupt verhalten? Ich weiß es nicht.

»Hat er etwas zu Ihnen gesagt?«

»Ja. Bonsoir.«

Jérôme lacht nicht, obwohl man das als Scherz hätte auffassen können. Mir ist auch nicht zum Lachen zumute. Der Raum hier auf dem Gang scheint immer enger zu werden. Ich will einfach nur noch auf mein Zimmer. Je länger Jérôme nachfragt, umso sicherer bin ich, dass dieser Benjamin bereits mit ihm gesprochen hat. Vielleicht ist er direkt nach unserem Zusammentreffen zu Jérôme gegangen und hat ihm seine Meinung über mich kundgetan.

»Sonst nichts?«

»Nein.«

Gib dir keine Mühe, Jérôme. Wir wissen beide, was der Mann von mir hält.

»Wenn es Ihnen nichts ausmacht, dann würde ich jetzt gerne in mein Zimmer gehen.« Ich kämpfe hart mit meiner Selbstbeherrschung.

Eigentlich könnte ich Jérôme doch sagen, dass ich alles mitgehört habe, was dieser Benjamin über mich zu sagen hatte. Wovor fürchte ich mich? Möchte ich von Jérôme hören, dass das alles nur übles Gerede ist, oder habe ich viel mehr Angst davor, dass er nichts dazu sagt, weil er insgeheim weiß, dass es wahr ist?

Meine Überlegungen dauern zu lange. Ich kann es Jérôme förmlich ansehen, wie er versucht, in meinem Gesicht zu lesen. Letztendlich scheint er aber zu keinem Ergebnis zu kommen. Er nickt. »Natürlich macht es mir nichts aus. Gute Nacht.«

Er dreht sich um und geht. Fluchtartig renne ich in mein Zimmer, schließe die Tür etwas zu laut und sacke dahinter zusammen.

Kapitel 10

Der nächste Tag beginnt für mich mit einem enormen Hungergefühl. Davon lasse ich mein Handeln aber nicht bestimmen. Schließlich überwiegt das schaurige Gefühl, dass ich nicht hier sein sollte. Ich weiß gar nicht, wann ich mir das letzte Mal so unerwünscht vorkam.

Für meine Omi werde ich die Zähne zusammenbeißen und wenigstens so lange bei ihr bleiben, wie es sein muss.

Nach einem morgendlichen Besuch an ihrem Krankenbett werde ich von Marie in einen Frühstücksraum gebracht. Er hat einen viel offizielleren Charakter als der vom Vortag.

Meine Dreads habe ich zu einem Knoten zusammengewirbelt und so gut es geht unter einem Tuch versteckt. Um mir nicht noch einmal den Vorwurf von zu viel Nacktheit im Palast anhören zu müssen, trage ich eine Bluse und eine lange Jeans. Mir ist jetzt schon zu warm, aber wie schon gesagt – ich werde die Zähne zusammenbeißen.

Ich scheine etwas zu spät zu kommen: Der Fürst sitzt schon am Tisch und isst. Zusammen mit diesem hakennasigen Berater, seinem Sicherheitschef und Jérôme. Alle sind in Anzügen. Ein Angestellter räumt bereits benutztes Geschirr von einem Platz ab. Vielleicht ist Charlotte schon weg. Schade. Sie wäre – neben Pierre – die einzig angenehme Person hier gewesen.

Inzwischen bin ich fast am Tisch angekommen. Der missbilligende Blick von Monsieur Benjamin geht nicht spurlos an mir vorüber. Bestimmt habe ich alleine schon beim Betreten des Raums alles falsch gemacht, was die Palette an falschen Möglichkeiten hergegeben hat. Mit gesenktem Blick bleibe ich stehen, knickse übertrieben tief und drücke mein Kinn an meinen Brustkorb. »Eure Durchlaucht, eure Hoheit.«

Ohne weitere Reaktionen abzuwarten, setze ich mich so weit wie möglich von den anderen weg, das heißt, ich setze mich neben Henri. Der gegenüberliegende Platz ist nicht besetzt, was es mir erlauben wird, mein Frühstück fast alleine zu mir zu nehmen.

Leider hat sich ein drückender Kloß in meinem Hals gebildet. Immer, wenn ich schlucke, jagen mir Gänsehautschauer durch meine Oberschenkel. Ich weiß zwar nicht, wie mein Hals mit meinen Beinen verbunden ist, aber es fühlt sich so an, als gäbe es einen Direktdurchgang.

Es ist immer noch ganz ruhig am Tisch. Ich traue mich nicht, mich zu bewegen. Erst, als Pierre seinen Berater darum bittet, doch mit seinen Erläuterungen fortzufahren, sehe ich mich in der Lage, nach einer Scheibe Baguette zu greifen.

Das Gespräch klinke ich völlig aus. Ich bin zugegebenermaßen sehr mit meinen eigenen Gedanken beschäftigt. Vielleicht sehen die auch sehr selbstmitleidig aus, aber so ist momentan eben meine Stimmung.

»Fühlen Sie sich nicht wohl?«

Die Worte des Fürsten dringen an mein Ohr. Dass er damit mich angesprochen hat, bemerke ich nur, weil Henri mich mit seinem Arm leicht anstupst.

Am liebsten hätte ich laut »Ja!« gebrüllt.

Aber ich kann nicht. Würde ich jetzt zugeben, wie schlecht es mir geht, dann würde das überflüssige Wasser in meinen Augen zu einem Fluss werden. Entschlossen, aber etwas wackelig schnaufe ich ein und sehe Pierre in die Augen.

Seine kleinen Augen und die seltsam verzogenen Muskeln um seine Nase machen mir nicht gerade Hoffnung, dass ich meinen Schmerz gut verstecken kann. Er sieht – ohne Frage – besorgt aus.

Mit aller Kraft zwinge ich mir ein Lächeln auf die Lippen. Eine rein mechanische Bewegung, ohne Emotionen.

»Es geht mir gut«, lüge ich.

Bevor ich wieder das Blümchenmuster auf meinem Teller anstarren kann, tausche ich einen Blick mit Jérôme aus. Seine Augen scheinen über jedes Detail in meinem Gesicht zu huschen. Ertappt greife ich nach meinem Trinkglas und hoffe, dass jeder sich wieder seinen Angelegenheiten zuwendet.

Wenn man kurz vor einer emotionalen Explosion steht, hilft es immer, ein Glas Wasser zu trinken. Also, bei mir jedenfalls.

Ich habe Glück: Das Gespräch geht ohne mich weiter. Jedenfalls so lange, bis der Fürst mich erneut anspricht. »Wie geht es Ihrer Großmutter?«

»Gut.«

»Hat sie alles, was sie braucht?«

»Ja.«

Es ist sogar mir unangenehm, dass ich so kurz angebunden wirke, aber ich bin wirklich nicht in der Lage, mehr von mir preiszugeben.

Mein Schlucken ist so geräuschvoll, dass es zumindest Henri neben mir auffallen wird, wie beklommen ich mich fühle.

»Haben Sie denn alles, was Sie benötigen?« Puh! Pierre ist noch nicht zufrieden.

»Ja, sicher.« Weil mir Henri einen Blick zuwirft, ergänze ich noch: »Danke.«

Jetzt hoffe ich, dass alles geklärt ist. Meiner Omi und mir geht es bestens. Wir haben alles und wir brauchen nichts.

»Was haben Sie heute vor?«

Jérôme! Warum muss der sich auch noch einmischen?

»Nichts.«

Henri neben mir scheint erleichtert auszuschnaufen. Ich muss ihm wirklich viel Stress bereitet haben.

»Kein erneuter Ausflug?«, fragt er nach.

»Nein.« Wie gerne würde ich jetzt noch mehr loswerden. Aber ich fühle mich so saft- und kraftlos.

»Sollten Sie sich umentscheiden, wird Steven für Sie da sein.«

Das ist wirklich sehr lieb von dem Fürsten. Jérôme scheint das nicht zu finden.

»Du hast Steven gefragt?«

»Du hast ja gesagt, du hättest keine Zeit.«

»Das stimmt. Aber ausgerechnet Steven …«

»Er ist ein lieber Junge. Er wird sich gut um unseren Gast kümmern.«

Gespannt habe ich der Unterhaltung zwischen Vater und Sohn gelauscht. Jetzt räuspert sich Benjamin geräuschvoll.

Der Fürst holt tief Luft. »Jetzt wird es Zeit, dass ich in mein Büro komme. Denn ebenso wie du bin ich ein vielbeschäftigter Mann.«

Als wäre eine Völkerwanderung im Gange, verlassen alle den Raum, bis nur noch ich sitze. Selbst Jérôme will gehen. Da er den anderen aber hinterherhinkt, nutze ich die Gelegenheit der Zweisamkeit. »Was haben Sie gegen Steven?« Der Typ, der mich vom Flughafen abgeholt hat, war doch in Ordnung.

»Da haben Sie etwas missverstanden.«

»Das hörte sich aber für mich so an.«

»Lassen Sie es gut sein. Ich wünsche Ihnen einen ruhigen Tag *im* Palast.«

Hastig verlässt er den Raum. Interpretiere ich zu viel oder hat er eben betont, dass ich nicht mit Steven unterwegs sein soll? Nein, das habe ich bestimmt falsch verstanden.

Dennoch ist eine unbändige Neugier in mir geweckt. Ich heiße diese Gefühlsregung willkommen, überdeckt sie doch das flaue Drücken in der Herzgegend. Es ist nicht nur die Neugierde, die mich dazu bringt, nach Steven zu fragen. Ich wäre sehr froh, wenn ich diesem Gebäude den Tag über entfliehen könnte. Weg von dem garstigen Berater, weg von dem undurchsichtigen Prinzen, hin zu einem wundervollen Tag in freier Natur. Mit Steven.

Marie ist so freundlich, mir seine Durchwahl zu geben. Ich rufe ihn sofort an. Steven zeigt sich erfreut, seinem Auftrag nachkommen zu können. Er raunt ins Telefon, dass er an so einem schönen Tag liebend gerne einen Ausflug mit mir machen würde, um mir alles rund um Calais zu zeigen. Dass er das sogar noch in seiner Dienstzeit tun darf, ist ein besonderes Häppchen für ihn, was ich gut verstehen kann. Tagein, tagaus hier im Palast zu hocken, um irgendwelche Pressemitteilungen für den Marziner Heimatboten zu formulieren oder Ähnliches – da kann einem die Decke schon mal auf den Kopf fallen.

Ich bin auch so was von heilfroh, aus den langen Klamotten rauszukommen. Jedenfalls habe ich nicht vor, an diesem schönen Tag unter meiner Kleidung zu verglühen.

Steven holt mich in meinem Gästezimmer ab. Als ich ihm die Tür öffne, lächelt er mich freundlich an. So ehrlich unvoreingenommen freundlich, dass ich meine Sorgen für einen Moment vergesse. Es kann noch ein guter Tag werden, wenn ich mich von ihm ablenken lasse.

Auf dem Weg aus dem Gebäude erklärt Steven, dass wir diesmal keinen Chauffeur haben werden. Er habe ein Cabriolet aus den unzähligen Wagen des Fuhrparks ergattern können, weil der Fürst dies persönlich so veranlasst habe.

»Ich werde dir die schönsten Plätze zeigen. Es ist von Vorteil, wenn man mit Insiderwissen unterwegs ist.

Die besten Orte liegen weit ab der Trampelpfade, die die Touristen überall hinterlassen.«

»Da bin ich ja mal gespannt.« Meine Stimme klingt fester, ich fühle mich besser.

Und ich habe Omi heute Abend etwas zu erzählen, was sie hoffentlich noch nicht vom Fürsten erfahren hat, weil es in einem Fiasko geendet hat. Nein, bestimmt nicht. Diesmal ist alles von oben organisiert und abgesegnet.

Unsere kleine Spritztour startet zuerst mit einer Fahrt in die Stadt. Den Weg kenne ich inzwischen schon ein bisschen, sodass ich mich voll und ganz auf die herrliche Aussicht aufs Meer konzentrieren kann.

»Es ist so paradiesisch hier«, schwärme ich.

»Das ist es.«

Steven fährt mit mir durch die Stadt, zeigt mir jedes gute Restaurant, die exklusivsten Geschäfte und auch einige versteckte Läden, die ich von selbst nie gefunden hätte.

»Da bekommst du das beste Obst.«

»Woher weißt du das?«

»Weil hier der Palastkoch einkaufen lässt.«

Na, dann muss es ja gut sein, denke ich mir.

Schließlich lassen wir das geschäftige Treiben im Ort hinter uns. Steven lenkt das Auto erneut in die Berge.

»Bist du gut zu Fuß?«, will er wissen.

»Kommt drauf an, was du vorhast.«

Er grinst nur geheimnisvoll und lässt mich im Dunkeln. Natürlich bin ich neugierig. Aber das muss ich ihm ja nicht gleich auf die Nase binden. Geduldig warte ich daher ab, bis er irgendwann am Rand der Straße in einer Parkmulde anhält.

»Von hier geht es zu Fuß weiter.«

Mein Blick fällt auf den Trampelpfad, der von der dürftigen Parkmöglichkeit bergauf führt.

Ich ahne es: Steven will mit mir den Gipfel dieses Berges erklimmen. Die Berge hier sind alle nicht extrem hoch, aber dieser ist der höchste.

»Das ist ein Weg fernab der Touristen. Nur wenige kennen ihn.«

»Dafür ist er aber ganz schön ausgelatscht, der Weg.« Ich nicke auf den Pfad und Steven hat sofort eine Antwort parat. »Ich gehe ihn häufig. Was ist los? Keine Lust?«

»Doch, doch.« Das stimmt. Wenn ich oben angekommen sein werde, dann wird der Blick auf die Umgebung noch besser sein als vom Palast aus. Und das will was heißen.

Steven und ich machen uns gemeinsam auf den Weg. Wir müssen hintereinander gehen, da der Pfad nur schmal ist. Die trockenen Gräser und Pflanzen streicheln meine nackten Beine. Hin und wieder pikt es auch, was mich an meinen rasanten Abstieg vom Berg am Vortag erinnert.

Steven sagt etwas zu mir, aber ich kann es schlecht verstehen. Erstens, weil er vor mir geht und nach vorne spricht, zweitens, weil die Gräser durch unsere Bewegungen ziemlich laut rascheln.

»Wie bitte?«, frage ich nach.

»Wie geht es dir?«

»Warum fragst du?«

»Ich hatte den Eindruck, dass deine gestrige Tour einen Aufstand hervorgerufen hat.«

Obwohl es mir recht warm ist, durchfährt mich ein eiskalter Schauer, der dann doch irgendwie hitzig ausstrahlt.

Steven verzichtet auf meine Antwort. »Du brauchst mir nichts zu sagen. Ich habe auch schon meine Erfahrungen mit dem Prinzen gemacht.«

»Mit dem Prinzen?«

Steven geht immer schneller und ich habe Probleme, mit ihm mitzuhalten. Leider sagt er nichts mehr. Oder wird nur das Rascheln in meinen Ohren immer lauter? Mir bleibt die Luft weg. Ganz bewusst konzentriere ich mich auf meine Atmung und meine Schritte, indem ich den Blick auf den Boden richte.

Ich kann gar nicht genau sagen, wie lange wir schweigend hintereinander bergauf gehen. Das Grün verschwindet nach und nach. Der Weg ist nur noch felsig. Ein Blick nach oben macht mir bewusst, dass wir gleich da sind.

Steven, der seinen Vorsprung ausgebaut hat, erreicht schon den Gipfel. Die Hände in den Hüften, steht er sichtbar schnaufend da. Sein Blick geht in die Ferne. Er darf wohl schon das göttliche Panorama genießen.

Hastig stolpere ich die letzten Meter und stelle mich neben ihn. Meine Lungen verlangen nach Luft. Gleichzeitig erreicht mich das Gefühl euphorischen Glücks. Gut, es war kein Mordsberg, aber ich bin oben.

»Wow!«, staune ich. Blau, blau, blau. Wie die Sonne

diese Gegend in so strahlende Farben taucht! Einfach fantastisch.

Es ist windig, was mir zeigt, dass ich geschwitzt habe, weil es mich fröstelt.

Ganz unverhofft legt Steven seinen Arm um mich. »Es könnte so schön sein.«

»Könnte?« Ich bin mir nicht sicher, ob ich den Arm auf meinen Schultern akzeptieren soll, aber er drängt sich nicht an mich. Es ist mehr eine freundschaftliche Berührung, ohne weiteren Körperkontakt.

»Zu deiner letzten Frage: Seine königliche Hoheit, Prinz Jérôme, hat mir den Aufenthalt hier gehörig versaut.«

Diesmal frage ich nicht nach. Kurz sehe ich zu ihm. Sein Blick ist weit in die Ferne gerichtet und ich ahne, dass er weiterreden wird.

»Er hat dafür gesorgt, dass mir alle verantwortungsvollen Aufgaben entzogen wurden.«

»Warum sollte er das tun?«

»Weil ich mich blendend mit seinem Vater verstanden habe.«

Ich höre so viel Verbitterung in seiner Stimme. Dennoch merke ich, dass er sich sehr bemüht, nicht zu schlecht über das Fürstenhaus zu sprechen. Es klingt beinahe teilnahmslos, als er weiterspricht. »Aber was solls. Wäre ich hier nicht das Mädchen für alles …«, damit wendet er sich wieder mir zu, »… dann hätte ich heute nicht diesen Ausflug mit dir machen können.«

Sein Lächeln erreicht mich voll und ganz. Wieder fühlt es sich so an, als müsste ich zugleich schwitzen und frösteln. Er ist ein netter junger Mann, der einem Prinzen ins Gehege gekommen ist. Nun muss er dafür büßen, obwohl es nicht gerecht ist.

Es ist wieder Jérôme, der mit seiner selbstherrlichen Art andere steuert, obwohl er kein Recht dazu hat. Sein Vater ist durchaus selbst in der Lage, für sich zu sprechen und einen Mann wie Steven einschätzen zu können. Was hat sich Jérôme da einzumischen? Verbaut er ihm etwa die Zukunft und die berufliche Karriere, weil er es nicht aushält, dass Steven seinem Vater nahesteht?

»Ich weiß nicht, was ich dazu sagen soll.«

»Das musst du auch nicht. Am besten, du vergisst, was ich gesagt habe. Es ist besser so. Prinz Jérôme kann sich weiter in seinem Glanz sonnen, bis der Dreck vor seiner Tür ans Tageslicht kommt.« Steven nimmt den Arm von meiner Schulter, um sich beide Hände in die Hosentaschen zu stecken.

»Er hat etwas zu verbergen?« Sofort bin ich hellwach.

»Ich habe dir sowieso schon zu viel gesagt. Lass uns zurückgehen. Ich habe Hunger.« Mit diesen Worten wendet sich Steven von mir und dem herrlichen Panoramablick ab.

Er ist schon auf dem Weg bergab, als ich mich umdrehe, um ihm zu folgen.

Wir sind sehr ruhig auf der Rückfahrt. Lediglich das Autoradio plärrt fröhliche Lieder, die mir allesamt zu penetrant gute Laune verbreiten wollen. Dabei muss ich nachdenken, und meine gute Laune sinkt rasant in den Keller.

Ich habe mich in Jérôme wohl doch nicht getäuscht. Er ist genau so, wie ich ihn am Anfang eingeschätzt habe. Wahrscheinlich spielt er ein hinterhältiges Spiel mit mir, will mich aushorchen, wie nahe sich Omi und Pierre stehen, oder was weiß ich. Im Grunde genommen kann ich doch gar nicht verstehen, was in so einem abgefuckten Prinzenhirn so vorgeht. Ganz besonders würde mich aber trotzdem das angedeutete Geheimnis interessieren. Gibt es eins? Wenn ja, welches? Ist er spielsüchtig oder treibt er sonst irgendetwas, was ihn bei seinem Vater in Ungnade fallen ließe? Steht er auf Männer und wird dem kleinen Fürstentum nie einen Nachfolger bringen können? Es ist ja schon irgendwie verdächtig, dass er noch ohne Frau herumläuft.

Ich würde das wirklich sehr gerne herausfinden. Einfach nur, um es zu wissen.

»Steven?«

»Ja?«

»Was hast du denn später beruflich so vor, wenn du hier fertig bist mit dem Praktikum?«

»Eigentlich wäre ich sehr gerne hiergeblieben. Aber so, wie die Dinge sich entwickeln, werde ich mich woanders umsehen müssen.«

»Okay.«

»Da wäre auch noch der Traum, etwas von der Welt zu sehen.«

Das finde ich sehr interessant. Davon habe ich auch immer geträumt, aber die Festanstellung in der Schule war schneller.

Steven scheint mein Interesse zu spüren. Ich bin froh, dass wieder ein Gespräch in Gang kommt.

»Leider ist so ein Praktikum nicht gut bezahlt. Natürlich habe ich auch nicht so viele Ausgaben, darf im Dienstbotenteil des Palastes wohnen, kostenlos essen, aber eigentlich wollte ich eine Art Weltreise machen, bevor ich an den nächsten Job denke.«

»Das klingt wirklich toll. Das solltest du unbedingt umsetzen.«

»Es würde mich bestärken, wenn ich wüsste, wo ich nach der Reise unterkommen könnte.«

»Hast du schon eine Idee?«

»Eine Stelle im Buckingham Palace wäre genial.«

»Puh! Das hört sich wie ein hochgestecktes Ziel an.«

»Ist es auch. Aber fürs Erste würde es mir schon reichen, wenn ich einem kleinen Ziel näher kommen würde.«

»Was wäre das?«

»Nicht alleine die Welt zu bereisen.«

Okay. Jetzt bin ich mir doch nicht mehr sicher, ob das Armauflegen vorhin wirklich nur freundschaftlich gemeint war. Er sieht mich so an, mit einem speziellen Blick. Ich kann nicht sagen, dass er schlecht aussähe, aber bei mir stößt dieser Blick nicht auf besonders nahrhaften Boden. Sorry, Steven.

Obwohl. Vielleicht ein kleines bisschen.

Kapitel 11

Nachdem ich geduscht habe, entdecke ich, dass meine Schwester mehrmals versucht hat, mich auf dem Handy zu erreichen.

Es freut mich irgendwie, dass sie den Kontakt zu mir sucht. Manchmal habe ich schon den Eindruck, dass sie sich wenig für ihr Umfeld interessiert. Aber das scheint gar nicht so zu sein.

Ich rufe sie sofort zurück. Sie hält sich nicht lange mit Förmlichkeiten auf. Nachdem sie sich erkundigt hat, wie es Omi geht, und ich sie beruhigt habe, kommt sie zur Sache.

»Sag mal. Was ich dich mal fragen will: Der Flo … ist das normal, dass er jeden Tag bis mittags pennt?«

»Kann sein.« Flo kann sich den Luxus gönnen, seinen Tag selbst zu strukturieren, da er die Produkte, die er zur Verfügung gestellt bekommt, mit Vorliebe in der Nacht testet.

»Mir ist das echt noch nie so extrem aufgefallen. Aber seit ein paar Tagen … Nimmt der irgendwas?«

»Was meinst du?«

»Na, irgendwelche Drogen. Das ist doch nicht normal, dass man jeden Tag erst um 15 Uhr aus dem Bett gekrochen kommt.«

»Du weißt doch, dass er oft in der Nacht noch zockt.«

»Ja, weiß ich. Er hat mir auch schon gesagt, dass er wieder mehrere Spiele testet.«

»Er hat wenigstens einen Grund zum Zocken. Andere machen das einfach so.«

»Ja, ich weiß. Aber ganz ehrlich: Bei ihm im Zimmer riecht es auch so komisch.«

Das ist mir neu. Also, außer Flos Eigengeruch mit Fußkäse gemischt habe ich noch nie merkwürdige Düfte bei ihm wahrgenommen. »Nach was riecht es denn?«

»So … ich weiß auch nicht. Irgendwie chemisch. Richtig heftig chemisch. Ich krieg schon Kopfweh, wenn er mal für eine Minute seine Zimmertür offenstehen lässt.«

»Hm … sprich ihn einfach darauf an.«

»Das sagst du so. Ich komm nicht so gut klar mit ihm wie du. Wenn ich mit ihm spreche, dann fühle ich mich immer wie eine Mutter, die mit ihrem Teenager spricht.«

Ich weiß, was sie meint. Flo kann manchmal richtig maulig werden. »Dann lass ihn und ich red mit ihm, wenn ich wieder da bin.«

»Hoffentlich kommst du bald. Jetzt, wo es Oma besser geht, kannst du doch getrost zurückfliegen.«

Na, wer hätte gedacht, dass meine Schwester mich so vermisst, nachdem sie mir doch sonst nur Vorhaltungen über den Ordnungsgrad in Bad und Küche macht. Nein, ich darf nicht ungerecht sein: Marie hat auch ihre guten Seiten – und ich werde das Gefühl nicht los, dass sie bei mir anruft, weil sie eigentlich über irgendetwas ganz anderes mit mir reden will.

»Ja. Ich werde nicht mehr ewig bleiben. So ein prunkvolles Domizil ist nichts für mich.«

»Herr Willmann wird mir auch von Tag zu Tag unheimlicher.« Okay, das ist ein neues Thema, aber auch noch nicht das, was ihr auf der Seele brennt. Ich kenne meine Schwester.

»Der ist mir schon immer unheimlich.«

»Jetzt mal ernsthaft, ich fühle mich von dem beobachtet. Er steht immer am Fenster, wenn ich von der Arbeit nach Hause komme, und schielt hinter seinem Vorhang raus.«

»Vielleicht ist er in derselben Selbsthilfegruppe wie Omis Nachbar und die geben sich da Stalkingtipps. Mach dir keine Sorgen. Ich glaube nicht, dass der alte Mann eine Gefahr für dich ist.«

»Trotzdem. Wenn ich schon an seine dicken Würstchenfinger denke, dann wird mir schlecht.«

»Hör zu, ich wollte jetzt noch nach Omi sehen. Ruf an, wenn sonst noch was mit Flo oder dem Alten ist.«

»Das mach ich. Darauf kannst du Gift nehmen.« Sie klingt wirklich genervt.

Jetzt merkt sie mal, dass ich jeden Tag den gesprächigen Vermieter von ihr ablenke. Was den Gestank in Flos Zimmer angeht, so hat der bestimmt nichts mit meiner Abwesenheit zu tun. Trotzdem sollte ich Flo noch heute Abend anrufen.

Im Großen und Ganzen zeigt es mir aber auch, dass Marie außer mir kaum jemanden hat. Sie arbeitet viel zu viel. Sie bräuchte dringend eine Pause, dann würden ihre Nerven auch nicht immer blank liegen. Wenn ich genau darüber nachdenke, dann war sie vor ihrer Zeit in dieser Kanzlei ganz anders. Dieses andere

Wesen habe ich eben kurz gesehen, als sie sich ganz am Anfang des Telefonats nach Omi erkundigt hat.

Ich glaube, sie hadert mit sich, dass sie nicht auch hier sein kann.

Jetzt sehe ich aber erst einmal nach Omi. Sie freut sich über meine Berichterstattung. Natürlich lasse ich die pikanten Details über Pierre und Jérôme aus.

»Du hättest die Aussicht selbst sehen sollen …« Mein Blick schweift durch den Raum. »Was sind das für tolle Blumen?«

»Pierre hat sie mir persönlich vorbeigebracht. Ich habe mich so sehr darüber gefreut, dass er mir von nun an jeden Tag frische Blumen aus dem Garten bringen will.« Sie lächelt und ich kann hören, wie sich ihre Stimme beim Sprechen beinahe überschlägt, so gerührt ist sie.

Bisher habe ich mich immer sehr für sie gefreut. Jetzt ist da auch noch eine Sorge hinzugekommen, die ich nur meinen Erfahrungen hier zuschreiben kann. Dass ich ein rotes Tuch für den königlichen Berater bin, ist mir ja klar, aber was wird er zu meiner Omi sagen? Ob er weiß, dass Omi gerade dabei ist, ihr Herz an Pierre zu verlieren?

»Omi …«, hauche ich und lege all meine Gedanken in dieses eine Wort und meinen Blick.

»Keine Sorge, Liebes. Ich weiß schon, was ich tue.« Sie lächelt immer noch, presst dabei aber ihre Lippen aufeinander. Es sieht so aus, als zitterte ihr Kinn. Oh weh – sie hat ihr Herz längst verloren.

Der Schmerz in ihren Augen macht mir aber klar, dass sie nicht dieselben Sorgen quälen wie mich. Sie hat ein schlechtes Gewissen. Völlig unvermittelt klatscht sie in die Hände und presst diese vor ihrem Gesicht aneinander. Es sieht so aus, als müsste sie sich sammeln.

»Deinem Opa hätte es hier sicherlich auch sehr gut gefallen. Ich wette, er wäre jeden Tag auf den Gipfel dieses Berges gegangen.«

Ihre Worte zeigen mir, wie recht ich habe. Andererseits will sie auch von Pierre ablenken.

»Ganz bestimmt.«

»Jetzt geh, Liebes! Heute wird dich ein spezielles Abendessen erwarten.« Sie reißt sich zusammen, aber ich höre auch deutlich heraus, dass sie gerne mit mir gehen würde.

»Echt?«

»Ja. Eine Gruppe Sportler wird zum Abendessen erwartet.«

»Was für Sportler?«

»Die Rudermannschaft.«

Ich kichere. Das könnte lustig werden.

Omi hat es nun geschafft, sich und mich abzulenken. Sie ist kaum zu bremsen. »Zu schade, dass ich diesen Gala-Abend verpasse.«

»Moment … Gala-Abend?« Vergiss es, denke ich mir. »Meinst du, die liefern hier das Essen auch aufs Zimmer?«

Fieberhaft überlege ich und komme dennoch zu dem gleichen Ergebnis: Ich kann nie und nimmer an einem Gala-Abend teilnehmen. Mal ganz abgesehen davon, dass ich wirklich nichts Passendes zum Anziehen habe. Mir wurde hier schon mehrfach deutlich gemacht, dass ich haartechnisch nicht gerade für das royale Umfeld geeignet bin, und außerdem weiß ich tatsächlich nicht, wie ich mich bei so einem Anlass verhalten soll.

Omi beobachtet mich kritisch. Die Falte zwischen ihren Augenbrauen will nicht mehr verschwinden. Ihr Zeigefinger schnellt in die Höhe.

»Liebes, du drückst dich nicht. Versprich es mir! Wer soll mir denn sonst davon berichten, wie schnittig Pierre in seiner Ausgehuniform ausgesehen hat.«

»Omi!« Ich tue so, als ob ich klein beigebe, und plane insgeheim, wie ich mir einen gemütlichen Abend in meinem Zimmer gestalten werde. Erst Flo anrufen, dann ein bisschen fernsehen, Romanheftchen lesen. Die Ausgehuniform kann ich anhand der vielen Gemälde im Palast sicher einigermaßen beschreiben.

Wir verabschieden uns und Omi eröffnet mir, dass sie morgen das Bett wieder verlassen wird. Sie hat die Hoffnung, dass sie beim Frühstück noch einen Blick auf die Ruderer werfen kann. Die alte Dame wirkt auf einmal so fidel.

Auf dem Weg zu meinem Zimmer kommt mir Steven entgegen. »Ich habe dich schon gesucht. Wir haben überhaupt nicht über heute Abend gesprochen. Die Rudermannschaft …«

»Hab ich eben schon erfahren. Ich glaube, ich bin zu müde.«

»Das geht nicht. Du bist offiziell eingeladen.«

Och nee. Was heißt denn hier offiziell eingeladen? Bestimmt, dass ich nicht offiziell absagen kann. »Hör mal, Steven. Das hat doch keinen Wert. Ich bin als nicht gesellschaftsfähig abgeschrieben.«

»Das ist doch …« Er stockt mitten im Satz und blickt an mir vorbei in den Gang hinter mir. Es ist klar, dass dort jemand kommt. Neugierig, wie ich nun mal bin, drehe ich mich um.

Pierre und Jérôme.

Na super! Wie bestellt.

Plötzlich fühle ich mich befangen. Ganz deutlich kann ich dieses Gefühl der Anwesenheit von Jérôme zuordnen. Der Fürst selbst hätte mich nicht in solch beklemmende Emotionen gestürzt, da bin ich mir ganz sicher.

»Eure Durchlaucht. Königliche Hoheit«, hauche ich und verbeuge mich. Wahrscheinlich müsste ich das jetzt nicht. Oder doch?

»Ines, Sie sind noch nicht umgezogen?«

»Nein.« Irritiert fixiere ich die Anzüge der Herren. Also doch keine Uniform. Jérôme trägt einen glänzenden Anzug, der silbrig bis dunkelgrau gefärbt ist. Besonders auffallend sind seine spitzen Schuhe. Sieht sehr edel aus, muss ich schon sagen.

Ich traue mich nicht, in sein makelloses Gesicht zu sehen, was ich dann aber doch kurz tue. Er weicht meinem Blick aus, sodass ich ungehindert feststellen kann, dass er ein verdammt hübsches Arschloch ist. Sein Haar ist mit Gel in Form gelegt.

Es wird Zeit, die Karten auf den Tisch zu legen. »Ich habe nur das Sommerkleid dabei, das ich bei dem Abendessen damals getragen habe.«

Jérôme sieht mich plötzlich an und ich beiße mich am Fürsten fest. Natürlich nur wörtlich, nicht wirklich.

Instinktiv suche ich die Nähe zu Steven, dessen Anwesenheit ich für einen Moment vergessen hatte. Jetzt bin ich aber froh, dass er da ist. Er sagt leider nichts, was mir in diesem Moment weiterhelfen könnte. Er sagt nämlich gar nichts.

»Das Bekleidungsproblem müsste in den Griff zu bekommen sein«, raunt der Fürst und geht.

Überrascht stehe ich da und warte, was jetzt passiert, als er sich noch einmal zu mir umdreht und mir winkt. »Na, kommen Sie schon! Ich habe eine Idee.«

Zögerlich setze ich mich in Bewegung. Der Fürst ist ja keiner von der schnellen Sorte. Den hole ich auch ein, wenn ich noch eine Minute hier stehe. Gemein, ich weiß. »Bis später«, raune ich Steven zu, der mich fragend ansieht. »Na, du kommst doch sicher auch zu der Veranstaltung.«

Es ist mehr ein Flehen meinerseits. Mit Steven hätte ich auf der Party wenigstens einen Rettungsanker und könnte mich mit ihm unterhalten. Bei allen anderen wäre bestimmt die Gefahr zu groß, dass mir ein Fauxpas passiert.

»Tut mit leid ...«, will Steven sagen, aber ich lasse ihn so nicht davonkommen.

»Bitte.« Ich will wirklich nicht alleine dort hingehen und lege all meine Ängste in meinen Blick. Jérôme räuspert sich und wird unruhig. Steven sieht mich nicht an, sondern konzentriert sich mehr auf Jérôme und den Fürsten.

Schließlich holt Pierre tief Luft. »Natürlich. Sie sind herzlich eingeladen, Steven.«

Da wird mir bewusst, dass ich soeben dafür gesorgt habe, dass Steven überhaupt erst teilnehmen darf.

Jérôme lässt mir mit einem Blick die Bestätigung meiner Befürchtung zukommen. Ich habe jemanden auf die Party eingeladen, obwohl ich selbst nur Gast bin. Na toll, da ist er ja schon, mein erster Fauxpas.

Jetzt gehe ich lieber sehr schnell auf den Fürsten zu, der sich sofort in Bewegung setzt, als er mich kommen sieht.

Mit Jérôme möchte ich jetzt keine Unterhaltung führen. Hinter mir höre ich Jérôme und Steven noch miteinander sprechen, aber mehr als ein Brummen kann ich nicht verstehen.

Ich folge Pierre, der sehr entschlossen, aber doch mit der Gemächlichkeit seines Alters durch das Gebäude schreitet. Heute scheint es ihm besser zu gehen als bei unserem Kennenlernen im Park. Er geht deutlich besser. Wahrscheinlich hat er auch seine Hochs und Tiefs.

Ich habe eine Ahnung, dass er mich nun irgendwo mit einem Kleid versorgen will. Hoffentlich ist der Modegeschmack des über Siebzigjährigen nicht in den vergangenen Jahrzehnten hängengeblieben.

Als er die Tür öffnet und sich dahinter eine mehr als großzügige Wohnung auftut, bin ich baff. Das ist sicher kein Gästezimmer.

»Hier sind die privaten Räume meiner Frau.« Er zögert, tritt dann aber doch ein. Ich gehe hinter ihm her.

Hier sieht es so aus, als könnte die Fürstin jeden Moment hereinschneien. Keine Frage – die Räume werden in Schuss gehalten. Auf dem Nachtkästchen liegt sogar noch ein Buch mit Lesezeichen darin.

»Ich kann mich nicht von ihren Sachen trennen. Das wäre, als würde ich sie aus meinem Leben schieben.«

»Ich verstehe das. Omi hat auch noch Sachen von Opa aufgehoben.«

Pierre nickt und schweigt. Er sieht sich verträumt in dem Zimmer um, scheint sich dann plötzlich wieder bewusst zu werden, warum wir hier sind.

Er geht zu einer weiteren Tür innerhalb der Wohnung und öffnet diese. Dahinter geht es in einen weiteren Gang.

»Kommen Sie.«

Also gut. Ich gehe den kurzen Gang entlang und schiele durch die Tür, die Pierre geöffnet hat. Er steht in einem riesigen Kleiderschrank. Nein, das ist kein Schrank – das ist ein Raum. Konzentriert schiebt er die Kleidungsstücke an der Kleiderstange entlang und sieht jedes Modell kurz an.

Soweit ich das auf Anhieb erkennen kann, hängen hier eine Fülle an Abendkleidern in allen möglichen Farben und Varianten.

»Hm … das nicht … das auch nicht.« Pierre tut sich mit der Auswahl schwer.

»Wie wäre es damit?« Pierre holte einen Bügel von der Stange. Daran hängt ein langes Kleid, das weiß glitzert.

»Nein«, beantwortet Pierre die Frage selbst. »Sie brauchen etwas Farbenfrohes. Und es darf auch etwas kürzer sein.«

Metall klingt auf Metall, als er den Bügel zurück auf die Stange hängt. Es klimpert und raschelt, als er weitersucht.

Ich hoffe, dass er überhaupt nichts für mich findet. Dann bekäme die Option »gemütlicher Abend« wieder mehr Gewicht.

»Das könnte gehen. Ja.«

Als ich nachsehe, welches Kleid er für mich gefischt hat, bleibt mir die Spucke weg: Es ist figurbetont und nicht so lang, wie ich gedacht hätte. Ob das die Fürstin jemals getragen hat? Das ist überhaupt ein gutes Stichwort für mich.

»Aber … ich kann doch unmöglich ein Kleid Ihrer Frau … der Fürstin …«

»Ich glaube, sie wird nichts davon erfahren.« Er blinzelt. »Mal sehen … Das hier hatte sie sicher nie bei einem offiziellen Anlass an. Es wäre unserer Presse sicher zu kurz gewesen. Die Knie sind zu sehen.«

»Außerdem ist es rosa.«

»Magenta.«

»Na gut, dann eben Magenta.« Skeptisch betrachte ich den glänzenden Seidenstoff, der durch ein paar Tüllanteile auffällt. Es hilft sicher nichts. Ich glaube, da muss ich durch. Kann ja sein, dass es mir nicht passt. Dann bin ich aus dem Schneider.

»Vielen Dank!«

»Aber bitte, nichts zu danken. Ich freue mich schon

sehr, Sie heute Abend in dem Kleid bewundern zu dürfen. Wenn ich heute daran denke, dass meine Frau das niemals tragen konnte, weil die Presse sich daran aufgehängt hätte. Die Pflicht stand immer an erster Stelle.«

»Aber das ist doch in Ordnung.« Ich weiß gar nicht, was ich jetzt sagen soll.

»Ach, wissen Sie, es erscheint mir dramatisch, dass ich ein ganzes Leben gebraucht habe, um zu merken, dass die Pflicht nicht alles im Leben ist. Besonders nachdenklich macht mich mein Sohn, der mich sehr an mich selbst in dem Alter erinnert. Aber ich fürchte, meine Erkenntnis wird ihn nicht davor bewahren, seine eigenen Erfahrungen machen zu müssen. Ich wünsche mir nur für ihn, dass er nicht so lange dafür braucht wie ich.«

Was genau will er mir eigentlich gerade erzählen? Das Jérôme immer auf den Berater hört? Oder dass Jérôme eigentlich ein netter Junge ist?

Der Fürst spürt meine Befangenheit, weil er mich anlächelt: »Machen Sie sich keine Sorgen. Sie werden in diesem Kleid wie eine echte Prinzessin aussehen.«

So charmant, der Fürst. Und das Beste: Ich glaube ihm jedes Wort. Ganz automatisch bringt er mich zu einem Lächeln, von dem ich niemals gedacht hätte, dass es mir nach der Beraterkatastrophe noch einmal möglich sein würde.

Er drückt mir das Kleid in die Hände und beugt sich etwas nach hinten. Sein Blick geht nach unten. »Welche Schuhgröße haben Sie?«

»39.«

»Dann kann Ihnen Charlotte mit Schuhen aushelfen.«

Wir verlassen die fürstlichen Räume, der Fürst verabschiedet sich von mir, und da stehe ich mit meinem rosafarbenen Kleid. Sorry, mit meinem magentafarbenen Kleid.

Ich bin nicht unglücklich, dass der Gang vor meinem Zimmer inzwischen frei ist. Jérôme und Steven hatten sich wohl nicht mehr besonders viel zu sagen.

Dafür erhalte ich Besuch von Marie, die mit einigen Schuhen aufwartet. Es handelt sich ausnahmslos um High Heels. Es wird schon gehen, denke ich. Normalerweise trage ich solche Schuhe eigentlich nicht, aber wenn, dann kann ich schon einigermaßen darin laufen.

Neugierig betrachte ich die verschiedenen Schuhe. Welche soll ich nehmen? Die schwarzen, die nudefarbenen oder …

»Darf ich Ihnen die Silberfarbenen empfehlen, Mademoiselle?«

Marie lächelt so freundlich, dass ich nach den silbernen Schuhen greife und sie sofort anprobiere. Es sind Riemchen-High-Heels und sie passen perfekt.

Marie wartet, bis ich das Kleid angezogen habe. Es macht mir nichts aus, mich vor ihr umzuziehen. Ich war noch nie verklemmt, was das betrifft. Das Kleid passt genauso perfekt wie die Schuhe.

Da es sich um ein Kleid mit Spaghettiträgern handelt, fällt mir die Abmahnung von Henri wieder ein, dass ich gefälligst nicht halbnackt im Palast herumzulaufen habe. Ich weiß echt nicht, was der hat. In dem Kleid habe ich sogar noch weniger an als an dem Tag, als Henri sich darüber beschwert hat.

Völlig in Gedanken versunken, wühle ich in meinem Vorrat an Tüchern herum, die ich mitgebracht habe: Ich habe weder ein silbriges noch ein magentafarbenes. Welches soll ich denn jetzt nehmen?

»Kein Tuch, Mademoiselle.« Marie deutet auf einen Stuhl, den sie vor einen an der Wand hängenden Spiegel gestellt hat.

Ich lasse alle Tücher los, begebe mich zu dem Stuhl und setze mich. »Okay.«

Marie hilft mir dabei, mein Haar zu einem Dutt aufzutürmen, wie ich ihn selbst niemals hinbekommen würde.

Das sieht so was von edel aus. Mir gefallen meine Dreads ja immer, aber jetzt haben sie etwas absolut Seriöses an sich. Also, da kann doch niemand meckern.

Dann greift sie nach einer Schatulle, öffnet diese und hält sie mir so hin, dass ich den Inhalt im Spiegel sehen kann.

»Eine Leihgabe von Prinzessin Charlotte.«

Sofort lasse ich mein Spiegelbild außer Acht und drehe mich Marie zu. Wow!

Es ist ein silbernes Diadem, an dem die unterschiedlichsten Steine glitzern. Das wird zu meinem Dreaddutt sicherlich nicht passen, denke ich mir, freue mich aber sehr über die Aufmerksamkeit der Prinzessin.

»Deshalb die silbernen Stilettos«, klärt Marie mich auf.

»Gut. Vielen Dank.« Das meine ich auch so. Ohne Marie wüsste ich überhaupt nicht, wie ich mich hätte auf den Abend vorbereiten sollen. Sicherlich gibt es auch in meinem normalen Leben immer mal wieder Anlässe, zu denen ich mich schicker als gewöhnlich anziehe, aber mit Kleidern bin ich nicht so gut ausgestattet. Ich war noch nie auf einen festlichen Abend in einem Palast eingeladen. Das Sommerfest an unserer Schule ist das jährliche Highlight für mich.

Marie platziert das Diadem vorsichtig in meinem Haar.

»Sie sehen wirklich sehr hübsch aus, Mademoiselle.«

»Danke.«

Marie fragt zwar, ob ich noch Hilfe brauche, aber ich möchte den letzten Feinschliff selbst übernehmen.

Sie knickst kurz, bevor sie den Raum verlässt, was mich kichern lässt. Langsam stehe ich auf, betrachte mich im Spiegel und wundere mich nicht mehr über ihre Geste. Ich könnte glatt als königliche Hoheit durchgehen. Okay, eine Prinzessin mit Dreads, aber sonst ganz authentisch.

Routiniert trage ich mein Make-up auf.

Schon klopft es an der Tür. Ich bejahe die Anfrage mit einem lauten »Herein« aus dem Badezimmer und verschließe meinen Lippenstift.

Ein letzter Kontrollblick in den Spiegel, dann verlasse ich das Bad, um zu sehen, wer gekommen ist.

Charlotte steht in meinem Zimmer.

Mir bleibt die Spucke weg. Sie sieht so glamourös aus in ihrem himmelblauen Satinkleid, das bis zum Boden reicht. Ihre Haare sind ähnlich frisiert wie meine, sehen bei ihr aber eindeutig klassisch-elegant aus.

Ihr Diadem ist königlich.

Charlotte quittiert die Stille mit einem breiten Grinsen. »Ich dachte, ich hole dich ab. Du bist doch bestimmt ganz aus dem Häuschen wegen der Party.« Von wegen, aus dem Häuschen ist noch sehr harmlos ausgedrückt.

»Ja, das stimmt.«

»Na dann. Ich denke, wir werden schon sehnsüchtig erwartet.«

Charlotte hakt sich bei mir unter und zieht mich schneller, als ich in den Schuhen laufen kann, durch den Palast.

Ich kann die Geräusche der Party schon hören, bevor wir ihr näher kommen. Etliche Gespräche, leise klassische Musik und das Geklapper von Geschirr lassen sich nicht überhören.

Charlotte lässt mich los. »Ich gehe voran und du kommst dann einfach ein paar Minuten später nach. Das erhöht die Wirkung deines Auftritts. Ja?«

Ehe ich reagieren kann, huscht sie schon die Stufen hinunter. Bedacht schiele ich über das Geländer nach unten in den kleinen Saal. Charlotte geht raschen Schrittes mitten ins Partygetümmel und mischt sich unter die anderen Gäste. Ich beobachte sie, wie sie im Vorbeigehen ein Glas von dem Tablett nimmt, mit dem einer der Angestellten durch die Grüppchen festlich gekleideter Personen streift.

Mir fallen natürlich die gut gebauten Männer auf, die sich ebenfalls unter den Gästen befinden. Das müssen die Herren der Rudermannschaft sein. Nicht schlecht.

Wo ist Charlotte denn hin? Hastig suche ich die Menge ab und sehe sie, wie sie gerade Jérôme anspricht. Dabei geht sie nahe an sein Ohr und ihre Worte scheinen seine Aufmerksamkeit nach oben zu lenken. Auf mich.

Wir sehen uns an.

Ruckartig ziehe ich mich hinter das Geländer zurück und fliehe aus dem Bereich der Galerie ein Stück in den Gang.

Unruhig gehe ich dort hin und her. Abrupt treffe ich den Entschluss, den Sprung ins kalte Wasser zu wagen. Auf eine erhöhte Wirkung meines Auftritts hätte ich auch gerne verzichtet. Vielleicht sollte ich einfach am Rand die Treppe hinunterhuschen und mich – wie Charlotte – sofort unter die Leute mischen. Gesagt, getan.

Ich wirbele herum und mache mich auf den Weg zur Treppe. Die Wand endet und weicht dem Geländer der Galerie. Ich sehe jemanden mit schnellen Schritten die Treppe hinaufkommen.

Jemanden in einem sehr schicken Anzug.

Jérôme.

Ich bin nicht mehr Herr über mich. Mein Körper drängt von ihm fort, dabei wollte ich eben noch mutig in Richtung Treppe gehen. Jetzt gehe ich schon wieder in den Gang zurück.

Das gibt es doch nicht. Sofort zwinge ich mich zurück in Richtung der Treppe.

Jérôme nimmt gerade die letzte Stufe mit einem dynamischen Sprung und sieht sich um.

Ich atme sehr tief ein und gehe auf ihn zu. Sein Kopf dreht sich zu mir und als er mich erblickt, bleibt er kurz stehen. Ja, es sieht fast so aus, als zögerte er ebenfalls, auf mich zuzugehen. Vielleicht strebt sein Körper auch von mir weg.

Ich möchte ihm meine Unsicherheit nicht zeigen und sehe ihm direkt in die Augen. Seine Blicke huschen über meine Gestalt. Die Missbilligung in seinem Blick trifft mich, aber ich lasse die viele Luft in meinen Lungen ganz langsam ab, um mich zu beruhigen.

Es ist nichts Neues für mich, dass er mich als nicht passend erachtet. Warum nur verletzt es mich jedes Mal aufs Neue? Er sieht richtig verzweifelt aus.

»Mademoiselle«, raunt er mir zu und ich nicke mit gesenktem Blick.

Er tritt auf mich zu, greift flink nach meiner Hand und ehe ich mich versehe, zieht er die Hand an seinen Arm, noch während er sich geschickt neben mich dreht.

Erstaunt sehe ich zu ihm auf, während er schon losgeht. Ich kann gar nicht anders, als mich von ihm geleiten zu lassen. Gemeinsam schreiten wir den Rest der Galerie entlang und dann die Treppen nach unten. Der Weg kommt mir unendlich lang vor. Es ist, als kostete Jérôme jede einzelne Stufe mit Absicht so lange aus, dass selbst der letzte Gast der Veranstaltung bemerkt hat, dass wir uns nähern. Vielleicht war es doch keine Missbilligung, die ich eben noch bei ihm gesehen habe. Aber was könnte es sonst sein?

Es ist ein tolles Gefühl, an seiner Seite die Stufen hinabzuschreiten. Ich bemerke, dass ich mich viel aufrechter als sonst bewege. Das mag auch an dem Diadem liegen: Es erinnert mich daran, dass ich den Kopf gerade halten sollte.

Unten angekommen, ergreift Jérôme erneut meine Hand, dreht sich elegant so, dass er wieder vor mir steht. »Mademoiselle Ines, es ist mir eine Freude, Sie an diesem Abend hier begrüßen zu dürfen. Ich wünsche Ihnen angenehme Stunden.«

Er lässt meine Hand los und geht zu den anderen Gästen. Ich beobachte, wie er mit einem älteren Mann ins Gespräch kommt. Charlotte schiebt sich in mein Blickfeld. Als ich etwas Glattes und Kaltes an meinen Fingern spüre, wird mir bewusst, dass ich meinen Arm immer noch von mir gestreckt halte. Charlotte hat meine von Jérôme verlassene Hand netterweise mit einem Glas des Aperitifs aufgefüllt.

Schon stößt sie mit ihrem an meinem an. Krampfhaft umklammere ich das Glas. Beinahe hätte sie es mir aus den Fingern gestoßen.

Sie lächelt breit und trinkt. »Hast du die Sportler schon gesehen?« Voller Bewunderung schielen wir zu den Männern der Rudermannschaft.

Unauffällig suche ich den Raum ab. »Wo ist Steven?«

»Der Praktikant? Den wirst du hier vergeblich suchen. Ich kann mir nicht vorstellen, dass er zu diesem Anlass eingeladen wurde.«

Na toll!

Dennoch werde ich an diesem Abend nicht einsam bleiben. Charlotte ist ja da und sie hat es sich wohl zur

Aufgabe gemacht, mich der kompletten Rudermannschaft vorzustellen.

Ganz nebenbei erfahre ich auch, dass die Mannschaft bei den letzten internationalen Wettkämpfen sehr erfolgreich abgeschnitten hat und deshalb heute eine offizielle Ehrung des Fürstentums zu erwarten hat. Die Sportler sind allesamt sehr locker und unterhaltsam. Meine Beklemmung weicht für kurze Zeit einem federleichten Gefühl. Ich muss zugeben, ich fühle mich wohl. Dennoch spüre ich immer wieder Jérômes Blicke in meinem Rücken. Wann immer ich aber nach ihm umsehe, zeigt er sich geschäftig in ein Gespräch vertieft.

Charlotte nimmt mich irgendwann zur Seite. »Komm.« Sie zieht mich eilig durch ein paar Räume. Schließlich kommen wir in dem Raum an, in dem das erste Frühstück mit der Familie stattgefunden hat. Charlotte ist außer Puste.

»Wie findest du Mathéo?«

Ich grinse und verschränke die Arme. »Den Chef vom Team?«

Charlotte nickt eifrig.

»Er ist ganz okay.«

»Ganz okay? Ich finde ihn ... absolut ... unbeschreiblich ...«

Ihr fehlen die Worte und ich freue mich, ein verbotenes Funkeln in ihren Augen zu sehen.

»Ob er mich auch mag?«

»Er wäre ein Idiot, wenn nicht.«

»Och, danke.« Charlotte ist so aufgeregt, dass sie kaum stillstehen kann. Wie ein Wirbelwind eilt sie im

Zimmer hin und her. Sie scheint zu überlegen, wie sie Mathéo näherkommen kann.

Ich beobachte sie. Da sehe ich auf einer Kommode ein Stofftier sitzen. Es sieht stark gebraucht aus und wäre mir damals beim Frühstück sicherlich sofort aufgefallen.

Ich deute auf den Hasen und frage: »Ist das deiner?«

»Nein!« Sie kichert und hält sich dabei eine Hand vor den Mund. »Das ist Jérômes Fluffi. Ich habe ihn hier hingesetzt. Ist ein familiärer Gag.«

Ich kann nicht anders: Ein Mundwinkel schafft es, ganz nach oben zu kommen. Jérôme hatte als Kind einen Fluffi und er hat ihn aufgehoben? Nicht nur das – das Stofftier sitzt hier in einem Bereich des Palastes, wo es leicht gesehen werden kann. Meine Hand macht sich ganz von alleine auf den Weg zu dem völlig ausgeknuffelten Stofftier, das mal so etwas wie ein Hase gewesen sein könnte.

»Nicht anfassen! Er hasst das.«

Ich zucke zusammen und lasse den Arm sofort sinken. Charlotte lacht jetzt nur noch lauter. Sie hält sich mit beiden Händen den Bauch und wirft dabei den Kopf in den Nacken.

Ich erschrecke und wahrscheinlich sehe ich recht entgeistert aus. Geduldig warte ich ab, bis sie sich beruhigt hat, weil sie mehrmals versucht, mir etwas zu sagen. Vor lauter Lachen bekommt sie kein Wort aus dem Mund.

»Puh«, stöhnt sie auf und entfernt mit dem Handrücken etwas Feuchtigkeit aus ihren Augenwinkeln. Dabei achtet sie sorgsam darauf, ihr Make-up nicht zu ruinieren. »Es geht dir so wie den meisten. Du hast so einen Respekt vor ihm.«

»Eher eine Heidenangst.«

»Ehrlich?«

»Ich kann ihn einfach nicht einschätzen. Er ist so sprunghaft, mal so, mal so.«

»Täusch dich nicht in ihm.« Charlotte hat plötzlich ein Funkeln in den Augen, als sie mir näher kommt. Ihr Zeigefinger schnellt in die Höhe und sie dreht die Hand so wie meine Mutter früher immer, wenn sie mich getadelt hat. »Er ist ganz und gar nicht sprunghaft.«

»Okay.« Beschwichtigend hebe ich die Hände, grinse aber dabei.

»Weißt du, warum Jérôme so selten lächelt?«

»Nein.« Weil er ein Griesgram ist?

»Es gibt sehr viele gute Gründe dafür, die er niemals offen zugeben würde. Da ist es ihm tausendmal lieber, er wird als der Prinz mit der eisernen Maske beschrieben, der sich am liebsten hinter einer Sonnenbrille versteckt.«

»Hör zu, Charlotte. Ich wollte dich nicht verärgern …«

»Das hast du nicht«, sagt sie schnell und fasst meinen Arm. »Aber ich bitte dich, ihn mit anderen Augen zu sehen. Ich glaube, er würde sich das wünschen.«

Ich übergehe ihre letzte Bemerkung und denke nach. Charlotte lässt dies nicht zu, indem sie eine wirklich inbrünstige Laudatio auf ihren Bruder hält. »Jérôme wurde schon von Kindheit an dazu erzogen, der zukünftige Fürst zu werden. Leider war er oft kränklich und hatte schiefe Zähne. Die Presse betitelte ihn schnell als Muttersöhnchen und machte sich über seine Zahnstellung lustig. Jérôme würde mich kneifen, wenn er wüsste, dass ich das laut sage, aber er ist sensibler, als er selbst es meint. Dann wurde noch öffentlich über seine geschlechtliche Gesinnung spekuliert. Er lächelt nicht mehr für die Presse, obwohl er inzwischen makellose Zähne hat …«

Nicht nur die Zähne, denke ich mir.

»Er hat sich diese Maske aufgesetzt, um sich zu schützen und weil es schrecklich anstrengend ist, den ganzen Tag nur zu lächeln und zu winken. Aber einen Punkt musst du noch verstehen, dann lasse ich dich in Frieden. Jérôme ist … schüchtern, besonders gegenüber Frauen.«

Also, das … naja, das kann ich mir kaum vorstellen. Ungläubig ziehe ich meine Augenbrauen nach oben und reiße die Augen auf. Wie kann so ein Mann schüchtern sein?

»Das würde niemand vermuten. Alle meinen, er wäre ein überheblicher Kerl, der sich über alles und jeden erhaben fühlt. Dabei will er nur seine Ruhe.«

Charlotte sieht mich so intensiv an, dass ich ihren Worten glauben möchte. Außerdem hat sie meinen Arm inzwischen in einen so festen Klammergriff genommen, dass ich den Schmerz schon nicht mehr spüre.

Sie bemerkt dies, weil mein Blick zu ihren Fingern geht, und lässt mich sofort los. Sie scheint sich zu sammeln, als sie ein paar Schritte rückwärts geht. Mit einer Hand berührt sie ihre Stirn. »Es tut mir leid. Ich weiß gar nicht, was in mich gefahren ist.«

Sie dreht sich um und geht.
Da stehe ich. Alleine.
Mit Fluffi.

Der geliebte Hase sitzt auf der Kommode und schaut mich freundlich an. Automatisch greife ich nach dem Stofftier. Als ob ich ein Kind hochheben würde, nehme ich es unter den Armen und halte es vor mich. »Hallo Fluffi«, murmele ich und warte einen Moment, als würde der Hase mir bestimmt noch Antwort geben.

Lächelnd schüttele ich den Kopf und will den Hasen gerade zurücksetzen, als ich ein Geräusch hinter mir vernehme.

Auf der Stelle wirbele ich herum und verstecke den Hasen hinter meinem Rücken. Gut gemacht. Jérôme steht hinter mir. Er hält ein Weinglas in den Händen und ist gerade dabei, sich den kompletten Inhalt hinunterzukippen.

»Gefällt Ihnen der Abend?«, fragt er mich.

»Ja, danke.«

Jérôme lässt mich nicht aus den Augen, als er sich seitwärts bewegt, um das leere Glas neben der Tür auf einem Tischchen abzustellen.

»Was machen Sie hier?«

»Ich wollte mich nur kurz ausruhen.« Das war zu schnell. Ich verhalte mich ja wie jemand, der beim Klauen erwischt worden ist. Wie kann ich denn jetzt den Hasen loswerden? Die Kommode in meinem Rücken ist zu hoch, um hinterrücks die Arme zu heben. Einfach auf den Boden fallen lassen kann ich Fluffi auch nicht.

»Was haben Sie da?«

»Wo?« Meine Hände fühlen sich schwitzig an. Der arme Fluffi muss alles aufsaugen.

»Na, hinter Ihrem Rücken.« Er deutet auf mich.

Das ist der Moment der Entscheidung. Er macht gerade schon eine Bewegung auf mich zu, als ich Fluffi hervorhole. Schuldbewusst strecke ich ihn von mir und will ihn seinem rechtmäßigen Besitzer zurückgeben.

Jérôme hält inne und stutzt. Er zwinkert, als könnte er nicht glauben, dass ich hier mit seinem Schnuffeltier stehe.

Mein Arm wird schwer. Lange kann ich ihm sein Tier nicht mehr hinhalten. Ich merke schon, wie ich Zentimeter um Zentimeter verliere.

Das Nächste, was ich spüre, sind zwei Hände an den Hüften und der Ruck, mit dem ich auf die Kommode gehoben werde. Mein Po landet unsanft auf der polierten Oberfläche. Der Stoff des Kleides spannt um meine Beine und verschafft sich Platz nach oben. Sofort spüre ich das kräftige Pochen meines Herzens in der Brust. Meine Atmung beschleunigt sich.

Jérôme drängt meine Beine auseinander und stellt sich vor mich. Ich sehe nur noch ihn und klebe wie ein Magnet mit meiner Wahrnehmung an seiner Miene fest. Seine Augen scheinen jeden Zentimeter meines Gesichts zu scannen. Fluffi fällt mir nun doch fast auf den Boden. Meine Arme hängen schlaff an mir herab.

Jérômes Hand umfasst einen Teil meines Kopfes, während die andere plötzlich an meinem Knie auftaucht. Ich halte die Luft an und fühle, wie sich seine

Hand an der Außenseite meines Beins langsam höher schiebt.

Als Jérôme sich mir nähert, weiß ich, was jetzt passieren wird. Meine Augen fallen zu und mein Mund öffnet sich bereitwillig. Schon spüre ich seine Lippen auf meinen. Es ist ein süßer Kuss, der schnell fordernd wird und nach Wein schmeckt. Jérômes Hand umfasst meinen Nacken, während die andere an meinem Bein auf und ab fährt. Ich gebe mich ihm völlig hin, genieße seine Liebkosungen und gebe zurück.

Fluffi fällt mir aus der Hand auf den Boden. Es ist kein Geräusch zu hören, außer das näherkommende Klappern von Absätzen. Jérôme scheint es im selben Moment wie ich gehört zu haben. Wir stieben auseinander, was im Detail so abläuft, dass Jérôme rückwärts von mir weggeht. Hastig regelt er irgendetwas an seiner Bekleidung herum. Ich hüpfe von der Kommode und bücke mich, um Fluffi aufzuheben. Gerade als ich den Hasen wieder so auf die Kommode drapiert habe, wie er zuvor da gesessen hat, betritt jemand den Raum. Bevor ich Marie ansehen kann, höre ich schon ihre Stimme.

»Königliche Hoheit? Die letzten Gäste machen sich zum Aufbruch bereit.«

»Gut.« Jérôme räuspert sich. »Ich komme.«

Marie lächelt mich an. Ich versuche ein Lächeln zurückzugeben, aber ich habe das Gefühl, dass ich gänzlich versage. Verzweifelt schiele ich zu Jérôme, der meinen Blick nur kurz erwidert. Er knöpft sein Jackett zu und verlässt mit Marie den Raum.

Als ihre Schritte endlich verstummen, puste ich

lautstark Luft durch aufgeblähte Backen. Das flaue Gefühl in meinem Bauch gibt mir zu verstehen, dass meine Gefühlswelt gehörig durcheinandergeraten ist. Das war vielleicht ein Kuss! Gigantisch!

Kapitel 12

Am nächsten Morgen bin ich mir nicht einmal sicher, ob letzte Nacht wirklich passiert ist. Es kommt mir total unrealistisch vor, dass Jérôme mich auf diese Kommode gehoben haben könnte. Und überhaupt: Warum sollte er mich denn küssen? Es ist ja nicht so, dass wir uns besonders zueinander hingezogen gefühlt hätten.

Es klopft an meiner Tür.

»Ines, Liebes? Bist du wach?« Das ist die Stimme meiner Omi.

»Jetzt schon«, rufe ich laut und rappele mich im Bett auf, indem ich mich auf meine Ellenbogen stütze.

Die Tür geht auf und Omi kommt herein. Sie hat sich angezogen, wirkt noch etwas schwach, aber sie ist auf den Beinen.

»Hallo«, haucht sie zart und tapst in den Raum. Es sieht gebrechlich aus, wie sie die Tür hinter sich schließt.

»Du solltest lieber nicht so viel herumlaufen.«

»Das geht schon, das geht schon. Heute wollte ich dich mal besuchen, wenn du im Bett liegst.« Ich höre ihren schlurfenden Schritt, als sie über den Teppich zu mir ans Bett tritt.

Wie ich die letzten Tage bei ihr, setzt sie sich zu mir aufs Bett. Mir fällt auf, dass sie mein Kleid betrachtet, das ich sorgsam über die Lehne eines Stuhls gehängt habe.

»Wie war es gestern Abend?«

»Schön.« Das trifft es nicht annähernd und beschreibt auch überhaupt nicht den Verlauf des Abends.

Omi nickt und sieht mich an, als wüsste sie alles, was passiert ist. Das kann nicht sein – und dennoch hat sie mich schon immer gut gekannt. Ich brauche nicht mehr zu sagen. Sie ahnt, dass etwas nicht stimmt, kann es aber bestimmt nicht genauer bestimmen. Außerdem hat sie wahrscheinlich gemerkt, dass ich nicht darüber sprechen will.

Das ist ein guter Zeitpunkt, mein Vorhaben anzukündigen.

»Omi, ich reise ab. Sei mir nicht böse, aber jetzt, wo es dir besser geht, möchte ich einfach nicht mehr hierbleiben. Ich fühle mich nicht wohl.«

Entgegen meinen Erwartungen lächelt Omi milde und tätschelt meine Hand. »Ich kann dich verstehen, Liebes. Und ich komme mit.«

»Wegen mir brauchst du nicht abzureisen.«

»Das weiß ich doch. Ich bin schon so lange hier und ich möchte niemandem zur Last fallen. Außerdem hat Pierre angekündigt, dass er mich bald besuchen wird. Ich werde mich sofort um unsere Tickets kümmern.«

»Wenn du meinst. Danke, Omi.« Ich beuge mich vor und drücke ihr einen Kuss auf die Wange.

Dann schlage ich die Decke auf, so weit es geht, weil Omi noch immer darauf sitzt.

Omi bleibt noch eine Weile auf meinem Bett sitzen. Ich gehe in der Zwischenzeit duschen und mache mich für das Frühstück fertig, auf das ich ungefähr so viel Lust habe wie an den Tagen zuvor. Allerdings tobt in meinem Inneren der Kern eines Adrenalinsturms und ich weiß auch, wer hier den Wettergott gespielt hat: Jérôme! Ich bin höllisch aufgeregt, ihm erneut zu begegnen. Das Kribbeln in meinem Körper will überhaupt nicht mehr verschwinden. Ich fühle mich, als stünde ich unter Strom, und nur ein Blitzableiter kann mir noch Abhilfe schaffen. Oder ein Orgasmus.

Halt! Moment. Was denke ich da?

Omi sitzt auf dem Bett und lächelt so lieblich. Hinter der lieblichen Fassade weiß sie bestimmt ganz genau, was in ihrer Enkelin so vorgeht. Nein, mach dich nicht verrückt. Sie kann es nicht wissen.

»Ich gehe wieder auf mein Zimmer, Liebes.«

»Was ist mit Frühstück?«

»Das hatte ich längst. Ich bekomme noch nicht so viel in den Magen und die geben mir nur Schonkost. Alleine schon deshalb freue ich mich auf zu Hause.«

Omi winkt mir verspielt zu und geht.

Nachdenklich stütze ich die Hände in meine Seiten und sehe mich in meinem Zimmer um. Ich versuche die Lage zu checken, obwohl es hier wirklich nichts festzustellen gibt.

Schließlich mache ich mich auf den Weg durch den Palast, auf der Suche nach dem Frühstück.

Ich finde die Fürstenfamilie wieder in dem privaten Salon, in dem es kleiner und gemütlicher zugeht. Von Mitarbeitern fehlt jede Spur, was ich nicht bedauere. Auf Benjamin habe ich überhaupt keine Lust. Henri hingegen könnte ich durchaus etwas abgewinnen.

»Da ist sie ja!«, ruft Charlotte erfreut aus und steht sogar kurz auf, um auf mich zu deuten.

Pierres Gesichtszüge hellen sich auf. »Guten Morgen.«

»Guten Morgen«, sage ich laut und deutlich. Ich habe überhaupt keine Lust, irgendwie unsicher rüberzukommen.

»Morgen«, grüßt Jérôme ganz beiläufig, sieht sich aber nicht einmal zu mir um.

Das käme jetzt wieder sehr überheblich rüber, aber vielleicht ist er wirklich so schüchtern, wie seine Schwester behauptet.

Ich bin frech und ziehe mir den freien Stuhl neben ihm vom Tisch weg.

Er greift nach seiner Serviette und wird unruhig. Charlotte deutet die Geste ähnlich wie ich. »Du gehst schon?«, fragt sie entgeistert.

»Ja, ich wollte noch schnell eine Runde durch den Garten machen, bevor ich wieder den ganzen Tag am Schreibtisch sitze.«

Charlotte blinzelt ihren Bruder an, der bereits aufsteht. »Musst du wieder deine Blümchen begutachten?«

»Charlotte!«, schimpft Jérôme sichtlich erbost.

Charlotte wendet sich mir lächelnd zu, zuckt mit den Schultern und erklärt: »Jérôme hat ein heimliches Faible für Grünzeug. So geheim, dass es ihm peinlich ist, wenn ich mit ihm darüber sprechen will.«

Jérôme zieht die Augenbrauen nach oben und verschränkt die Arme. Ich weiß nicht, aber es sieht für mich so aus, als versuchte er, ein ganz entspanntes Gesicht zu machen. Er schafft es nicht. Mir wird bewusst, dass hinter dieser Blumengeschichte irgendetwas steckt.

»Komm schon, Bruderherz, wann wirst du mir eine Führung in deinem Gewächshaus geben?«

»Niemals, wenn du weiterhin so indiskret bist.«

»Siehst du.« Charlotte zuckt mit den Schultern. »Seine Orchideen, oder was auch immer, teilt er nicht mit jedem.«

In mir brennt etwas, das ich nur als unbändige Neugier identifizieren kann. Ich möchte, ja, ich muss einfach wissen, was Jérôme in dem Gewächshaus züchtet, auch wenn es nur ein paar olle Tomaten sind.

Während Jérôme seine Schwester in ein Gespräch über das Wetter zu verwickeln versucht, verabschiede ich mich hastig. »Ich habe eigentlich gar keinen großen Hunger. Ich glaube, ich nehme mir nur ein Croissant.« Genau das tue ich jetzt auch. Ich flüchte förmlich aus dem Frühstücksraum, bevor irgendjemand erneut das Wort an mich richtet.

Es ist mir total egal, ob das doof rüberkam. Ich will, ja, ich muss wissen, was Jérôme tut.

Eines ist klar: Wenn Jérôme zu seinem Blumenreservat geht, dann werde ich ihm an seinem wohlgeformten Arsch kleben wie der Saugnapf eines Handtuchhalters auf der Badezimmerfliese. Auch wenn das bedeutet, dass ich wieder nicht in meinem Fürstenroman lesen kann. Ist aber auch egal. Ich bin live in einem fürstlichen Umfeld gelandet; wer braucht da schon die Flucht in eine Fantasiewelt?

Strategisch klug beziehe ich einen Posten, von dem

aus ich den Ausgang des Frühstücksraums gut einsehen kann. Ich habe Glück: Es dauert überhaupt nicht lange, bis Jérôme mit schnellen Schritten diesen Raum verlässt. Ziemlich flott trippelt er die Treppe ins Erdgeschoss hinunter. Sieht irgendwie witzig aus, wie er vom Oberkörper so ruhig bleibt, seine Beine sich aber flott hinabbewegen.

Er hat überhaupt keine Ahnung, dass ich ihn beobachte. Als er kurz aus meinem Sichtfeld verschwindet, eile ich zur Treppe und sehe gerade noch, welchen Weg er eingeschlagen hat.

Ebenso schnell wie Jérôme hetze ich die Stufen nach unten, versuche aber, dabei möglichst lautlos zu sein. Sollte er tatsächlich auf mich aufmerksam werden, dann muss ich so tun, als wollte ich mit ihm über den Kuss gestern Abend sprechen. Keine angenehme Notlüge, aber durchaus glaubhaft.

Jérôme ist schnell, aber ich schaffe es, ihm durch die langen Gänge und Räume des Palastes zu folgen. Hier ist kein Personal unterwegs, niemand sieht mich. Als ich wieder vorsichtig um eine Ecke spähe, sehe ich Jérôme schon im Garten. Er geht am Pool vorbei und sieht sich immer wieder um.

Ha! Also, wenn der nicht was zu verbergen hat, dann weiß ich auch nicht. Steven hatte recht – der Prinz hat ein Geheimnis, und ich bin mir auf einmal sehr sicher, dass es etwas mit diesem Blumenhobby zu tun hat.

»Mademoiselle!«

Gerade, als ich auf die Terrasse treten will, höre ich den Ruf des verhassten Beraters hinter mir.

»Ja?«, frage ich und drehe mich gleichzeitig zu ihm um.

Er hat den Kopf schiefgelegt, als wüsste er genau, dass ich etwas im Schilde führe.

»Suchen Sie jemanden?«

»Nein, nein. Ich wollte nur an die frische Luft, bevor es wieder so heiß wird.« Ich grinse. Ziemlich verkrampft. Und anhaltend.

Der Berater mustert mich einen Moment. Dann dreht er sich grußlos weg und geht. So ein Depp! Aber mal ehrlich.

Jetzt aber schnell. Ich hechte auf die Terrasse, renne am Pool vorbei und bewege hastig den Kopf, damit ich möglichst viel vom Garten überblicken kann. Jérôme ist schon sehr weit gekommen, aber ich kann seine Gestalt gerade noch sehen.

Als er sich wieder umsieht, ducke ich mich so schnell wie möglich und verstecke mich hinter einem Liegestuhl.

Dann nehme ich die Verfolgung wieder auf.

Der Garten ist größer, als ich gedacht habe. Vom Pool aus habe ich nur den Teil gesehen, der hangabwärts liegt. Auf der anderen Seite des Palastes scheint noch ein extra Teil für die Fürstenfamilie abgetrennt worden zu sein. Durch ein niedriges Gartentor in einem Zaun ist dieses Stück vom Rest der parkähnlichen Anlage getrennt. Hier sieht es auch überhaupt nicht so gepflegt aus. Der Gärtner scheint hier nicht tätig zu sein. Das trockene Gras wuchert uneingeschränkt.

Das Gartentor ist nicht abgesperrt, und obwohl ich

von Jérôme nichts sehe, habe ich eine Ahnung, dass er hier durchgegangen ist. Ein schmaler Trampelpfad bezeugt, dass hier irgendjemand regelmäßig seinen Weg findet.

Ich folge dem schmalen Stück Garten, das nach und nach breiter wird. Verschiedene Bäume, von denen ich einige als Pinien identifiziere, zieren nun den Weg.

Da sehe ich Jérôme. Und ein Gewächshaus.

Jérôme hatte sich eben noch gebückt. Jetzt sperrt er das verschlossene Gewächshaus auf und geht hinein. Die Gläser sind im unteren Bereich durch Milchglas blickdicht gemacht. Eine große Anzahl grünlicher Pflanzen im Inneren ist zu erahnen, mehr aber auch nicht.

Ich atme tief durch und schelte mich selbst. Was für ein Geheimnis habe ich hier entdeckt? Der Prinz ist ein Gärtner aus Leidenschaft und ich habe ihn auf frischer Tat ertappt. Das wird Steven sicher brennend interessieren.

Eigentlich könnte ich jetzt wieder gehen. Es wäre mir megapeinlich, wenn ich hier entdeckt würde.

Da öffnet sich die Tür des Gewächshauses allerdings schon wieder. Ich suche Schutz hinter einem Strauch und schiele vorsichtig zu der sich öffnenden Tür.

Jérôme verlässt das Haus schon wieder. Er hat eine Pflanze in der Hand. Komisch. Also, nach Orchidee sieht das mal nicht aus. Nach Tomate übrigens auch nicht.

Jérôme bückt sich erneut, nachdem er das Gewächshaus abgeschlossen hat. Er scheint den Schlüssel irgendwo am Boden zu verstecken.

Dann macht er sich auf den Rückweg zum Palast. Ich sehe noch, wie er an der Pflanze riecht.

Also … das ist doch … Nee, das kann nicht sein! Oder doch?

Eine Weile kauere ich noch hinter dem Strauch und versuche das, was ich da an Blütengewächs gesehen habe, irgendwie einzuordnen. Ich komme zu keinem Ergebnis.

Da hilft nur eins: mich mit eigenen Augen davon überzeugen, dass meine Wahrnehmung mir einen Streich gespielt hat.

Ohne weiter darüber nachzudenken, verlasse ich den sicheren Platz hinter dem Strauch und gehe zu dem Gewächshaus. Mein Blick ist auf den Boden vor der Eingangstür geheftet. Ich weiß, dass hier irgendwo eine Stelle sein muss, an der sich ein Schlüssel gut deponieren lässt.

Ich finde ihn sofort unter einer Ansammlung von mehreren Steinen, die so aussehen, als wären sie dort mit Absicht abgelegt worden. Wie einfallslos, also wirklich!

Die Tür ist schnell aufgesperrt. Ich bin drin.

Also, das glaub ich jetzt nicht. Die Pflanzen, die am Rand des Hauses angebracht sind, scheinen harmlose Kletterpflanzen zu sein, vielleicht eine Bohnensorte.

Aber die Blätter an den Pflanzen, die geschickt so versteckt platziert worden sind, dass man sie auf Anhieb vielleicht nicht erkennen würde, wenn man nicht danach suchen würde, verschlagen mir die Sprache.

Jérôme hat eine kleine Hanfplantage.

Also, das gibt es jetzt doch nicht. Mir wird wegen meiner Dreads immer vorgeworfen, ich würde es mit dem Drogenkonsum bestimmt ganz locker nehmen, was nicht stimmt. Meine Schwester Marie vermutet bei Flo sofort Drogenkonsum, bloß weil es aus seinem Zimmer stinkt. Apropos Gestank: Ich habe völlig vergessen, deswegen mit ihm zu reden.

Bei einem wie Jérôme wäre ich nie auf die Idee gekommen. Aber es sieht echt ganz danach aus, als hätte der Prinz hier seine private Pflanzensammlung untergebracht. Viele Zöglinge sind es nicht. Immerhin genug, dass Jérôme selbst damit gut über die Runden kommen dürfte. Was jetzt aber nicht heißen soll, dass ich mich mit der üblichen Verzehrmenge irgendwie auskenne.

Es gibt kleinere Pflanzen, die noch nicht so weit sind, aber es gibt genug Pflanzen, die in herrlichster Pracht blühen.

Jetzt erkenne ich auch die Stauden, die zum Trocknen aufgehängt sind.

Also, das ist mir wirklich unbegreiflich.

Ich habe genug gesehen und bin jetzt endgültig darin bestärkt, diesen Ort so schnell wie möglich zu verlassen.

An den Weg zurück in den Palast kann ich mich kaum erinnern. Ich hoffe, ich habe alles so hinterlassen, dass Jérôme bei seinem nächsten Besuch in seinem Gewächshaus keinen Verdacht schöpft.

Ich gehe direkt zu Omi, die sich überrascht zeigt, weil ich sie schon wieder aufsuche. »Hast du schon die Flüge bekommen?«

»Ja, Liebes. Heute Abend geht es nach Hause.«

»Heute Abend erst?«

»Wir haben Glück, dass wir überhaupt noch einen Flug bekommen haben. Außerdem war Pierre nun doch etwas verstimmt über unsere plötzliche Abreise.«

»Aber …«

»Keine Sorge. Er versteht es.«

»Gut.« Ich nicke bestimmt und bestärke mich nochmals selbst, jetzt sofort meine Sachen zu packen und so bald wie möglich zum Flughafen aufzubrechen.

»Er will uns allerdings persönlich zum Flughafen begleiten«, erklärt Omi jetzt, als hätte sie meine Gedanken erraten.

»Kein Problem.« Solange es nicht Jérôme ist, der das tut, ist mir alles egal. Ich will nur noch nach Hause und diesem Fürstentum den Rücken kehren.

Der Tag zieht sich wie ein Kaugummi. Ich möchte mein Zimmer allerdings nicht mehr verlassen, weil ich überhaupt wenig Lust darauf habe, irgendjemandem zu begegnen. Also tue ich das, was ich immer tue, wenn mir langweilig ist: Ich sehe fern. Aber irgendwie sehe ich nicht so richtig fern. Ich starre zwar auf den Bildschirm und tue so, als wäre ich ganz gebannt von der Tiersendung, aber letztendlich sehe ich immer noch die blühenden Hanfpflanzen vor meinem inneren Auge. Ich versuche das zusammenzubringen: den überheblichen Jérôme von der ersten Begegnung, der mich als Drogensüchtige bezeichnet hat, und den Jérôme, der heimlich in einem Gewächshaus seinen privaten Bedarf deckt. Ich kriege es nicht ganz auf die Reihe, aber das Bild, das sich mir bietet, scheint eindeutig zu sein.

Puh! Mit einem Blick auf die Uhr greife ich nach

der Fernbedienung und schalte das Gerät aus. Die Batterie scheint schon schwach zu sein, aber nachdem ich lang auf den entsprechenden Knopf gedrückt habe, reagiert das Gerät doch.

Die plötzliche Stille im Raum fühlt sich drückend an. Die paradiesische Ruhe, die ich hier bei meiner Ankunft so genossen habe, hat sich in Luft aufgelöst. In dem riesigen Raum mit der hohen Decke fühle ich mich verloren. Ich bin sehr froh, dass ich mit Omi zusammen die Heimreise antrete. Diese Kuss-Geschichte darf mir jetzt nicht meine Pläne durchkreuzen. Nein! Das lasse ich nicht zu.

Steven holt mich ab und hilft mir mit dem Gepäck. Auf dem Weg durch den Palast liegt mir meine Entdeckung vom Vormittag auf der Zunge, aber ich überlege es mir dann doch anders. So verhasst ist mir Jérôme nicht, dass ich Steven jetzt alles brühwarm erzählen müsste.

Wir verlassen das Gebäude, wo schon die große Limousine auf mich wartet. Omi ist gerade dabei, in den Wagen zu steigen. Ihr Gepäck wird bereits von einem anderen Mitarbeiter in den Kofferraum gehievt.

Eilig mache ich mich auf den Weg die letzten Stufen hinunter zum Fahrzeug, als mich jemand festhält.

»Auf Wiedersehen«, sagt Steven, der mich sofort loslässt, als ich herumwirbele.

»Du kommst gar nicht mit?«

»Nein.«

»Oh … dann … auf Wiedersehen.« Wir reichen uns die Hände.

Mein Blick wird abgelenkt. Jérôme kommt hinter Steven die Treppe hinunter. Sein Blick klebt an mir fest und ich kann ihm nicht entfliehen, obwohl ich einfach nur wegsehen müsste.

Mich fröstelt, obwohl es dazu keinen Grund gibt. Ich spüre ganz deutlich die Gänsehaut, die zuerst meinen Rücken und dann meine Arme befällt.

Steven sieht sich um, weil ich ihm überhaupt keine Aufmerksamkeit widme. Er lässt meine Hand los und verschwindet. Ich kann nicht einmal sagen, ob er noch etwas zu mir gesagt hat und ob ich mich jetzt ganz unhöflich verhalten habe.

Ich bin gefesselt von Jérômes Anwesenheit. Er sieht legerer aus als sonst innerhalb des Palastes. Sein weißes Hemd ist bis zu den Ellenbogen hochgekrempelt. Ich mag es, wenn seine Haare durcheinandergeraten sind. Vielleicht saß er am Schreibtisch und musste sich die Haare raufen. Nur die Hose ist elegant schwarz – wie immer.

»Mademoiselle.« Er nickt mir zu und geht einfach an mir vorbei.

Ich sehe ihm nach und merke deutlich, wie sehr mich sein Verhalten aufwühlt. In meinem Nacken kribbelt es, als würde dort jemand mit seinen Fingerspitzen kreisen. Das wird auch nicht besser, als ich den Hauch seines Rasierwassers wahrnehme.

Jérôme verabschiedet sich von Omi. Er sieht galant aus, wie er sich bückt, um Omi im Wagen besser sehen zu können.

Wenigstens wird er nicht mitfahren, das erleichtert mich. Was mich allerdings gar nicht freut: Ich muss ihm jetzt auf Wiedersehen sagen, wo ich das doch am liebsten ganz umgangen hätte. Ich sollte jetzt schnell in das Auto einsteigen.

Abrupt setze ich mich in Bewegung und trippele die letzten Stufen hinunter. Aus den Augenwinkeln beobachte ich, wie Jérôme mit Omi spricht, während ich das Auto umrunde. Da der Kofferraum offensteht, kann ich Jérôme selbst aus den Augenwinkeln für einen Moment nicht mehr sehen.

Als ich ihn wieder zu Gesicht bekomme, hat er sich schon in Bewegung gesetzt. Es macht den Anschein, dass er ebenfalls auf die Tür zusteuert, die mir als Eingang dienen soll. Nur dass er vorne um das Auto herumgeht.

Ich beschleunige. Ich will unbedingt im Fahrzeug sitzen, wenn er ankommt. So wie bei Omi soll die nötige Distanz gewahrt werden. Eigentlich will ich ihn nicht einmal berühren, selbst wenn es nur die Hände wären.

Ich kann mich noch genau erinnern, wie sich seine Hände an mir angefühlt haben. Die Erinnerung gaukelt mir vor, ich könnte sogar den Druck seiner Hand auf meinem Oberschenkel noch spüren. Ganz zu schweigen von dem Kuss, den er mir aufgedrückt hat. Der Geschmack von Wein ist mir jetzt noch gegenwärtig.

Jérôme erreicht die Tür vor mir und ich renne beinahe gegen ihn beziehungsweise gegen die Tür, weil er diese für mich öffnet.

»Hoppla!«, kommentiert er meine motorischen Störungen, die ich wohl fabriziere, bis ich endlich stehe.

Wir sehen uns an. Er presst die Lippen aufeinander, starrt auf meinen Mund und versucht ein Lächeln. Dann nickt er.

»Ja«, sage ich ohne Grund und zucke mit den Schultern.

»Ja. Das war es also.«

»Richtig.«

Ich versuche, ihn nicht länger anzusehen. Dabei fällt mir auf, wie er sich verkrampft mit beiden Händen an die offene Wagentür krallt. Seine Knöchel treten bereits weiß hervor. Komisch – er macht ansonsten einen völlig entspannten Eindruck. Naja, bis auf die zusammengepressten Lippen vielleicht.

»Alles Gute«, sagt er schließlich und löst eine Hand von der Wagentür, um sie mir zu reichen. Ich will es schnell hinter mich bringen und schlage ein.

»Danke, Ihnen auch.« Er hält meine Hand fest, auch, als ich sie schon zurückziehen will. Es ist fast so, als wollte er durch das Drücken meiner Hand einen erneuten Blickkontakt heraufbeschwören. Tja, das schafft er auch. Wir starren uns an und für einen Moment sehe ich ihn Luft holen und nach Wörtern ringen. Aber er sagt nichts. Wieder presst er die Lippen aufeinander und schluckt schwer. Er löst den Blickkontakt und lässt meine Hand los.

Sofort bücke ich mich, um in den Wagen zu steigen.

Bis ich mich vergewissere, wo er ist, sehe ich ihn schon von hinten, wie er sich auf und davon macht. Er wirkt verkrampft.

Dann durchzuckt es seinen Körper und er eilt los. Ich sehe, dass er seinem Vater entgegenrennt, der mühsam die Stufen nimmt. Stufe für Stufe arbeitet sich Pierre seitlich gedreht voran.

Jérôme tadelt seinen Vater. Ich kann es nicht genau hören, aber der Tonfall ist klar. Als Jérôme sich seinem Vater nähert, wehrt der jede Einmischung gestenreich ab. Ich kann ihn klar und deutlich verstehen. »Bei der Fahrt … brauche ich … meinen Stock nicht.« Bei jeder Stufe hält Pierre die Luft an und muss seinen Satz unterbrechen.

Jérôme greift seinem Vater unter den Arm und dieser nimmt die Hilfe schließlich doch an.

Es kostet viel Zeit, bis der Fürst zu uns ins Auto gestiegen ist. Es tut mir leid, dass er solche Schmerzen ertragen muss, und das ständig.

Jérôme ignoriert mich nun vollkommen und ich bin heilfroh, als er endlich die Autotür von außen schließt.

Die Fahrt verbringe ich damit, mich aus dem Gespräch zwischen Omi und Pierre herauszuhalten. Immer wieder versuchen sie mich einzubinden, aber die beiden sind so offensichtlich voneinander angetan, dass ich mich wie ein fünftes Rad am Wagen fühle.

»So still heute?«, stellt Pierre einmal fest.

»Ja. Tut mir leid.«

»Das ist der Abschiedsschmerz«, besänftigt meine Omi.

Wenn die wüsste!

Auf dem Flug lese ich meinen Fürstenroman zu Ende und es ist das erste Mal, dass ich es hasse, ein so glattes Happy End serviert zu bekommen.

Kapitel 13

Mein Urlaub geht noch ein paar Tage. Deshalb würde ich eigentlich sehr gerne ausschlafen, aber meine Schwester gibt sich schon in der Früh die Ehre. Sie muss schließlich aufstehen und zur Arbeit. Warum sollte sie mich ausschlafen lassen?

»Hey, Schwesterchen. Bist wieder da?«

»Ja«, grummele ich ins Kissen.

»Dein Koffer steht mitten im Gang.«

»Ich weiß. Ich hab ihn da hingestellt.«

Marie schließt sich die Tür wieder. Na prima. Wegen dem Scheiß hat sie mich geweckt? Wütend rappele ich mich auf, verlasse mein Zimmer und trampele an meiner Schwester vorbei zu meinem Koffer.

Genervt aufstöhnend ziehe ich ihn durch den Gang.

»Schön, dass du wieder da bist.«

Moment mal! Hab ich mich verhört? Irritiert blicke ich zu Marie, die ein Lächeln für mich übrig hat. Ich kann gar nicht anders, als mich darüber zu freuen.

Ich ziehe den Koffer bis in mein Zimmer und schließe die Tür. Dann lasse ich mich wieder in mein Bett fallen.

Jetzt kommt Leben in die Wohnung, weil ich nun auch Flo mit meinem Gepolter geweckt habe. Ich lausche gespannt, wie er mit Marie auf dem Gang einen kleinen Wortwechsel hat. Irgendwann geht die Haustüre zu. Marie ist weg. Zur Arbeit natürlich. Wohin sollte sie auch sonst?

Es dauert aber gar nicht lange, da klopft es bei mir an der Zimmertür.

»Ines?«

»Jaaaaa …«, brumme ich.

Flo kommt herein und ich setze mich auf.

Er braucht eigentlich gar nicht so viel zu sagen. Es reicht schon, dass er sich in meinen Bürostuhl fallen lässt, auf dem er sich bei unseren Gesprächen immer gerne hin und her dreht. »Erzähl.«

Jetzt erzähle ich. Alles. Naja, fast alles. Den Abend mit dem Kuss lasse ich mal lieber weg. Da Jérôme sich letztendlich doch als das Arschloch entpuppt hat, das ich schon am Anfang in ihm gesehen habe, braucht der Körperkontakt nicht weiter breitgetreten zu werden. Wenigstens ein kleines Zeichen hätte er mir bei der Abreise schon geben können. Irgendwas! Aber da kam gar nichts, nur Teilnahmslosigkeit. Nun gut. So kann ich auch!

»Tatsache ist, dass er genauso abgehoben ist, wie ich ihn sofort eingeschätzt habe. Zwischendurch dachte ich, der könnte doch ganz okay sein, aber letztendlich ist er ein Schnösel, der Hasch raucht und nach außen den feinen Pinkel markiert.«

»Jetzt bist du ihn ja los.«

Ich nicke und spüre, dass während des Gespräches ein unbändiger Groll in mir entstanden ist. Eigentlich hätte ich jetzt Lust, laut zu schreien oder irgendetwas an die Wand zu schmettern.

»Mach dir nichts draus. Das ist eine Welt, von der wir wenig Ahnung haben.«

»Ich weiß. Aber das zwischen dem Fürsten und Omi ... das könnte echt was Ernstes sein.«

Flo sieht mich wenig überzeugt an. Wenigstens tut er seinen Zweifel nicht lautstark kund. Ich merke aber, dass seine Reaktion mich noch mehr in meiner Annahme bestärkt. Ich bin mir ganz sicher, dass Omi und Pierre sich bald wiedersehen werden. Pierre hat schließlich beim Abschied am Flughafen solche Andeutungen gemacht.

»Na, dann lass ich dich mal in Ruhe auspacken.« Flo steht auf und kehrt mir den Rücken zu.

Ich merke, wie ich tief durchatme und mich entspanne. Das Gespräch war doch belastend für mich. Keine Ahnung, warum, aber es war so. Ganz bestimmt nicht wegen Flo.

»Ach, Flo?«, fällt mir noch etwas ein.

Er dreht sich mir noch einmal zu und sieht mich fragend an.

»Marie hatte mich mal angerufen und mir berichtet, dass es bei dir stinkt.«

»Stinkt?«

»Ja. Sie meinte, es wäre komisch, dass du immer bis mittags schläfst und dass es bei dir merkwürdig riecht.«

»Ich schlafe doch immer so lange. Dafür arbeite ich nachts.«

Ja, der alte Zocker verdient auch noch Geld damit. »Das hab ich ihr auch gesagt.«

»Und wegen dem Gestank: Ich hab ins Bett gepisst.«

»Ehrlich?« Mich schockiert ja nichts mehr, aber das …

»Scherz!« Flo lacht. »Vielleicht meint sie die stinkenden Schuhe, die ich mir gekauft habe. Ich hab sie auf den Müll gehauen, weil die so extreme Gerüche verbreitet haben.«

Richtig. Das muss es gewesen sein, weil Marie einen chemischen Geruch erwähnt hat. Dass sie immer gleich von Drogen ausgeht, ist mir echt zu weit hergeholt.

Flo wartet noch einen Moment, ob das Gespräch beendet ist, und geht dann.

»Ein bisschen Hasch muss sein, dann ist die Welt voll Sonnenschein …«, trällert Flo auf einmal ziemlich schräg.

»Flo!« Wütend schnaube ich Luft aus, aber da schließt er schon meine Zimmertür, um draußen im Flur weiterzusingen.

Eigentlich könnte mein Leben an dieser Stelle wieder in geordneten Bahnen verlaufen. Mein kurzer Abstecher ins Reich der Höhergestellten war ein einziges Fiasko, aber das interessiert ja niemanden. Ich werde diese Erfahrungen einfach unter »wieder was gelernt« verbuchen und weitermachen wie bisher.

Seit meiner Abreise aus dem kleinen Fürstentum ist inzwischen mehr als eine Woche vergangen. Mein Urlaub ist beendet und ich habe meine Erinnerungen gedanklich im Ordner »Sonstiges« abgeheftet. Sollte ich Jérôme jemals wieder begegnen und sollte er den Eindruck, den ich nun von ihm gewonnen habe, bestätigen, dann kann ich ihn immer noch in den Spamordner verfrachten, bevor ich ihn endgültig aus meinem Hirn lösche.

In meiner Mittagspause werde ich plötzlich angerufen. Es ist Omi. Sie schluchzt erbärmlich und bringt kaum ein Wort heraus. Erst, als sie einem Elefanten ähnlich in ein Taschentuch getrötet hat, kann sie ein paar Worte sagen. »Er … hat den Kontakt abgebrochen.«

»Wer?«

»Na, wer wohl? Pierre.«

»Ich versteh nicht.«

»Er hat mir einen Standardbrief aus dem Palast geschickt, mit einem Autogramm darin.«

»Aber … das ist doch nicht der Pierre, den wir kennen.«

»Komm vorbei und sieh es dir selbst an.«

Ich verspreche Omi, dass ich sofort nach der Schule bei ihr vorbeischaue. Ich kann mich überhaupt nicht auf den Unterricht konzentrieren. Ständig muss ich daran denken, dass Omi so verletzt geklungen hat. Ich mag mir gar nicht vorstellen, dass das Pierres Absicht gewesen sein könnte.

Weil mir das alles keine Ruhe lässt, eile ich schleunigst zu Omi. Sie öffnet mir sofort die Haustüre, als hätte sie schon auf mich gewartet und meine Ankunft beobachtet. Mir fällt sofort das verknüllte Taschentuch in ihrer Hand auf.

»Och, Omi.« Sie sieht verquollen und blass aus. Nur die Augenränder sind gerötet. Ich kann gar nicht anders, als sie in meine Arme zu nehmen.

Wortlos stehen wir eine Zeit in der offenen Haustür. Ich höre und spüre, wie Omi wackelig ein- und ausatmet. Ich löse mich von ihr, in der Hoffnung, dass sie jetzt gelassener aussieht. Aber sie macht sich sofort auf den Weg in ihre Küche und winkt mich zu sich. Mit einer verzweifelten Geste deutet sie auf ein Schreiben, das aufgefaltet zusammen mit einem Umschlag und einem Foto auf dem Küchentisch liegt. Während ich mich setze, wischt sie mit dem Taschentuch an ihren Augen herum.

Sie lehnt sich an ihrer Arbeitsplatte an, als wollte sie mit Absicht Abstand von dem Brief nehmen.

Zögerlich nehme ich das Schreiben in meine Hände und überfliege zuerst kurz, was mich erwartet. Da ist ein Wasserzeichen auf dem Papier und ein eingestanzter goldener Schriftzug.

Das Schreiben wirkt auch auf mich wie der allerletzte Standardbrief. Die Anrede wurde nachträglich handschriftlich eingefügt.

Ich erspare mir, den genauen Wortlaut zu erfassen. Es ist wirklich ein allgemeines Blabla aus dem Palast. »Wir bedanken uns für Ihre Aufmerksamkeit …«, lese ich ungläubig. Hä?

Ganz unten steht handschriftlich noch etwas, was ich schwer entziffern kann. Mit verkniffenen Augen versuche ich, zu erahnen, was da stehen könnte. »Liebe Leni, danke für die schönen Tage. Momentan bin ich viel beschäftigt und werde mich nicht melden können. Es grüßt dich dein Pierre.«

Was bitte soll das denn? »Hat er das wirklich selbst geschrieben?«

Omi schluchzt. »Ja, ich kenne seine Handschrift.«

»Warum? Ich meine, warum serviert der dich so ab? Ist etwas passiert?«

»Nein, gar nichts. Bei unserer Abreise war alles in Ordnung. Ich dachte sogar, dass wir uns bestimmt bald wiedersehen würden. Er wollte sogar für ein paar Tage hierherkommen.«

»Hast du ihn angerufen?«

»Nach dieser Abfuhr? Deutlicher muss er nicht werden, glaub mir. Ich habe nicht vor, mich bei ihm zu melden. Ich finde, er ist jetzt an der Reihe, den nächsten Schritt zu tun.«

Ich nicke, weil ich Omi verstehen kann. Nicht verständlich ist mir aber nach wie vor, warum Pierre plötzlich so eine Kehrtwende macht. Sah es etwa nicht danach aus, als entwickelte sich zwischen Omi und ihm eine romantische Verbindung? Wie kann man sich nur in einem Menschen so täuschen?

»Ach, Omi. Es tut mir so leid.« Spontan stehe ich auf und drücke meine Omi, die sich tapfer hält. Nicht eine Träne rollt über ihre Wange. Dennoch spüre ich ihren Schmerz.

Ich bleibe noch eine Weile bei Omi, weil ich sie ablenken möchte. Wir kochen einen Kaffee und ich versuche, mit Alltagsgeschichten aus der Schule Abhilfe zu schaffen. Dennoch erreiche ich nicht viel. Ich merke schon, wie Omi versucht, meinen Geschichten zu folgen, aber ihr Blick schweift immer wieder ins Nichts ab. Letztendlich muss sie auch irgendwie mit ihren Gefühlen selbst fertigwerden. Ich weiß auch, dass sie das schon immer so gemacht hat – auch nach Opas Tod wollte sie kein Mitleid haben. Sie ist eine starke Frau. Sie wird sich durchbeißen.

Nach dieser Angelegenheit spüre ich den bitteren Beigeschmack nur noch auf meiner Zunge, wann immer ich an Jérôme und an Pierre denke.

Sogar meine Schwester merkt, dass mir etwas auf der Seele brennt. An einem Sonntagmorgen hat sie Frühstück für mich hergerichtet.

Ich will eigentlich nichts essen und habe wegen der anhaltenden Appetitlosigkeit schon ein paar Kilos verloren. Nicht, dass mich das stören würde. So unabsichtlich habe ich noch nie abgenommen, aber ich fühle mich nicht glücklich, und das wiegt schwerer als der Gewichtsverlust.

»Ich hatte da so eine Idee«, sagt Marie, als ich mir eine Tasse Kaffee einschenke.

»Was?« Eigentlich interessiert es mich nicht, aber die Höflichkeit verlangt eine Nachfrage.

»Wie wäre es, wenn wir zusammen Urlaub machen?«
»Du und ich?«
»Ja. Weißt du, wir leben so aneinander vorbei und irgendwie finde ich das schade.« Was redet die da? Der drückt doch etwas ganz anderes auf der Seele.

Ich beschließe, ihrer Idee trotzdem eine Chance zu geben. Wie oft hatte ich ihr schon gesagt, dass sie sich mal erholen sollte? Wie kann ich jetzt dagegen sein, wenn sie es tun will?

»Woran hattest du da gedacht?«
»Mallorca.«

Ich denke nach.

Ich war noch nie auf Mallorca, aber eigentlich wollte ich da immer mal gerne hin. Weil ich nichts mehr sage, verschwindet Marie aus der Küche und kehrt mit ein paar Blättern Papier zurück.

»Schau«, sagt sie und zeigt mir die einzelnen Blätter. Sie hat sich schon einige Angebote für Flüge und Hotels angesehen und ausgedruckt. »Ich dachte an eine Woche Badeurlaub. So richtig erholsam, mit Wellness und Vollversorgung. Was meinst du?« Irgendwie klingt ihre Stimme komisch.

Während ich auf die Ausdrucke starre, fängt Marie unvermittelt an zu weinen.

Ich erschrecke. »Marie!«

Ihr ganzer Körper wird von dem Weinkrampf geschüttelt.

»Ich bin doch dabei. Ich fahre mit.« Ich wusste ja, dass sie überarbeitet ist, aber dass sie so fertig ist, hätte ich nicht gedacht. Doch, eigentlich schon.

Tröstend lege ich Marie meine Hand auf die Schulter.

»Dieser Blödian! Ich will ihn nie wieder sehen.«

Hä? Jetzt komm ich nicht mehr mit. »Wen?«

»Ach, Jan, unseren Praktikanten … den angehenden Herrn Anwalt.«

Von dem höre ich zum ersten Mal, aber ich kann mir schon vorstellen, was da los war. Marie sieht so verzweifelt aus wie Omi, als ihr das Herz herausgerissen wurde.

»Sieht so aus, als wären Männer für die Mädels der Familie Herzog gerade kein Thema.«

Marie schluchzt und erklärt: »Nicht nur, dass er mir vorgespielt hat, er wäre unsterblich in mich verliebt. Er hat mich auch die ganze Drecksarbeit erledigen lassen. Ich hab sogar seine Studienarbeit für ihn recherchiert, ich doofe Kuh.«

»Oh weh.«

»Ich bin so froh, wenn er wieder weg ist. Er ist jetzt nur noch eine Woche da. Für ihn genau der richtige Zeitpunkt, mir zu sagen, dass er keine Gefühle mehr für mich hat. Mehr? Dass ich nicht lache. Ich wette, da war nie was. Jedenfalls bei ihm.«

Das Ausmaß von Maries Arbeitswut wird mir nun in aller Klarheit bewusst. Sie hat sich für einen angehenden Anwalt aufgearbeitet, weil sie Schmetterlinge im Bauch hatte. Und dieser Kerl hat das schamlos ausgenutzt.

Ich schlinge meine Arme um Marie und flüstere ihr ein paar tröstende Worte ins Ohr. Es dauert eine Weile, aber sie beruhigt sich nach und nach. Noch am selben Abend nehmen wir gemeinsam die Buchung für unseren Urlaub vor. Ich kann sogar einen Funken Vorfreude spüren. Im Grunde genommen hat Marie recht: Ich kann nicht ständig Trübsal blasen. Ich muss mich ablenken – und was wäre dazu besser geeignet als eine Reise? Für sie gilt das ganz genauso. Jetzt erst recht.

Kapitel 14

Ein wichtiger Termin vor meinem gemeinsamen Urlaub mit Marie ist allerdings noch der Geburtstag von Omi.

Da sie in letzter Zeit offensichtlich immer noch traurig war, ist es mir sehr wichtig, bei ihr vorbeizuschauen. Immerhin ist es ein gutes Zeichen, dass sie überhaupt feiern will.

Es hatte lange Zeit eigentlich nicht so ausgesehen, als würde sie große Lust auf eine Party verspüren. Aber ihre traditionelle Grillparty zu ihrem Wiegenfest ist mittlerweile nicht mehr wegzudenken, vor allem nicht, weil das Wetter so stabil ist.

Flo begleitet mich stellvertretend für meine Schwester Marie, die beruflich verreist ist. Der Praktikant ist inzwischen Geschichte und ich finde, dass Marie richtig aufblüht. Sie arbeitet auch nicht mehr 24 Stunden am Tag.

Flo und ich machen uns zu Fuß auf den Weg zu Omi. Ein kleiner Spaziergang vor der großen Völlerei kann nicht schaden. Die Schüssel mit der Gurkensalat-Spende kann ich bequem tragen.

Das Fest ist schon gut in Fahrt gekommen, als wir ankommen. Lediglich der blöde Nachbar meiner Omi steht wie jedes Jahr in seinem Vorgarten und schaut jeden ankommenden Gast griesgrämig an. Wäre er ein bisschen freundlicher, dann hätte er jedes Jahr mitfeiern können. Mit seiner pingeligen Art hat er es sich aber bei Omi für alle Zeiten verscherzt.

Flo und ich ignorieren den Kerl und gehen auf Omis Grundstück. Die Gäste sind bereits zu hören, ebenso wie leise Musik eines Radiosenders, der mit Vorliebe Oldies spielt.

Auf dem Weg zum Salatbuffet blicke ich in viele bekannte Gesichter von Verwandten und Freunden meiner Omi.

»Ah, dein leckerer Gurkensalat!«, sagt Onkel Gregor und klopft mir im Vorbeigehen auf die Schulter.

Ich stelle die Schüssel zu den vielen anderen Köstlichkeiten. Mein prüfender Blick zeigt mir, dass bisher noch kein Gurkensalat da ist. Sehr schön.

Da höre ich meine Omi. »Ach, der steht da immer. Lasst ihn einfach.«

Ich drehe mich zu ihr und höre, wie sie einem älteren Ehepaar erklärt, dass der Nachbar nicht mehr alle Tassen im Schrank habe, seit er behauptet habe, sie züchte in ihrem Garten Schnecken, damit sie dann in seinen Garten kämen, um dort den Salat zu vernichten.

Das Ehepaar lacht auf und Omi lacht mit. Sie klingt nicht glücklich, aber immerhin: Sie lacht.

»Ines, Liebes.« Jetzt hat Omi mich erspäht. Sie breitet die Arme aus und verschüttet dabei den halben Inhalt ihres Trinkglases. Aber das macht nichts. Ich lasse mich von ihr in die Arme schließen.

»Alles Gute zum Geburtstag, Omi.«

»Danke, Liebes.« Sie drückt mich von sich weg und fragt: »Wo ist Flo?«

»Der war eben noch da.«

»Ah, da ist er ja.« Omi deutet hinter mich und ich drehe den Kopf. Flo steht bereits am Salatbuffet und fischt hier und da mit dem Finger nach den Leckereien.

Omi lässt mich sofort stehen und gebietet ihm Einhalt, indem sie ihm spielerisch auf die Finger klopft. »Wirst du das wohl lassen!«

Flo grinst, schiebt sich ein Stück Brot in den Mund und sagt mampfend: »Happy Birthday, Omi Herzog.«

Lächelnd beobachte ich, wie Omi sich noch einige Wangenküsschen von Flo abholt.

Dann widmet sie sich wieder mir. »Könntest du mir schnell in der Küche helfen?«

Ich bejahe dies natürlich und folge Omi in ihre kleine Küche.

»Mach bitte die Tür zu«, sagt sie und dreht sich zu mir um.

Alarmiert stelle ich fest, dass sie erbärmlich aussieht. »Omi!«, kann ich nur sagen, schließe aber sofort die Tür.

»Er war hier und hat sich nicht bei mir gemeldet.«

»Och nö.« Ich zucke hilflos mit den Schultern. Diesmal weiß ich sofort, wen sie meint, und brauche nicht nachzufragen. Es drückt mir auf die Innereien, meine Oma so aufgewühlt zu sehen. Ihr Kinn zittert. Mal wieder.

»Ich habe in einem kleinen Radiosender, der über die königlichen Familien berichtet, gehört, dass er wieder hier ist. Daraufhin habe ich gewartet und gewartet. Ich war mich so sicher, dass er sich bei mir melden wird. Am nächsten Tag habe ich es dann aufgegeben. Stell dir vor, ich war sogar bei Opas Hotel.«

»Und?« Eigentlich brauche ich nicht nachzufragen. Ihr Gesichtsausdruck beweist mir, dass sie keinen Erfolg hatte.

»Ich habe in der Lobby nach ihm gefragt. Hätte der Mitarbeiter mich nicht als Opas Witwe erkannt, dann hätte er bestimmt niemals telefoniert. Leider kam dieser Benjamin.«

»Der Berater?«

»Ekelpaket willst du wohl sagen …«

Schockiert reiße ich die Augen noch weiter auf. Ich wusste nicht, dass Omi zu derselben Erkenntnis über Benjamin gekommen ist wie ich.

»Was schaust du so? Er ist es. Er hat mich dermaßen beleidigend abgewiesen. Es war mir hochpeinlich, und das auch noch vor den Kollegen von Opa.«

Ich weiß nicht mehr, was ich noch sagen soll, so hoffnungslos fühlt sich die Situation an. Aber vielleicht brauche ich auch nichts weiter zu sagen, weil Omis Gesicht sich wie von selbst aufhellt. »Zum Glück sind nicht alle im Palast so abweisend …«

Die Tür zur Küche wird geöffnet. Ich wirbele herum.

»Omi Herzog, du wirst im Garten verlangt«, unterbricht Flo das Gespräch und deutet hinter sich.

»Wir reden später weiter«, erklärt Omi und geht an mir vorbei.

Flo wartet einen Moment auf mich. Wir gehen gemeinsam in den Garten zurück und ich beobachte, wie Omi von ein paar Gästen eine riesige Geburtstagstorte überreicht bekommt. Sie hat die Hände vor den Mund geschlagen und sieht ehrlich überrascht und erfreut aus.

Lächelnd bleibe ich stehen. Flo gesellt sich zu mir. Es sieht wirklich witzig aus, wie Omi die Torte auf ihre Arme nimmt und damit in die Küche wackelt.

Ich sehe ihr noch einen Moment nach, aber der Geruch von frisch Gegrilltem und das knisternde Geräusch lodernder Glut lenken mich ab.

Auf dem Grill brutzelt bereits jede Menge Fleisch und eine nicht mehr zählbare Anzahl Würstchen.

»Oh, sieh dir das an! Ob das für mich reicht?«, scherzt Flo, dessen Aufmerksamkeit ebenfalls auf das Grillgut gelenkt wurde.

Ich starre auf das dampfende Fleisch und denke an Omi, die so ein Pech mit Pierre hat. Flo stupst mich an und ich sehe auf.

In diesem Moment treten zwei Männer auf uns zu. Den einen habe ich noch nie gesehen, aber den anderen sehr wohl.

Schock!

Er ist es. Das gibt es doch nicht.

»Königliche Hoheit!«, schießt es aus meinem Mund.

»Mademoiselle.« Jérôme wirkt ganz ruhig, während mein Herz rebelliert, als würde ich es als Punchingball missbrauchen.

»Was machen Sie hier?« Keine Ahnung, wie ich diese Frage rausbekommen habe.

Mein kurzer Blick zu Flo verdeutlicht mir, dass ich mich auffällig verhalte. Er sieht mich genauso an wie in dem Moment, als ich Karaoke singend durch die Wohnung getanzt bin.

»Ich bin Gast. Genau wie Sie offensichtlich.«

Omi hat Jérôme eingeladen? Und der kommt auch noch?

»Aha.« Mehr kann ich nicht sagen? Mensch, ich muss mich dringend mal am Riemen reißen. Wie kommt das denn hier rüber?

Ich hole tief Luft und fange noch einmal an. »Naja, Leni ist meine Omi. Ich dachte doch, dass es ganz normal ist, dass ich hier sein werde. Mit Ihnen habe ich ehrlich gesagt nicht gerechnet.«

Er nickt und geht dann. Lässt mich stehen, der Gute. Was solls – ich kann es verstehen. Wenn ich an unsere letzten Begegnungen denke, wird mir mulmig zumute.

Jérômes Begleiter zuckt mit den Schultern, lächelt freundlich und folgt Jérôme.

»Wer war das?« Flo starrt den beiden Männern nach.

»Frag nicht. Ich geh dann mal ins nächste Gebüsch, brechen.«

»Sag schon!« Flo macht eine Bewegung zur Seite und schubst mich sanft.

»Das ist *er,* der Sohn des Fürsten.« Meine Hände verdeutlichen meine Verzweiflung und sehen so aus, als trügen sie zwei Melonen. Jeder andere Mann hätte diese Geste falsch verstanden.

»Das ist er?« Mein Kumpel begutachtet Jérôme noch einmal mit anderen Augen, wie es aussieht. »Der sieht doch gar nicht so überheblich aus. Auf mich wirkt der eher etwas schüchtern, wenn du mich fragst.«

»Jetzt sag mir auch noch, dass du der bessere Menschenkenner bist.«

»Bin ich.«

»Ja, ich stimme dir voll und ganz zu. Er hat mir gegenüber auch zugegeben, dass er nicht so aufgeschlossen ist, wie er es sein müsste. Ich habe es falsch gedeutet, am Anfang.«

»Na dann. Stell mich dem schüchternen Prinzen mal vor, das haben wir eben irgendwie verpasst.«

Also, dazu habe ich noch weniger Lust. Flo legt einfach seinen Arm um mich und zieht mich mit sich. Ich habe keine Chance, mich zu wehren.

Wir bleiben hinter dem Prinzen stehen. Flo macht große Augen und eine fordernde Bewegung mit dem Kopf. Ganz klar: Ich muss das tun.

Jérôme unterhält sich mit dem anderen jungen Mann, den ich noch nie gesehen habe.

»Eure Hoheit?«

Jérôme fährt sofort herum und sieht mich ärgerlich an. »Mademoiselle, ich bin privat hier. Können wir es nicht bei einem einfachen Jérôme belassen?«

Seine Gesichtszüge glätten sich sofort, als er Flo sieht. Vielleicht hat er Flo vorhin tatsächlich übersehen?

»Das ist mein Mitbewohner und bester Freund Flo. Er wollte …«

Flo bringt mich völlig aus dem Konzept, weil er so frech grinst. Ich kann mir nur denken, dass er nicht über den Prinzen lacht. Nein, ich glaube, meine förmliche Begrüßung hat ihn losprusten lassen und seitdem sitzt ihm ein Grinsen im Gesicht, das wie geschnitzt aussieht.

»Ich wollte ihn Ihnen nur gerne vorstellen«, verbessere ich mich, bevor ich Flo in meinen Gedanken an die Gurgel gehe und ihn kräftig durchschüttele. Dieses Bild in meinem Kopf beruhigt mich erstaunlicherweise.

»Hallo, ich bin Flo.« Er sagt dies so locker, als wäre er mit Freunden auf einer Grillparty. Was er ja im Grunde genommen auch ist.

»Freut mich«, antwortet Jérôme und die beiden schlagen ein, wie es beste Kumpels tun.

Was? Er wird also gleich mal so geduzt, während ich das steife »Mademoiselle« über mich ergehen lassen muss? Dabei haben *wir* uns schon geküsst.

»Ich geh dann mal zu Omi. Sie braucht bestimmt Hilfe mit der Torte«, sage ich und gehe. Natürlich registriere ich noch, dass Flo mir immer noch grinsend nachsieht, aber das ist mir herzlich egal. Soll er sich doch amüsieren, so viel er will.

Ich muss mir das nicht länger geben.

Hinter mir kann ich noch Jérômes Stimme hören. Er stellt seine Begleitung vor. Wahrscheinlich war es jetzt wieder sehr unhöflich von mir, die drei Herren stehen zu lassen. Aber das kann ich jetzt nicht mehr ändern.

In diesem Moment erscheint Omi wieder im Garten. Meine Ausrede ist dahin und ihr erfreutes Leuchten in den Augen, als sie die neuen Gäste sieht, gibt mir den Rest. Ich schlage eine neue Richtung ein – zum Salatbuffet.

Eher widerwillig schaufele ich mir den Teller mit den verschiedensten Salaten voll. In Gedanken bin ich immer noch bei Jérôme. Ich hatte mir hin und wieder

Gedanken darüber gemacht, wie es sein würde, ihm wieder zu begegnen. Aber dass er sich ausgerechnet auf Omis Party die Ehre gibt, hätte ich in der besten Kristallkugel nicht lesen können.

»Na, na. Willst du den Teller gleich kaputt machen?«

Mein Nebenmann scheint über meinen Gesichtsausdruck zu erschrecken, als ich ihn ansehe. Ganz bewusst versuche ich meine Mimik zu entspannen. Ich bin echt verkrampft und versuche, meine gerunzelte Stirn zu glätten.

Außerdem habe ich mit dem Salatbesteck derart auf meinen Teller geklopft, dass der Mann vermuten könnte, ich würde Schlagzeug spielen.

»Ich bin Timo.«

»Ines.«

»Das weiß ich. Glaub mir.« Timo zwinkert mir zu und sieht sich kurz zu Jérôme um, der immer noch mit Flo spricht.

Timo ist also tatsächlich mit Jérôme hierhergekommen.

»Ich kenne Jérôme schon sehr lange. Wir sind entfernt verwandt: Seine Mutter war die Cousine meiner Mutter.«

»Ah, okay.« Mein Blick scheint meine Neugier wenig verborgen zu haben. Aber für Timo ist es offensichtlich kein Problem, mir mehr Infos zu geben.

Ich beobachte, wie er sich den Teller ebenfalls mit Salat bestückt. Gemeinsam schlendern wir in Richtung des Grills, wo sich ein Bekannter meiner Omi als Grillmeister betätigt.

Wie selbstverständlich sucht sich Timo einen Sitzplatz an meiner Seite und wir unterhalten uns während des Essens weiter.

»Habt ihr viel Kontakt?«, will ich wissen.

»Schon. Persönlich sehen wir uns eher weniger, aber wenn Jérôme mal im Lande ist, dann lässt er sich eigentlich immer bei mir blicken.«

Ob Timo auch von der Hanfzucht weiß? Ob er begeisterter Mitnutzer der Anlage ist?

»Ihr seid also so richtig dicke Freunde?«

»Ja, naja – im Grunde schon. Manchmal erzählt mir Jérôme auch Dinge, die er vielleicht sonst niemandem sagen kann.«

»Echt?«

»Ja. Zuletzt musste er zum Beispiel seinem Vater schwer ins Gewissen reden, weil der sich in eine ältere Dame verliebt hatte.«

Fassungslos lasse ich mein Besteck sinken. Das kann doch nicht die Möglichkeit sein!

Timo ist so mit dem Essen und seinen Gedanken beschäftigt, dass er meine Reaktion nicht bemerkt.

Fröhlich berichtet er weiter: »Jérôme war nicht überzeugt, dass die Frau es ernst mit dem Fürsten meinte. Er hat ihn zu der Einsicht gebracht, dass er in seinem Alter nicht mehr bereit für eine Beziehung sei.«

»Da hat der Prinz aber mitgedacht«, entgegne ich bissig.

Mein Herz bleibt stehen. Beinahe. Ich kann nicht glauben, was ich da höre. Jérôme hat das Unglück meiner Oma herbeigeführt? Warum hat er das nur getan?

Er kennt Omi doch überhaupt nicht richtig. Wie kann er behaupten, dass sie für den Fürsten nichts empfindet? Ich will das einfach nicht glauben.

Wie vom Blitz getroffen springe ich auf. »Ich … ich habe ganz vergessen … ich muss gehen.«

Hastig eile ich zu Omi, drücke sie kurz und verabschiede mich. »Aber was ist denn, Kleines?«

»Nichts. Ich glaube, ich habe die Herdplatte angelassen.« Das ist die einzige doofe Ausrede, die mir im Moment einfällt. Omi lässt mich gehen, bevor sie gemerkt hat, dass ich für die Zubereitung des Gurkensalats sicher nicht die Herdplatte benötigt habe.

Ich hetze aus dem Garten und verlasse das Grundstück. Immer schneller bewege ich meine Beine und versuche, Luft zwischen mich und Jérôme zu bringen.

Omi hätte ihn niemals auf ihre Party gelassen, wenn sie das gewusst hätte. Eine Frechheit, dass er überhaupt auf ihre Einladung eingegangen ist.

Völlig außer Puste verlasse ich die Straße, in der Omis Haus steht, und biege um die Ecke. Ich muss ganz dringend über all das nachdenken. Die Bushaltestelle mit der Sitzbank kommt mir da gerade recht.

Mit verschränkten Armen betrete ich den kleinen Unterstand und setze mich. Ich schließe die Augen, lasse den Kopf sinken und konzentriere mich auf meinen Atem. Mehrere Autos fahren vorbei. Meine Atmung entspannt sich allmählich.

Ich öffne die Augen und starre auf ein Paar lederne Halbschuhe. Da steht jemand direkt vor mir. Ganz automatisch hebt mein Kopf sich.

Jérôme sieht mich neugierig an.

»Alles in Ordnung mit dir?«

»Nichts ist in Ordnung«, zische ich ihm zu und stehe auf. Eigentlich würde ich jetzt gerne weitergehen, aber er steht so dicht vor mir, dass ich ihn über den Haufen rennen müsste.

»Was ist passiert?«

Ich kann meine Gefühle nicht länger im Zaum halten. Wäre er mir doch nur nicht nachgekommen. Selbst schuld.

Meine neueste Erkenntnis über ihn kann ich nicht loslassen, aber da gibt es zum Glück noch genug anderes, was ich ihm vorwerfen kann.

»Es ärgert mich, dass du dich immer als fehlerfrei und erhaben über alles darstellst. Aber weißt du was? Ich habe deine kleine Pflanzenliebhaberei aufgedeckt.«

»Wie bitte?«

»Deine Hanfplantage. Ich habe sie gesehen.«

»Ach, das …«

»Erspar dir das. Ich hab echt so die Schnauze voll von Erklärungen.«

»Das spukt dir im Kopf herum?«

Er will mich berühren, aber ich schlage seine Hand von mir fort.

»Hey, deswegen bist du so außer Rand und Band? Das ist doch nicht alles, was du mir vorwirfst?«

Jetzt kann ich mich doch nicht mehr zurückhalten. Wütend kneife ich die Augen zu kleinen Schlitzen zusammen, fixiere ihn mit meinem Blick und recke das Kinn.

»Ist es wahr, dass du deinen Vater dazu gebracht hast, seine Gefühle für Omi zu ignorieren?«

Er antwortet nicht, aber ich nehme ein Blitzen in seinen Augen wahr. Er ist sich sehr bewusst, von wem ich diese Info bekommen habe.

»Ist es wahr?«, schreie ich.

Jérôme tritt ein Stück zurück und lässt mir mehr Freiraum.

»Ich habe ihm geraten, so eine Beziehung noch mal zu überdenken. Die Gefühle deiner Oma erschienen mir nicht eindeutig.« Er sagt dies sehr ruhig.

Dafür bin ich umso aufgeregter. »Nicht eindeutig? Du kennst doch meine Oma überhaupt nicht richtig! Du hast keine Ahnung, was sie durchgemacht hat!« Ich fange an, wild zu gestikulieren, während ich ihm meine Worte ins Gesicht spucke.

»Ich habe nur zum Besten meiner Familie gehandelt.«

»Zum Besten?«

»Etwas, was dir gänzlich unbekannt zu sein scheint. Dir kann das auch alles egal sein. Du stehst nicht in der Öffentlichkeit, kleidest dich unpassend, hast eine wenig anerkannte Frisur und benimmst dich so, wie es dir gerade in den Sinn kommt. Du bist frech und vorlaut mir gegenüber. Ich sollte dich aus meinem Leben streichen, dich nie wiedersehen, aber … ich kann dich nicht vergessen.«

Plötzlich ist er still. Seine Stimme hat einen ungewöhnlichen Klang angenommen, als er die letzten Worte gesprochen hat. Aber darüber kann ich nicht nachdenken. Seine ganzen Beleidigungen wirbeln wie Pusteblumen durch mein Gehirn. Besonders trifft mich die erneute Bemerkung zu meinen Dreads. Ganz schlimm ist es aber, dass er sich in Omis Leben eingemischt hat. Ich hasse ihn!

»Warum bist du hier? Du nimmst Omis Einladung an?«

»Ich weiß, dass das in Anbetracht der Umstände unpassend ist. Ich bin nur hier, weil ich gehofft habe, dich zu treffen.«

Er holt tief Luft, als wollte er wieder etwas sagen. Irgendwie schaffe ich es, ihm in die Augen zu sehen.

»Ich liebe dich«, gesteht er plötzlich.

Was? So bedröppelt habe ich bestimmt schon lange nicht mehr ausgesehen.

»Ich kann es selbst kaum fassen, aber es ist so.«

Jérôme sieht mich erwartungsvoll an. Meint der etwa, ich mache jetzt Freudensprünge?

»Ich weiß gar nicht, was ich dazu sagen soll. Ich glaube, ich bin im Moment überhaupt nicht in der Lage …« Puh! Ich bin fix und fertig.

»Ich verstehe nicht. Ich dachte …«

Ich glaube, dass Jérôme mit einer anderen Reaktion gerechnet hatte.

»Ja, ich verstehe auch nicht alles. Du hast eine neue Liebe für meine Oma vereitelt, deinen Vater auch unglücklich gemacht und meinst, ich würde dir aus Dankbarkeit die Füße küssen? Du erzählst mir, wie unpassend und frech ich bin, und dann sagst du mir, du liebst mich? Wie bitte soll ich denn darauf reagieren?«

»Ich habe dir eben mein Herz ausgeschüttet.« Jetzt klingt er erbost.

»Herz? Dein Herz? Was ist mit Omis Herz und Pierres Herz?« Wie kann ich mich einem Mann öffnen, der meiner Omi kein Glück vergönnt hat? Niemals würde ich mir das verzeihen. Ich fühle mich leer, als hätte mir das Gespräch alle Kraft aus dem Körper gezogen.

»So eine Zurückweisung habe ich nicht erwartet …« Jérôme stockt und schluckt schwer.

Erst jetzt sehe ich, wie viel Überwindung es ihn gekostet haben muss, offen mit mir zu sprechen. Aber es ist zu spät. Ich muss einen Schlussstrich ziehen – für Omi.

»Es geht nicht«, sage ich beinahe tonlos. Ein »Es tut mir leid, aber es geht nicht« hätte mir auf der Zunge gelegen, aber ich hab es nicht herausgebracht. Wie gemein von mir, wo Jérôme mir doch gerade eine Liebeserklärung gemacht hat.

Wir haben uns nichts mehr zu sagen. Alle beide. Was bleibt, ist das Schweigen. Ich weiß nicht, was ich noch sagen soll. Niemals hätte ich gedacht, dass er überhaupt verliebt sein könnte, dass er solche Gefühle überhaupt zulassen würde, geschweige denn mir gegenüber entwickeln könnte. Klar lässt mich diese Liebeserklärung nicht kalt: Sie erweckt etwas in mir, das ich selbst bedenklich finde. Da ist dieser Drang, mich in seine Arme zu schmeißen und ihn nie wieder gehen zu lassen. Will ich diesem Gefühl nachgeben?

»Ich bedauere, dass Sie meine Gefühle nicht erwidern, Mademoiselle Herzog! Ich werde Sie fortan in mir verschließen und Sie nicht weiter damit belästigen.«

Täusche ich mich oder deutet er eine leichte Verbeugung an? Er überspielt seine Kränkung gekonnt mit

Förmlichkeiten. Bevor ich etwas sagen kann, dreht er sich um und geht. An seinem Gang kann ich die Verletzung, die ich eben noch an ihm wahrgenommen habe, nicht erkennen. Sein Stolz ist nicht so leicht zu brechen. Er wird sich nie ändern. Er wird immer der sein, der alles richtig macht. Der, der die Fehler bei anderen sucht. Es ist goldrichtig, diesem Mann fernzubleiben. Für immer.

Die Party ist für mich gestorben. Der Tag ist im Eimer. Was sage ich da? Mein Leben ist völlig aus den Fugen geraten. Wann genau hat das Schicksal eigentlich entschieden, mir einen zweiten Mr. Darcy zu bescheren? Na danke auch.

Kraftlos erreiche ich meine Wohnung. Meine Augenlider sind schwer, mein ganzer Körper fühlt sich wie Blei an. Ich bin traurig, weil Jérôme meiner Omi das Leben unnötig schwer gemacht hat. Er hat etwas zerstört, was nie wiedergutzumachen ist.

Dass er mich liebt, kann er doch nicht ernst gemeint haben. Obwohl es so aufrichtig klang wie nur wenige Worte aus seinem Mund. Seine Verzweiflung über seine Zuneigung habe ich ihm genauso abgenommen. Kann es deshalb wirklich sein, dass er sich verliebt hat?

Ich sitze in meinem Zimmer und raufe mir die Haare. Meine Dreads schlängeln sich zwischen den Fingern durch. Auf meiner Kopfhaut spüre ich immer noch den Sand vom Strand. Er hängt einfach überall, auch in den Dreads. Aber was ich auch mache – ich bringe ihn nie vollständig weg.

Meine Frisur hat mir viele Jahre gut gefallen. Sie war nie so praktisch, wie es immer von anderen angenommen wird. Im Grunde genommen hatte ich immer mehr Arbeit mit meinen Haaren als vorher ohne Dreads. Häkelnadeln in den verschiedensten Größen wurden meine besten Freunde. Meist saß ich damit vor dem Fernseher und habe wie eine Irre meine Haare bearbeitet. In jeder freien Minute habe ich das gemacht, besonders, als die Dreads noch frisch waren.

Jetzt regen sie mich nur noch auf. Nicht nur, dass ich den Dreck nicht mehr ganz wegbekomme – ich habe einfach keine Lust mehr darauf, wegen einer Frisur anzuecken. Das hat mir eigentlich nie etwas ausgemacht, aber irgendwann reicht es.

Kurzentschlossen greife ich zu meiner Schere. Nach einem kurzen Innehalten fange ich an, die dünnen Spitzen meiner Dreads abzuschneiden. Eine Strähne nach der anderen ziehe ich vom Kopf weg und kappe sie. Dann schnappe ich mir einen Kamm und beginne, mit der metallenen Spitze am Ende die Haarschlaufen aufzufädeln.

Der Druck auf meinen Augen verrät mir, dass es mir mehr ausmacht, als ich vermutet hätte. Ich bin kurz davor loszuheulen, als Flo mein Zimmer betritt.

»Sag mal, warum bist du ….« Er bleibt stehen und sieht, dass ich wie verrückt meine erste Dread auffädele.

Ich sitze am Boden, zwischen meinen abgeschnittenen Haarspitzen, und starre zu ihm auf.

Was er dann sagt, lässt meinen Glauben an unsere Freundschaft neu aufleben. »Soll ich dir helfen?«

Ich nicke. Flo holt jede Menge Haarspülung aus dem Bad und setzt sich zu mir. Wir wissen beide, dass wir mit Marie Ärger bekommen werden, wenn wir ihre

Pflegeprodukte aufbrauchen, aber das steht auf einem anderen Blatt.

Flo hatte vor Urzeiten selbst mal kurzzeitig Dreads. Er hat sie ausgekämmt, obwohl die meisten Männer die radikalere Lösung wählen, wenn sie sich von ihren Dreads trennen.

In diesem Fall habe ich mit einem Problem Glück, mit dem ich jahrelang gehadert hatte: Meine Dreads haben sich nie so richtig von selbst verfilzt. Die Ansätze wuchsen immer schön nach und ich war regelmäßig damit beschäftigt, alles neu einzuzwirbeln und zu häkeln. Das Palm Rolling war dann nur noch die letzte Verschönerung, hat aber das Häkeln nicht ersetzt.

Darüber bin ich jetzt sehr froh. Natürlich geht mit dem Kamm nicht viel, aber mit viel Spülung und Flos Hilfe habe ich bis zum Abend die ersten vier Dreads gelöst. Okay, sie fluffen irgendwie noch so auf, als hätte ich in eine Steckdose gelangt, aber ich hoffe sehr, dass das mit der Zeit noch besser wird. Morgen werde ich mir auf jeden Fall erst einmal alle Haarkuren kaufen, die es auf dem Markt gibt, und mein Haar pflegen.

Flo stellt mir keine Fragen mehr. Er kennt mich gut genug, um zu wissen, dass etwas passiert sein muss. Und er weiß auch, dass ich ihm davon berichten werde, wenn ich so weit bin.

»Oh shit. Sieh dir die vielen Haare an.« Fassungslos starre ich auf die verfilzten Büschel, die beim Ausfädeln der Dreads übrig bleiben.

»Keine Sorge. Die meisten Haare hast du schon vor langer Zeit verloren.«

»Sicher?«

Es entsetzt mich schon, wie wenig Volumen von einer Dread noch übrig bleibt. Aber wenigstens bleibt die Länge der Haare erhalten.

Es wird noch eine langes Wochenende für mich werden. Die Dreads müssen alle nach und nach ausgekämmt werden. Flo versichert mir, dass er mir auch weiterhin behilflich ist, und vielleicht kann sich Marie auch noch erbarmen. Dann geht das viel schneller.

Es ist auch nicht schmerzhaft. Zumindest nicht, bis man sich der Kopfhaut nähert. Dann zwickt es schon ein bisschen.

Der Tag ist für mich noch nicht gelaufen: Marie kehrt von ihrer Geschäftsreise zurück. Zu meiner Überraschung kommt sie sofort zu mir ins Zimmer.

Sie hält einen Brief in der Hand und streckt mir diesen sofort entgegen. »Da hat jemand einen Brief für dich … Was hast du mit deinen Haaren gemacht?«

Wortlos greife ich nach dem Brief und antworte erst dann. »Ich habe mich spontan dazu entschlossen, die Dreads auszukämmen.«

»Geht das denn?«

»Sieht so aus, oder? Ich habe übrigens deine Spülung dafür verwendet.«

Bevor Marie sich darüber aufregt, beschwichtige ich sie gleich. »Keine Sorge. Ich kaufe dir neue.«

»Kein Problem. Stells mir einfach ins Bad, wenn du mal zum Einkaufen kommst.« Ihr Kopf legt sich schief und sie begutachtet mich. »Ich glaube, das wird sehr schön aussehen, wenn es fertig ist.«

Das überrascht mich. Mit Komplimenten war sie in letzter Zeit eher sparsam.

»Ich schau jetzt noch schnell bei Omi vorbei. Wie war die Party?«

»Ach … ich war nicht lange da.«

»Oh, okay.« Sie fragt nicht nach. Natürlich bemerkt sie, dass ich längst auf den weißen Briefumschlag in meinen Händen starre, auf dem in geschwungener Handschrift mein Name steht.

Ich merke erst, dass sie schon weg ist, als ich irgendwann auf die geschlossene Tür meines Zimmers starre.

Langsam löse ich den verklebten Umschlag am originalen Verschluss. Ich will nichts kaputt machen, weil ich so eine Ahnung habe, wer jetzt schriftlich mit mir Kontakt aufnehmen will. Behutsam falte ich das Papier aus dem Umschlag auseinander. Vielleicht ist es auch nur die Hoffnung, dass ich den Absender vorhin persönlich getroffen habe. Nein – der Brief ist wirklich von Jérôme.

Ich brauche nicht zu überlegen. Natürlich werde ich ihn lesen. Aufmerksam betrachte ich jedes Wort und sauge den Inhalt intensiv in mich auf.

Meine liebe Ines,
unser letztes Gespräch verlief nicht erfreulich und ich schäme mich sehr dafür, dass ich dich angeschrien habe.
Obwohl ich versprochen habe, dich nicht mehr zu belästigen, hoffe ich doch, dass ich auf diesem Wege die Chance bekomme, zu den verschiedenen Punkten Stellung zu beziehen, die du mir ankreidest.

Für die unglückliche Art, mit der ich meine Zuneigung dir gegenüber zum Ausdruck gebracht habe, möchte ich mich von ganzem Herzen entschuldigen. Mehr gibt es dazu nicht zu sagen, außer dass meine Gefühle für dich wahrhaftig sind.

Zum zweiten Punkt kann ich nur ausführen, dass ich nach bestem Wissen und Gewissen gehandelt habe. Es war nie meine Absicht, deine Oma unglücklich zu machen. Ich handelte als Sohn und habe das getan, was ich für meinen Vater, den Fürsten, tun konnte. Dass er jemals eine Frau so lieben kann, wie er meine Mutter geliebt hat, erscheint mir unmöglich. Vielleicht konnte ich mir als sein Sohn auch keine neue Frau an seiner Seite vorstellen.

Dass du diese Entscheidung als falsch ansiehst, bedauere ich, aber das Unglück ist bereits geschehen.

Ich hoffe, es kann dich trösten, dass mein Vater nur schwer davon zu überzeugen war, sich von deiner Großmutter zu distanzieren. Letztendlich vertraute er aber meinem und Benjamins Urteil. Die große Schuld, die mich trifft, ist die Tatsache, dass ich die kleinen Zweifel meines Vaters aufgegriffen und verstärkt habe. Wäre ich mir der Zuneigung deiner Großmutter sicher gewesen, hätte ich vielleicht anders gehandelt.

In Bezug zu einem deiner Vorwürfe muss ich mich aber ausführlich rechtfertigen. Die Pflanzen, die du erwähnt hast, züchte ich nicht für mich. Es überrascht mich doch sehr, dass du mir so ein Vorgehen zutraust. Wie du vielleicht bemerkt hast, geht es meinem Vater gesundheitlich nicht sehr gut, auch wenn er sich bemüht, dies zu verstecken. Er leidet an einer schlimmen Form der Osteoporose. Seine Wirbeleinbrüche sind nicht behandelbar und die Medikamente sind schwer zu bekommen. Bei jedem Besuch in Deutschland statten wir uns mit einer Dosis aus, die aber nur begrenzt reicht. Das Grünzeug verabreiche ich ihm zusätzlich, aber er weiß nichts davon. Er bekommt es am Abend in einer kleinen Menge, damit er besser schlafen kann. Mit mehr Einzelheiten möchte ich dich nicht belasten. Ich wünsche dir alles Glück für deinen weiteren Lebensweg und zähle auf deine Verschwiegenheit in dieser Angelegenheit.

*Hochachtungsvoll
Jérôme*

Ich kann nicht glauben, was ich da lese. Mir geht es nicht besser, jetzt, wo ich das alles weiß. Er steht zu seinem Eingreifen bei Omi, aber er erklärt mir sehr genau, warum ich mich in allen anderen Punkten geirrt habe. Ja, er entschuldigt sich sogar für seine plumpe Liebeserklärung.

Ich bin so was von am Arsch. Mein Nacken und Rücken fühlen sich an, als würde jemand mit tausend brennenden Wunderkerzen darin herumtanzen.

Wieder habe ich ihn vorschnell verurteilt, ihn als heimlichen Kiffer gesehen. Dabei tut er das für seinen Vater. Bis zur Heiligsprechung fehlen noch ein paar Pluspunkte, aber viel fehlt nicht mehr.

Ich habe genau das getan, was ich meiner Schwester zur Last gelegt habe, als sie Flo wegen dem Geruch aus seinem Zimmer als Drogenkonsumenten gesehen hat.

Puh! Das ist wirklich harter Tobak.

Mit letzter Kraft puste ich meine Lungen leer und verstaue den Brief wieder in seinem Umschlag. Ich bin mir sicher, dass ich ihn noch oft lesen werde. Antworten werde ich nicht, obwohl auch eine Entschuldigung von meiner Seite fällig wäre. So, wie ich mich heute ihm gegenüber verhalten habe, kenne ich mich gar nicht.

Kapitel 15

Einige Wochen später.

»Nicht schon wieder Strand.« Marie sitzt mir gegenüber. Wir frühstücken im Speiseraum unseres Hotels. Der Mallorca-Urlaub könnte nicht besser sein: Das Wetter passt, die Stimmung passt und ich verstehe mich von Tag zu Tag besser mit Marie. Naja, jedenfalls bis eben noch. Jetzt meckert sie, weil ich zum Strand will.

»Warum denn nicht?«

»Komm, lass uns heute mal etwas Kultur erleben. Wie wäre es mit einem Museum?«

»Da wäre mir die Weintour ja noch lieber.«

»Sei doch nicht so. Ich habe da schon etwas ganz Bestimmtes im Auge.«

»Och, ich hab echt überhaupt keine Lust, bei der Hitze irgendwelche uralten Funde anzugaffen.«

»Nicht uralt. Fotos.«

»Fotos?«

»Von Fürstin Katja I. von Le-Blanc-Calais de Marzin ... oder so ähnlich. Du weißt schon.«

Mit wird heiß und kalt. Marie beobachtet mich sehr aufmerksam. Ob Flo ihr mehr erzählt hat? Von mir hat sie wirklich nicht sehr viel erfahren. Bis jetzt.

»Ich weiß ja nicht, was für Probleme du mit dem Prinzen hattest, aber das Haus seiner Mutter hier auf der Insel ist wirklich sehenswert.«

Ich bin nicht überzeugt, obwohl ich meine Neugier nicht verleugnen kann. Bis eben wusste ich nämlich überhaupt nichts von der Existenz dieses Hauses. Vielleicht bin ich sogar während meiner Internetsuche über die Fürstenfamilie darüber gestolpert, habe es aber nicht abgespeichert, weil ich damals nicht vorhatte, nach Mallorca zu kommen.

Marie ist nicht zu bremsen. »Sie war eine wirklich talentierte Fotografin. Es gibt dort eine ganze Reihe schöner Landschaftsbilder …«

»Du, ich weiß nicht …«

»… und private Familienfotos …«

»Also gut.« Ja, ich weiß. Ich bin höllisch neugierig.

Marie bestellt uns ein Taxi, das uns aus Palma de Mallorca ins Landesinnere bringt. In der Nähe von Santa Maria del Camí verlässt das Fahrzeug die Hauptstraße. Die geteerte Straße ist hier sehr eng und ich frage mich, wo die Autos ausweichen können, wenn Gegenverkehr kommt. Schließlich wird die geteerte Straße zu einem einfachen Feldweg. Ob wir hier noch richtig sind?

Aber ich sehe schon in der Ferne eine relativ hohe Umzäunung. Auf einer niedrigen Steinmauer wurde nachträglich ein Metallzaun angebracht. Oben befinden sich Stacheldraht und genügend Scheinwerfer, um die ganze Gegend auszuleuchten.

Das Haus dahinter überrascht mich. Es sieht zwar groß aus, ist aber wenig pompös. Ein altes Gebäude, aus Naturstein errichtet.

Da ich das Ende des Zaunes nicht erahnen kann, vermute ich, dass dieses Haus nicht das einzige Gebäude auf dem Grundstück ist.

Marie berichtet, dass dies das ehemalige Ferienhaus der Fürstenfamilie ist. Nach dem Tod der Fürstin wurde das Gebäude in ein Museum für die Fürstin umgewidmet.

Ich sehe auf die Uhr: Gute 20 Minuten sind wir nun schon unterwegs. Das Taxi fährt direkt durch das geöffnete Eingangstor auf das Grundstück. Hier ist mehr Platz für Fahrzeuge als auf der Straße. Der Parkplatz ist allerdings nicht ausgelastet. Ein paar Besucher halten sich im Freien auf, allerdings nicht viele.

Einige der Leute könnten auch zum Mitarbeiterstamm des Museums gehören, weil sie farblich einheitlich in beige Hosen bzw. Röcke und weiße Hemden bzw. Blusen gekleidet sind.

»Das Haus ist echt ein Geheimtipp«, sagt Marie, als das Taxi hält.

Ich steige aus. »Ich glaub eher, dass die Leute lieber am Strand liegen, als sich bei der Hitze hier ins Landesinnere durchzuschlagen.«

»Durchzuschlagen. Du tust ja grad so, als hätten wir uns mithilfe einer Machete durchs Unterholz gekämpft.«

Ich warte ab, bis Marie die Fahrt bezahlt hat und ebenfalls aussteigt. Meine Gedanken sind bei dem Unterholz, durch das ich mich tatsächlich gekämpft habe. Mitsamt einem geklauten Sonnenschirm. Was gäbe ich jetzt für diesen Schirm.

Die Sonne brennt mir auf den Kopf, obwohl ich eine Kopfbedeckung trage. Irgendwie muss der Isolierwert meiner Haare gesunken sein, seit ich keine Dreads mehr habe. Ganz ehrlich, das war immer wie ein Luftpolster auf dem Kopf. Ganz wunderbar!

Andererseits musste ich auch alle Hüte oder Käppis in Übergröße kaufen, was mir nicht so gut gefallen hat. Umgekehrt muss ich jetzt alles wieder kleiner kaufen. Aber das macht mir nichts aus. Einkaufen gehe ich gerne.

»Komm, wir gehen rein«, holt mich Marie wieder aus meinen Gedanken.

Wir bezahlen Eintritt und ich bin überrascht, dass sich doch mehr Leute hier tummeln, als zunächst angenommen.

Marie kauft extra ein Buch über das Museum, natürlich in der deutschsprachigen Ausführung.

Wie früher, als ich noch nicht lesen konnte, liest sie mir alles Wissenswerte vor. Wie praktisch!

»Im ersten Stock ist die Sammlung der Fürstin. Ihr Sohn, Prinz Jérôme, kümmert sich seit Jahren liebevoll um die einzelnen Stücke. Zusätzlich gibt er auch immer wieder unbekannten Künstlern die Möglichkeit, ihre Werke hier im Haus auszustellen. Die Werke der Fürstin ziehen regelmäßig Besucher an, und so kommen die Neulinge auch zu ihrer Chance.«

Bei der Erwähnung von Jérôme stellen sich meine Nackenhaare auf. Ausgerechnet er kümmert sich um das Museum? Das wiegt schon wieder schwer auf meinem Gewissen. Ich habe diesem Mann so was von unrecht getan, und zwar in ganz vielen Punkten.

»Das ist echt ganz schön nett von dem Prinzen, findest du nicht?«, sagt Marie noch zu allem Überfluss.

»Ja«, raune ich gedankenverloren.

Wir halten uns sehr lange in der Ausstellung auf. Die Fürstin war nicht nur eine gute Fotografin, sondern auch eine sehr fleißige: Unzählige Stücke sind im ganzen Haus verteilt.

Obwohl mein Schwesterherz diesen Ausflug selbst vorgeschlagen hat, ist sie es, die nach ungefähr einer Stunde zurück ins Hotel will. Sie hat sogar ein paar andere Urlauber kennengelernt, die sich ein Taxi gerufen haben und noch genug Platz für uns hätten.

»Ich würde da jetzt mitfahren. Kommst du?«

»Fahr nur. Ich bleib noch ein bisschen.«

»Sicher?«

»Ja. Ich finde den Weg schon zurück. Ich gehe auch gerne zu Fuß.«

»Du weißt schon, dass das mindestens 20 Kilometer sind?«

»Ja, ich kann mir doch immer noch von unterwegs ein Taxi rufen.«

»Also gut. Dann bis später.«

Endlich ist Marie weg. Nun kann ich mir noch einmal in Ruhe die privaten Fotos der Fürstin ansehen. Es war in der Anwesenheit meiner Schwester sehr schwer, mich voll und ganz auf Jérôme als Kind, als Teenager oder als jungen Mann zu konzentrieren. Wie gerne hätte ich meine Nase auf die Glasscheibe gedrückt, hinter der die Fotos präsentiert werden. Aber das hätte Marie wahrscheinlich mehr als nur verwundert.

Ich halte mich lange im ersten Stock auf und kann mich kaum von den Fotografien trennen. Der junge Jérôme sieht auf den Bildern so anders aus. Unbekümmert, würde ich vermuten. Seine Mutter hatte das Talent, ihren Sohn auf eine ganz besondere Art und Weise einzufangen. Auf den privaten Bildern lächelt er sogar – zuerst mit schiefen Zähnen, dann mit Zahnspange, und dann mit einem wirklich außergewöhnlich perfekten Zahnstand.

Es ist schon sehr spät und ich weiß, dass das Museum bald schließt. Ein letztes Mal pendele ich an den persönlichen Bildern im ersten Stock vorbei und begebe mich in Richtung der Treppe, die direkt in der Eingangshalle des Gebäudes mündet.

Meine Aufmerksamkeit ist gerade auf das Bild eines Kindergeburtstages gelenkt, als ich die Mitarbeiterin des Museums unten überrascht etwas auf Französisch sagen höre. »Monsieur! Ich habe überhaupt nicht mit Ihnen gerechnet.«

Das ist der Moment, in dem ich meine Fühler ins Erdgeschoss ausstrecke. Schon bevor ich Jérômes Stimme höre, scheine ich die Schritte ins Gebäude als die seinen wahrgenommen zu haben.

»Ich habe mich auch nicht angekündigt. Ich bin privat für ein paar Tage auf der Insel, aber ich wollte Ihnen gerne dieses Bild vorbeibringen.«

Langsam schleiche ich zu dem Geländer der Galerie, damit ich einen Blick nach unten werfen kann. Jérôme dreht halb den Rücken zu mir. Die Mitarbeiterin steht neben ihm.

Er ist wirklich anwesend. Wie kann das sein?

Jérôme wickelt behutsam ein verpacktes Bild aus dem Papier. Das raschelnde Geräusch übertönt meine

Schritte. Ich luge über die Brüstung und erhasche einen Blick auf die Fotografie. Sie zeigt die Fürstin.

»Das ist wunderschön.«

»Finde ich auch. Wir haben hier zwar viele Fotografien meiner Mutter, aber keine einzige zeigt die Künstlerin selbst.«

»Sie sieht sehr glücklich aus. Wer hat das Foto gemacht?«

»Ich.«

Ich möchte das Bild so gerne noch besser sehen und bewege mich. Mein Knie knackst. Dabei macht es das doch nie!

Jérômes Blick trifft mich völlig unvorbereitet. Meine Überraschung über sein Auftauchen kann ich in seinem Gesicht erkennen. Ich kann nicht anders: Ich gehe rückwärts zurück in die Ausstellung des ersten Stockes. Dort gibt es einen Notausgang. Aus den Augenwinkeln meine ich noch wahrzunehmen, wie Jérôme das Bild seiner Mitarbeiterin in die Hände drückt.

Ich mache mich vom Acker. Mit Schwung stoße ich die Tür nach draußen auf. Eine nachträglich installierte Feuertreppe führt nach unten. Hastig trappele ich die Stufen hinunter. »Ines!«

Er folgt mir. Seine Schritte sind genauso schnell wie meine. Dennoch habe ich nicht vor, anzuhalten. Am Fuße der Treppe gehe ich so schnell wie möglich weiter. Erst, als ich auch seine Schritte nicht mehr auf den metallenen Stufen hören kann, bleibe ich stehen.

»Ines.«

Er muss ebenfalls ruhig verharren, da ich keine

Schritte mehr wahrnehmen kann. Ich möchte ihm in die Augen sehen. Ich kann mich nicht davor drücken.

Langsam drehe ich mich zu ihm um. »Eure Hoheit.«

Ich schaffe es leider nicht, ihn anzusehen, und riskiere nur einen kurzen Blick. Er steht stark schnaufend am Ende der Treppe. Die Hand hat er noch am Geländer, ein Fuß scheint die letzte Stufe noch nicht ganz verlassen zu haben.

Ich klammere mich an mir selbst fest. Eine Hand hält die andere. Es ist für mich kaum zu ertragen, dass er näher kommt.

»Was machen Sie hier?«

»Urlaub.«

»Ganz alleine?«

»Nein, mit meiner Schwester. Sie war auch hier, aber sie ist schon zurück ins Hotel gegangen.«

Er nickt. Ich sehe ihn kurz an, dann wieder weg. Täusche ich mich oder schluckt er ebenfalls so schwer wie ich?

»In welchem Hotel seid ihr denn?«

»La Plaza.«

Er nickt wieder.

Ich bemerke, dass ich nur ganz flach atme, aber ich kann mich nicht entspannen. Ein enormer Druck scheint meine Lungen einzuschnüren.

Die Stille zwischen uns macht es nicht erträglicher. Warum sagt er denn nichts mehr?

»Ich ... also, soll ich dich mitnehmen?«

»Nein.«

»Wirklich? Es macht keine Umstände.«

»Nein. Ich gehe gern zu Fuß. Ich schaffe das schon.« Ich kann jetzt auf keinen Fall mit ihm in sein Auto steigen.

Erneutes Nicken seinerseits. Und Schlucken.

Jetzt fällt ihm etwas auf. Ich sehe sehr genau, wie seine Blicke meine Haare betrachten. »Neue Frisur?«

»Ja.«

»Sehr schön.«

Das Kompliment klingt so ehrlich, dass sich die innerlichen Wunderkerzen zurückmelden. Die scheinen auch meine Knie einzuschmelzen.

Unentschlossen stehen wir da und schweigen, bis Jérôme sich ein Herz fasst und endlich wieder etwas sagt.

»Ich geh dann mal wieder rein«, sagt er und deutet hinter sich. »Machs gut.«

»Ja, danke. Du auch.«

Da er keine Anstalten macht, sich zu bewegen, muss ich wohl irgendwie reagieren. Ich drehe mich langsam um und setze mich in Bewegung.

»Ines?«

»Ja?«, frage ich, ohne mich noch mal umzudrehen.

»Es war sehr schön, dich zu sehen. Überraschend, aber schön.«

Jetzt werfe ich ihm doch einen kurzen Blick zu.

Und was fällt mir da auf? Er trägt das Lederarmband, das ich ihm geschenkt habe. Ein elektrisierendes Kribbeln hat meine Lungen befreit. »Finde ich auch … Jérôme.«

Der Fußmarsch zieht sich wie Spaghetti. Bestimmt gäbe es hier sehr schöne Wanderwege, aber da ich nur den Weg entlang der Straße kenne, muss ich immer in ihrer Nähe bleiben. Glücklicherweise sind auch einige Radfahrer unterwegs, mit denen ich mich über einen guten Rückweg verständigen kann. Ich brauche tatsächlich ewig, bis ich in die Nähe eines Taxis komme. Bis dahin habe ich genügend Möglichkeit, über vieles nachzudenken, bevor ich wieder unter die Leute gehe. Leider bekomme ich meine Gedanken nicht sortiert. Immer und immer wieder gehe ich gedanklich diese unverhoffte Begegnung mit Jérôme durch. Jedes Detail rufe ich mir ins Gedächtnis zurück. Er wirkte beinahe etwas unbeholfen und schüchtern auf mich. Von dem mir so verhassten eingebildeten Kerl konnte ich nichts mehr erkennen.

Meine Schwester überfällt mich, als ich das Hotelzimmer betrete.

»Rate mal, wer eben da war?«

»Der Weihnachtsmann?«

Sie sieht mich so auf ihre spezielle Art an, wenn ich sie nerve.

»Keine Ahnung. Du wirst es mir sicher gleich auf die Nase binden.«

»Prinz Jérôme persönlich.«

»Neeee.« Ich glaube, meine Schilddrüse schwillt an. Jedenfalls wird es so eng am Hals.

»Doch. Du hast mir ja gar nicht gesagt, dass du ihn richtig gut kennst. Aber darüber reden wir später. Jedenfalls hat er uns für heute Abend zum Essen eingeladen, in sein Hotel. Er schickt uns ein Taxi. Und da du so ewig gebraucht hast, dich hier einzufinden, musst du dich schleunigst fertig machen.«

»Aber …«

»Nichts. Ich habe schon zugesagt und ich gehe sicherlich nicht alleine hin.«

Eine halbe Stunde später sitze ich schon wieder in einem Taxi. Mit meiner Schwester. Ich habe mich auf die Schnelle geduscht und in ein Sommerkleid geschmissen. Ich bin schon froh, dass es nicht das Kleid ist, mit dem ich schon einmal bei Jérôme durchgefallen bin. Nein, es ist eine Neuanschaffung, extra für den Urlaub. Natürlich ist es keine Abendgarderobe, aber ein schönes türkises Sommerkleid.

Ich bin nervös. Die ganze Zeit über zupfe ich an dem Kleid herum.

»Was hast du denn? Wenn hier jemand aufgeregt sein darf, dann ich. Schließlich scheint er dich ja schon bestens zu kennen.«

»Hat er das gesagt?«

»Nicht direkt.«

Ich hebe meine Augenbrauen und blicke fragend zu ihr hinüber.

»Sagen wir mal so: Die Art, wie er über dich gesprochen hat, fand ich sehr eindeutig.«

Ich seufze. Ich hasse solche Andeutungen. Und überhaupt: Was will sie mir damit sagen? Dass er in mich verliebt ist? Immer noch? Das kann ich kaum glauben.

Als ich erneut zu ihr sehe, bemerke ich, wie sie mich sehr genau mustert. Ich möchte gar nicht wissen, welche Rückschlüsse sie zieht.

Das Hotel, zu dem wir gebracht werden, ist schlicht und ergreifend der Hammer. Ich weiß gar nicht, ob ich mich in so viel Luxus überhaupt entspannen könnte.

Da muss man ja die ganze Zeit über Angst haben, dass man etwas kaputt macht. Bei meinem Glück!

Ich bin sehr überrascht, dass Charlotte auf uns zustürmt, als wir das Hotel betreten.

»Ines!« Charlotte trägt ein wunderschönes weißes Sommerkleid und hat ihre Haare kunstvoll geflochten.

So schnell kann ich gar nicht gucken, wie sie mir um den Hals fällt.

»Und das ist deine Schwester Marie?«, stellt sie selbst fest, als sie mich loslässt.

»Ja«, kann ich nur noch bestätigen, während Charlotte ihr bereits überschwänglich die Hand gibt.

»Kommt mit.« Charlotte eilt voran und Marie, die neben mir geht, nähert sich mit ihrem Mund meinem Ohr. »Wer zum Teufel ist das?«

»Das ist Prinzessin Charlotte. Jérômes Schwester.«

»Echt jetzt? Hab ich mich korrekt verhalten?«

»Witzig. Das frag ich mich auch jedes Mal.«

Charlotte dreht sich zu uns um und wir gehen auf Distanz, als hätten wir uns bei etwas Verbotenem überraschen lassen.

Mit dem Fahrstuhl geht es in eine der oberen Etagen.

Charlotte verlässt den Aufzug vor uns und wir eilen ihr nach.

»Wir essen bei mir«, erklärt Charlotte beiläufig und dreht sich kurz zu uns um.

Marie und ich tauschen einen Blick. Wir sind beide neugierig, was uns erwartet, und werden nicht enttäuscht.

In Charlottes Suite wartet ein gedeckter Tisch auf dem geräumigen Balkon. Vier Gedecke lassen erahnen, dass Jérôme noch zu uns stoßen wird.

»Ja, also …«, sagt Charlotte, als es schon an der Tür zur Suite klopft. Der Zimmerservice kündigt sich an und Charlotte öffnet die Tür.

Zusammen mit einem gut gefüllten Servierwagen betritt ein Angestellter des Hotels den Raum. Es scheppert und kracht, als er den Wagen über den dicken Teppichboden schiebt. Ich vermute, dass sich unter den metallenen Abdeckhauben allerlei Leckereien verbergen.

Charlotte steht immer noch an der offenen Tür zu ihrer Suite. Offensichtlich will sie diese gerade schließen, als vom Gang eine Person in die Suite schlüpft. Es ist Jérôme, der noch am Knopf seines Jacketts nestelt.

»Zu spät«, raunt Charlotte ihm tadelnd zu.

Jérôme zieht entschuldigend die Schultern nach oben, bekommt den Knopf endlich geschlossen und drückt seiner Schwester einen kleinen Kuss auf die Wange. Irgendwie witzig – ich habe das schon umgekehrt erlebt, und da hatte ich nicht den Eindruck, dass Jérôme Wert auf Bebussung von Wangen legt.

Ich bemerke, dass mein Körper empfindlich auf Jérômes Anwesenheit reagiert. Könnte jemand meine Gänsehaut sehen, würde er mir sofort eine Wolldecke überwerfen und mich an den nächsten Heizkörper drängen. Mit Wärme wäre mir nur leider nicht geholfen; diese Gänsehaut hat andere Ursachen.

»Hallo«, sagt Jérôme locker.

»Ha … Hallo«, bringe ich irgendwie hervor. Überflüssigerweise hebe ich meine Hand und mache eine Begrüßungsgeste. Als ich das bemerke, senke ich die

Hand sofort auf meine Brust, um an der Halskette zu spielen, die ich mir vorhin angelegt habe.

Jérôme wendet sich Marie zu, um ihr kräftig die Hand zu schütteln und ihr die üblichen Luftküsschen zukommen zu lassen. Sie tauschen ein paar Worte aus, die ich nicht richtig verstehe, weil es in meinen Ohren dumpf rauscht. Es fühlt sich an, als hätte ich Watte in den Ohren.

Charlotte erscheint in meinem Blickfeld. »Setz dich doch.«

Benommen drehe ich mich einmal um mich selbst und steuere dann auf einen Stuhl an dem runden Tisch zu. Ich weiß nicht, wie lange ich brauche, um mich zu setzen. Als ich endlich sitze, sind alle anderen auch im Begriff, es sich bequem zu machen. Neben mir sitzen Charlotte und Jérôme. Meine Schwester sitzt mir gegenüber.

Der Kellner schenkt Wein und Wasser aus. Er nimmt die Abdeckungen von den Platten und empfiehlt sich schließlich.

Es gibt mehrere Gerichte: Neben einer Vielfalt an Beilagen kann ich ein Fisch- und ein Fleischgericht sowie eine vegetarische Reisvariante ausmachen.

Wir bedienen uns und ich probiere mich durch die gesamte Palette. Jérôme unterhält sich besonders gut mit meiner Schwester. Er fragt sie interessiert über unsere Reisepläne aus. Nein, das klingt zu sehr nach Verhör. Er unterhält sich einfach mit ihr und Charlotte bringt sich lebhaft ein. Ich versuche, mich zurückzuhalten, und nutze meine Zeit zum Essen und zum Beobachten. Also, ich finde ja, dass Jérôme sich sehr bemüht. Aber er bekommt es ganz gut hin, nicht still und überheblich zu wirken. Ganz im Gegenteil: Er wirkt so erschreckend normal, dass ich mich nur über ihn wundern kann.

Mein Schweigen führt dazu, dass ich nur esse und nach Kurzem satt bin. Eigentlich bin ich mehr als satt, so richtig überfressen.

Ich lehne mich in meinem Stuhl zurück und halte meinen Bauch.

»Fertig?«, fragt Charlotte mich lächelnd.

Ich nicke. »Ich könnte jetzt einen kleinen Spaziergang vertragen.«

Jérôme greift nach einer Serviette, tupft sich damit den Mund ab und schiebt währenddessen seinen Stuhl nach hinten. Diese ganze Geste ist mir schon so vertraut an ihm, als würde ich ihn ewig kennen.

Erstaunt blicke ich zu ihm auf, weil er mir seine Hand hinhält, nachdem er die Serviette zurückgelegt hat.

»Ich zeige dir die Parkanlage des Hotels. Sie ist wirklich herrlich.«

Automatisch lege ich meine Hand in seine und lasse mich von ihm auf die Beine ziehen.

»Geht ihr auch mit?«, will ich von den Übriggebliebenen wissen, aber da sehe ich den noch vollen Teller meiner Schwester.

Charlotte winkt ab. »Geht ihr nur.«

Jérôme lässt sich das nicht zweimal sagen. Er zieht mich an der Hand mit sich und mir bleibt nichts anderes übrig, als am ihm dranzubleiben wie ein eingefangenes Rind am Cowboy.

Sobald wir die Suite verlassen haben, lässt er allerdings meine Hand los. Klar – es käme nicht gut, wenn Prinz Jérôme von Le-Blanc-Calais händchenhaltend mit einer Frau durch ein Hotel spaziert. Das wäre bestimmt ein gefundenes Fressen für die Presse, auch ohne meine Dreads. Bestimmt würde mein Nasenstecker schon für einen Skandal sorgen, wenn man will, dass die Gerüchteküche hochkocht. Ein richtiger Shitstorm kann schon mit Mücken ausgelöst werden.

Da bin ich mir sicher.

Ganz und gar nicht sicher bin mir aber, wie ich mit dieser vertrauten Geste umgehen soll. War es nur das stille Angebot, in Zukunft gut befreundet zu sein? Oder will er mir damit sagen, dass er mich immer noch liebt? Liebe. So ein großes Wort. Ich kann es mir nicht vorstellen. Ich habe ihn wirklich sehr fies abserviert.

Der Spaziergang durch den Park des Hotels verläuft friedlich. Allerdings schneiden wir auch keine besonders tiefgründigen Gesprächsthemen an. Wir bewundern die Palmen und die tolle Poolanlage. Wir strecken die Füße in den Sand am Strand und unterhalten uns über Muscheln und Steine.

Ich finde ja, wir bekommen den Smalltalk ganz gut hin. Aber irgendwann ist auch das einfältigste Thema ausgelutscht und wir machen uns zurück auf den Weg ins Hotel.

Auf dem Gang zu Charlottes Suite kommt mir Marie entgegen, dicht gefolgt von Charlotte. Marie hält mir ihr Smartphone mit ausgestrecktem Arm entgegen.

»Du, da ist der Flo dran und der will dich unbedingt sprechen. Sofort.«

Alarmiert greife ich im Vorbeigehen nach Maries Smartphone und spüre einen Anflug von Reue, weil ich mein Handy ausgeschaltet im unserem Hotel gelassen habe. »Ja?«

»Ines, super – ich bin so froh, dass ich dich erreiche!« Er klingt so erleichtert und angespannt zugleich.

»Was ist denn passiert?«, frage ich und folge Charlotte in ihre Suite.

»Gar nichts, hoffe ich. Aber irgendwie lässt mir das keine Ruhe …«

»Jetzt sag schon!« Ich bleibe stehen und drehe mich zu Marie um, die zusammen mit Jérôme in die Suite kommt.

»Ich hatte eben Besuch«, erklärt Flo.

»Ach! Von wem?«

»Ein gewisser Steven. Sagt dir das was?«

»Ja klar. Ich kenne ihn.« Komisch. Was will Steven bei mir zu Hause in der WG?

»Genau. Er wollte eigentlich zu dir, weißt du? Also … naja, ich hoffe, du bist jetzt nicht böse auf mich, aber ich habe ihn hereingebeten und wir haben uns gut unterhalten. Er hat einen guten Eindruck auf mich gemacht, weißt du?«

Worauf genau will Flo jetzt hinaus? Warum klingt er so unsicher?

»Was genau wollte er?«

»Eigentlich gar nichts. Ich glaube, er wollte dich einfach nur besuchen. Er hat mir alles Mögliche von dir erzählt und von den gemeinsamen Ausflügen, die ihr gemacht habt.«

»Naja, da hat er vielleicht ein bisschen übertrieben.« Ausflüge? Also, ich kann mich nur an einen erinnern.

Flo schweigt. »Flo? Bist du noch da?«

»Ja. Er hat mir erzählt, du warst für ihn so was wie die Vertrauensperson im Palast und dass du dich mit allen Sachen an ihn gewendet hast.«

Jetzt schweige ich. Ein ganz ungutes Gefühl beschleicht mich. Steven führt doch irgendetwas im Schilde.

»Ich habs ihm erzählt, Ines.«

»Was genau?«

»Das mit der Hanfplantage.«

Nein! Also, das darf doch jetzt nicht wahr sein.

»Flo! Bist du des Wahnsinns?!« Ich schlage mir die freie Hand vor den Mund.

»Es tut mir so leid. Als er dann so plötzlich auf und davon ist, da habe ich mir schon gedacht, dass irgendetwas im Busch ist. Bitte sei nicht böse auf mich, ja?«

»Ich muss auflegen«, sage ich nur und tue dies.

»Was ist denn passiert?«, fragt Jérôme. Marie und er sehen mich sehr besorgt an, ebenso wie Charlotte. Es ist still im Raum. Alle warten.

Mir ist übel. Mein Hals schnürt sich unangenehm zusammen. So muss man sich fühlen, wenn einem das Wasser bis zum Halse steht.

Ich überlege. Wie soll ich denn jetzt damit anfangen, das Fiasko zu erklären? Lebhaft erinnere ich mich, dass Jérôme irgendwelche Vorbehalte gegenüber Steven hatte, die er mir nicht genauer erklären wollte. Damals dachte ich allerdings, Jérôme sei der Depp und Steven der Freund. Was, wenn es schon immer umgekehrt war?

»Flo hat etwas … Unüberlegtes getan,« beginne ich meine Erklärung.

»So schlimm wird es schon nicht sein. Hat er sich ein Tattoo stechen lassen?«, fragt Marie und Charlotte kichert.

Ich wende mich Jérôme zu. »Du verstehst nicht. Ich habe ihm erzählt, dass du im Drogengeschäft bist. Es tut mir so leid.«

»Ich? Im Drogengeschäft?« Es sieht so aus, als ob er nicht wüsste, ob er nun lachen oder weinen soll.

»Nach meiner Rückkehr habe ich Flo alles erzählt. Vor allem habe ich ihm von meiner Entdeckung im Gewächshaus erzählt.«

»Na, dann wird es aber Zeit, dass du ihn auf den neuesten Stand bringst.« Jérôme hat den ganzen Zusammenhang noch nicht verstanden. Wie auch? Ich muss reinen Tisch machen.

»Zu spät. Flo hat mich angerufen, dass er eben Besuch von Steven hatte, und der hat es geschafft, all diese Dinge aus ihm herauszubringen. Dann ist Steven ziemlich überstürzt davon.«

Jérôme macht ein Geräusch, so als wollte er etwas sagen, was ihm dann doch im Hals stecken bleibt. Er weicht meinem Blick aus, scheint zu überlegen.

»Ich muss los.« So schnell kann ich gar nicht schauen, wie er aus dem Raum stürmt.

Ich bleibe mit dem Wissen zurück, dass dies bestimmt mein letztes Zusammentreffen mit ihm war.

Irgendwie sagt mir mein Bauchgefühl, dass Steven nichts Gutes vorhat. Er wird es gegen Jérôme verwenden. Ganz sicher. Wer weiß, was jetzt kommt? Vielleicht wird Jérôme verhaftet, muss sich einem Prozess stellen. Sicherlich wird er von den besten Anwälten vertreten werden, aber ein Prinz, an dem der schale Geschmack von Drogen klebt, der wird bestimmt niemals ein Fürstentum regieren.

Ich bin so dumm gewesen. Steven hat mich mit meiner Neugier auf den Prinzen angesetzt und jetzt war er da, um seine Ernte einzuholen.

Charlotte und Marie stehen ebenso irritiert da wie ich.

»Dann sollten wir für heute wohl Schluss machen«, sagt Charlotte und ich höre sehr genau, wie tief ich sie und ihre Familie in die Bredouille gebracht habe.

Keiner sagt mehr etwas. Marie kommt schließlich zu mir, nimmt mir ihr Smartphone aus der Hand, ergreift diese und zieht mich mit. »Wir gehen.«

Eine große Verabschiedung gibt es nicht. Charlotte ist blass um die Nasenspitze und ich könnte mir vorstellen, dass ich ähnlich aussehe.

Kapitel 16

Ich muss gestehen, dass ich den Rest des Urlaubes kaum genießen kann. Meine Gedanken sind bei Jérôme und Charlotte, und natürlich auch bei Pierre. Immer wenn sich eine Möglichkeit ergibt, schiele ich zu den aktuellen Zeitschriften und Zeitungen, ob sich irgendwo schon ein großer Skandal auftut. Der bleibt aus.

Einmal erschrecke ich, weil ich Jérôme auf dem Titelbild einer Klatschzeitschrift erkenne. In dem Artikel geht es aber eher um sein Engagement für die Fotografien seiner Mutter auf der Insel.

Marie versucht mich abzulenken, so gut es geht, aber mehr als am Strand liegen und meinen Gedanken nachhängen ist nicht drin.

Ich denke mal, sie ist auch froh, als der Urlaub sich dem Ende zuneigt und wir endlich nach Hause fliegen.

Dort werde ich schon von Flo erwartet, der erstaunlich ruhig ist.

Eigentlich wollte ich ihn nicht mehr schimpfen, aber ich kann nicht aus meiner Haut. »Wenn du noch einmal so dämlich alle möglichen Details aus dem Leben anderer an Fremde ausplauderst, dann … dann …«

Ich kann ihm gar nicht böse sein. Aber es bringt mich auf die Palme, dass er so entspannt lächelt. »Keine Sorge. Dein Prinz hat mich vorgestern angerufen und mir mitgeteilt, dass die Sache erledigt ist.«

»Was? Na toll! Und da sagst du mir nicht Bescheid? Dann hätte ich wenigstens die letzten beiden Tage noch Ruhe gehabt im Urlaub.«

»Sorry. Ich dachte, ich lass dich mit dem ganzen Schmarren in Ruhe.«

»Tja, falsch gedacht.«

»Komm schon, Ines. Du kannst doch nicht ewig auf mich sauer sein.«

»Dann erzähl mir wenigstens, was Jérôme dir alles gesagt hat.«

»Darf ich nicht.«

»Wie jetzt?«

»Ich hab ihm versprochen, dass ich alles für mich behalte. Nur so viel: Steven wird keinen Ärger mehr machen.«

»Das wars?«

»Naja, so einfach wars dann wohl doch nicht. Die waren echt lange hier im Haus.«

»Die? Und was heißt im Haus?«

»Ich hab schon zu viel gesagt. Sorry, aber diesmal plaudere ich nichts mehr aus. Ich habe dazugelernt.«

Ich schmolle. Jawohl! Aber ich bin auch stolz auf Flo, weil er wirklich schlauer geworden ist. Dass er diese Einsicht ausgerechnet mir gegenüber durchsetzt, finde ich zwar nicht so toll, aber ich akzeptiere es.

Es ist nicht verwunderlich, dass ich auf unseren Vermieter Herrn Willmann treffe, als ich den Müll rausbringe. Er ist die wiederkehrende Konstante bei allen meinen Wegen ins und aus dem Haus.

»Na, Frau Herzog, bei Ihnen wieder alles in Butter?«

»Na klar. Wieso?«

»Na, wegen dem hohen Besuch …« Er macht so ein Gesicht, als müsste ich doch wissen, wen er meint. Und ich weiß auch, wen er meint.

Während ich noch auf Mallorca war, scheint Jérôme hier gewesen zu sein.

»Hoher Besuch?«

»Ach, kommen Sie. Ich hab ja was unterschreiben müssen. War ja alles hochoffiziell mit Anwalt und Notar, aber Sie wissen schon, wen ich meine. Wollen Sie nicht lieber kurz hereinkommen?«

Das hat er ja schon öfter gefragt, aber ich habe es echt extrem selten gemacht. Eigentlich nur in absoluten Ausnahmen, wenn es um Mietangelegenheiten oder Ähnliches ging. »Okay«, sage ich, stelle den Mülleimer vor seiner Tür ab und gehe in seine Wohnung.

»Sehen Sie mal«, sagt Herr Willmann und deutet auf mehrere Blätter Papier, die er ausgebreitet auf seinem Küchentisch liegen hat, als würde er sie ständig lesen.

Ich werfe einen Blick darauf. Für mich sieht das so aus wie eine Verschwiegenheitserklärung. »Was sollen Sie denn für sich behalten?«

»Na, wenn ich Ihnen das jetzt sage, dann verstoße ich ja gegen die Erklärung. Die Konsequenzen, die mir angedroht werden, möchte ich lieber nicht erleben.«

»Warum zeigen Sie mir das dann überhaupt?«

»Na, weil ich heute Vormittag noch einmal Besuch hatte. Der hatte es vielleicht wichtig! Eigentlich hätte ich nicht mit ihm geredet, aber er hatte eine Kopie der Erklärung dabei. Der wollte, dass ich ihm alles noch einmal berichte, von diesem Besuch bei Ihrem Mitbewohner und bei mir.«

»Steven war auch bei Ihnen?«

»*Ich* habe es Ihnen nicht verraten.«

»Nein, schon in Ordnung.«

»Der Typ, der alles noch einmal wissen wollte, war mir so unsympathisch. Dem hab ich gar nichts gesagt – im Gegenteil, dem hab ich alles Mögliche andere gesagt.«

»Hat er seinen Namen gesagt?«

»Ja, den hab ich aber vergessen. Er war groß und dünn, wie eine Bohnenstange eben, und einen Zinken hatte der im Gesicht, da vergehts dir.«

Der Berater? Benjamin war höchstpersönlich hier, um mit meinem Vermieter zu sprechen? »Was genau haben Sie dem denn alles gesagt? Dafür haben Sie jetzt aber keine Verschwiegenheitserklärung unterschrieben, oder?«

»Nee. Der hat mich über Sie ausfragen wollen, und dauernd wollte er wissen, wie die … naja, die Beziehung zwischen Ihnen und dem Pri … na, dem … Sie wissen schon … ist.«

Es lässt ihm keine Ruhe, dem Berater!

»In der Hinsicht haben Sie ihn hoffentlich beruhigen können.«

»Ganz im Gegenteil: Ich habe es mir nicht nehmen lassen, ein bisschen zu sticheln.«

Nee jetzt, oder? Irgendwie freut mich das ja. Dem Berater ein paar schlaflose Nächte zu bereiten, bin ich ja schon gewöhnt, aber dass ich noch so unverhofft

Schützenhilfe von Herrn Willmann bekomme, hätte ich nicht gedacht.

Herr Willmann setzt noch einen obendrauf. »Ich muss schon sagen, der Prinz und Sie würden wirklich gut zusammenpassen. Er war sehr besorgt um Sie, das muss ich schon sagen.«

»Um mich? Bei der Angelegenheit ging es doch eher um ihn und seine Familie.«

»Nicht ganz. Dieser Steven hatte schon eine ordentliche Story über Florian und Sie zusammen. Die Verbindung zur Fürstenfamilie war die Krönung der Geschichte.«

Das kann ich mir überhaupt nicht vorstellen. Was sollte denn das für eine Geschichte sein? Bestimmt völlig an den Haaren herbeigezogener Müll.

»Ihr Prinz hat sich aber nicht lumpen lassen und ist mit allen ihm zur Verfügung stehenden rechtlichen Mitteln vorgegangen. Er hat mich dabei unterstützt, meine und Florians Freigabe für das Interview rückgängig zu machen ... was ich natürlich auch wollte, als mir klar wurde, wie verzerrt meine Informationen für die miesen Pläne eines frustrierten Milchbubis verwendet worden sind ...«

Der Redeschwall nimmt kein Ende. So war er schon immer – wenn er einen einmal an der Angel hat, dann gibt es kein Entkommen. Diesmal ist es nur so interessant, dass ich ihn gar nicht unterbrechen will.

»... aber damit nicht genug: Dieser Steven hatte den Artikel schon bei einer großen Zeitung angekündigt und hätte eine enorme Summe dafür kassiert. Ich weiß nur, dass eine ganze Menge Geld im Spiel war, damit der Rückwärtsgang eingelegt wurde … Ach herrje, das alles haben Sie jetzt aber wirklich nicht von mir.«

»Keine Sorge, Herr Willmann. Ich schweige, versprochen.«

Ich habe ganz andere Gedanken im Kopf. Dass Jérôme sich so für mich und Flo eingesetzt hat, lässt eine Welle der Dankbarkeit durch meinen Körper strömen. So kämpferisch hätte ich Jérôme gar nicht eingeschätzt.

Mit diesem Wissen muss ich jetzt leben und ich darf es niemandem erzählen. Es muss mein Geheimnis bleiben.

Sicherlich ging es ihm auch um den Schutz seiner Familie, aber er hat die Karre auch für Flo und mich aus dem Dreck gezogen. Allerdings frage ich mich immer noch, welchen Dreck – außer unserer Wollmäuse – Steven gefunden haben will?

»Eines noch, Herr Willmann – ich schwöre, dann lasse ich Sie für immer damit in Ruhe. Wissen Sie, um was genau es bei diesem Artikel gehen sollte? Wer interessiert sich schon für Flo und mich?«

»Ich habe es nicht ganz verstanden, aber Florian muss diesem Steven irgendein Stichwort gegeben haben, auf das dieser Kerl voll eingegangen ist. Jedenfalls ging es irgendwie in Richtung sexuelle Affäre und gemeinsamer Drogenkonsum.«

»Aber ich hab doch gar keine Affäre!«

»Nicht Sie! Sie vermitteln die heimlichen Stelldicheins zwischen Florian und dem Prinzen.«

»Was?« Darum geht es also. Ich will es nicht glauben, dass Steven für Geld so gut wie alles zu tun bereit ist. Naja, seine Reise muss er ja auch irgendwie finanzieren. Da käme ein Skandal im Fürstenhaus gerade recht, vor allem, wenn er den verhassten Prinzen irgendwie diffamieren kann.

Dass es tatsächlich eine Zeitung gibt, die diese erkalteten Spekulationen wieder aufwärmen will? Aber es gibt ja Zeitschriften, die sind sich für nichts zu schade. Ich bin wirklich heilfroh, dass diese dämliche Geschichte nicht an die Öffentlichkeit gekommen ist. Das wäre ein Shitstorm gewesen, den ich nicht hätte miterleben wollen.

Ich bedanke mich und verabschiede mich von Herrn Willmann, der ganz rot im Gesicht ist. Ich glaube, es ist ihm nun doch peinlich, dass er nicht schweigen konnte.

Nachdenklich tapse ich mitsamt dem leeren Mülleimer die Treppe hoch in die WG und verbringe den restlichen Tag damit, an Jérôme zu denken.

Schlaflos wird auch die Nacht: Ich wälze mich gefühlte Stunden hin und her, bis ich endlich Ruhe finde.

Lange währt sie nicht, denn jemand klopft und klingelt bei uns Sturm.

Marie, Flo und ich treffen uns im Flur der WG. Die beiden sehen genauso zerzaust und verschlafen aus, wie ich mich fühle.

Die ungestellte Frage, wer um diese Uhrzeit – ein Blick auf die Uhr sagt mir, dass es erst kurz nach zwei Uhr morgens ist – etwas von uns will, steht im Raum.

»Ja?«, höre ich die verschlafene Stimme von Flo, der als Erster den Hörer der Sprechanlage erreicht hat.

Er bleibt still und lauscht. Ich kann am anderen Ende der Leitung eine knurrende Stimme vernehmen.

»Ist für dich«, sagt Flo und drückt auf den Knopf, der den Türöffner aktiviert. Dann legt er den Hörer auf und schlurft ohne ein weiteres Wort zurück in sein Zimmer.

Marie wartet gespannt neben mir, wer die Person ist, die nun hörbar die Stufen zu unserer Wohnung nimmt.

Neugierig luge ich durch den Türspion und sehe … Benjamin, den fürstlichen Berater.

Kurz überlege ich, ob ich ihm die Tür überhaupt aufmachen soll. Es ist schon eine Frechheit, dass er hier auftaucht, und das auch noch mitten in der Nacht! Aber ich will natürlich wissen, warum er hier ist. Er macht auch einen ziemlich unausgeschlafenen Eindruck auf mich. Vielleicht gibt es einen wichtigen Grund, warum er hier ist. Nicht, dass mit Pierre oder gar Jérôme irgendetwas passiert ist. Kaum ist dieser Gedanke da, öffne ich die Tür und bitte den Berater wortlos herein.

»Ich muss Sie unter vier Augen sprechen. In einer dringenden Angelegenheit.« Für eine Begrüßung hat die Zeit nicht gereicht.

Ein Blick von mir zu Marie, und sie geht – sichtlich verärgert über die nächtliche Störung – zurück in ihr Zimmer.

Ich schließe die Wohnungstür, verschränke die Arme und warte. In mein Zimmer oder in die Küche werde ich ihn nicht bitten, so viel steht mal fest.

»Um was geht es?«, frage ich knapp.

Der Berater geht unruhig hin und her. Er gestikuliert wild. »Heute musste ich etwas erfahren, was mir keine Ruhe mehr gelassen hat. Erst dachte ich, es könne bis zum Morgen warten, aber ich muss Gewissheit haben.«

Ich sage nichts dazu. Er holt Luft. »Es ist eine grande catastrophe! Bitte sagen Sie mir, dass Sie und der Prinz kein Verhältnis haben!«

»Wie kommen Sie denn da drauf?«

»Zuerst hat Ihr Vermieter – der kaum Luft holen kann, so viel hat er zu erzählen – Andeutungen gemacht. Da habe ich mir noch nichts gedacht. Aber als dann Prinz Jérôme selbst Ihre neue Frisur erwähnte … Nun ja, er hat eine Bemerkung gemacht, die mich aufhorchen ließ.«

»Weil ich keine Dreads mehr habe?«

»Nicht nur das. Er sagte sinngemäß, dass er von nun an meine Einwände gegen eine Verbindung nicht mehr gelten lasse, da Ihre Haare – die für mich der Stein des Anstoßes waren – nun kein Grund zur Sorge mehr seien. Also bitte, Mademoiselle, bestätigen Sie mir, dass Sie nicht mit dem Prinzen liiert sind und dies auch in Gottes Namen niemals vorhaben. Machen Sie diesem Irrsinn ein Ende!«

Etwas regt sich in mir. Ich spüre, dass ich diesen Mann gerne schockieren würde. Dennoch möchte ich ihn nicht anlügen.

Erstaunlicherweise bin ich äußerlich ganz ruhig, obwohl ich durch die erneuten Beleidigungen koche.

»Ich bin nicht mit dem Prinzen liiert und war es auch nie …«

Der Berater schnauft tief durch; er ist sichtlich erleichtert. Zu früh gefreut, mein Lieber.

»… aber ich kann und will Ihnen nicht versprechen, dass ich niemals mit ihm zusammen sein werde.«

So, das hat gesessen. Seine Entspannung ist schneller verflogen, als sie entstanden war.

»Mademoiselle! Ich muss Sie schon sehr bitten …«

»Das hilft auch nichts. Ich bin, wie sagten Sie so schön, untragbar. Völlig unmöglich. Deshalb finde ich auch, dass Sie jetzt besser gehen sollten. Und tun Sie mir den Gefallen und kommen Sie nicht mehr her.«

»Also … das ist unerhört! Das werde ich unverzüglich mit der Fürstenfamilie erörtern. So ein Verhalten ist mir in all den Jahren als königlicher Berater noch nicht untergekommen!«

Er schimpft weiter und weiter, verlässt aber die Wohnung. Ich blicke ihm nach und sehe Flo neugierig aus seinem Zimmer schielen, während der Berater hocherhobenen Hauptes aus dem Raum stolziert.

Flo deutet dem Mann nach. »Bist du dem irgendwie in die Quere gekommen?«

»Kann sein.«

»Hast dich gerächt, wie? Sehr gut!«

»Ja. Ich muss jetzt echt ins Bett. Morgen gibt es ein böses Erwachen, wenn der Wecker so früh klingelt. Und die Schüler haben kein Erbarmen mit einer übermüdeten Lehrerin.«

Kapitel 17

Die kurze Nacht steckt mir in den Gliedern. Logisch, dass ich kaum mehr schlafen konnte: Jérôme war ganz klar der Herr meiner Gedanken.

Wie sehr man sich doch in einem Menschen täuschen kann!

Ich habe ihn völlig falsch eingeschätzt, vorschnell verurteilt. Ja, ich konnte ihn wirklich nicht leiden am Anfang. Wie konnte aus dieser Abneigung ein ganz anderes Gefühl werden? Mein ganzer Körper kribbelt, wenn ich an ihn denke. Da sind Schmetterlinge in meinem Bauch.

Zu spät.

Ich habe ihn einmal abgewiesen. Wie kann ich denn jetzt angekrochen kommen?

»Schmeckt dein Kaffee nicht?«, fragt Marie mich beim Frühstück.

»Doch«, murre ich und starre auf die royale Tasse, um die ich meine Hände geschlungen habe. Die Tasse ist längst meine absolute Lieblingstasse und irgendwie schmeckt der Kaffee daraus viel besser als sonst.

Marie legt mir ihre Hand auf die Schulter, und als ich zu ihr nach oben sehe, hat sie ein aufrichtiges Lächeln für mich. Der Druck ihrer Hand ist tröstend.

Flo betritt die Küche. Ein Blick in mein Gesicht und er weiß Bescheid. »Ich dachte ja, du hast für den Prinzen nicht viel übrig …«

»Das stimmt. Aber ich habe den Moment verpasst, an dem etwas anderes daraus geworden ist.«

»Musst du nicht langsam los?«, fragt Flo und mein Blick schnellt zur Uhr. Hastig springe ich auf und mache mich auf den Weg zur Arbeit.

Einige Zeit später hat der Unterricht bereits begonnen und ich bin alleine mit den Schülern.

Meine gehörlose Kollegin, mit der ich zusammen in der Klasse arbeite, ist gerade ein paar Kopien machen gegangen. Die übrigen Schüler berichten von ihren Erlebnissen in den Ferien. Die Klassenzimmertüre steht offen, was mich aber nicht stört, da die Kollegin sicherlich gleich zurückkommt.

»Ines?«

Ruckartig drehe ich mich zur Tür.

Jérôme.

Er ist es. Er steht da und starrt zu mir ins Klassenzimmer.

Ich springe vom Pult auf, auf dem ich gerade noch gemütlich saß. »Jérôme!« Mein eben noch müder Kreislauf arbeitet plötzlich auf Hochtouren.

»Darf ich reinkommen?«

Einige Schüler kichern. Ich sehe mich verwirrt um, bin auf einmal höllisch aufgeregt. »Ich … ich habe gerade Unterricht.« Als ob er das nicht sehen würde.

»Es dauert nicht lange.« Sein entschuldigendes Lächeln beinhaltet noch etwas anderes. Ich kann es nicht richtig deuten. Ist es Unsicherheit? Oder Aufregung?

Würde mich nicht wundern – ich bin selbst in totalem Aufruhr. »Weißt du, meine Kollegin ist gerade raus und ich kann die Klasse nicht alleine lassen. Können wir uns nach dem Unterricht treffen?« Puh! Ich rede viel zu schnell.

Jérôme betritt nun den Raum und geht auf mich zu. »Ich fürchte, das kann nicht warten.«

Er ist so ruhig. Warum kann er so gefasst sein, wenn ich schon am hyperventilieren bin?

»Okay. Dann aber schnell.« Ich treibe ihn nicht nur wegen meinen Schülern zur Eile an: Wenn er nicht bald sagt, warum er hier ist, dann explodiere ich.

»Du hast unseren Berater heute Nacht ziemlich aufgebracht.«

»Wäre ja nicht das erste Mal.« Er ist echt deswegen hier? Na prima.

Jérôme lächelt, wird dann aber sofort wieder ernst. »Stimmt das, was du ihm gesagt hast?«

»Dass er gehen soll? Ja, das habe ich ihm gesagt. Ich habe mich mal wieder unpassend benommen und bin in seinen Augen bestimmt noch eine Stufe tiefer gefallen.«

Jérôme schüttelt den Kopf. Meine Ausführungen lassen ihn unzufrieden die Augen zusammenkneifen. »Nein, ich meine das andere.«

Mit gerunzelter Stirn überlege ich. Worüber habe ich noch mit dem Mann gesprochen? Über meine Dreads vielleicht?

»Stimmt es, dass du ihm nicht versprechen wolltest, niemals mit mir zusammen zu sein?«, fragt Jérôme geradeheraus.

Ach, darum geht es! Ich hätte nicht gedacht, dass

der Inhalt des Gespräches so detailliert weitergegeben werden würde.

Er weiß es. Jérôme weiß einfach alles, was ich diesem Berater erzählt habe. Ich hätte nicht gedacht, dass der tatsächlich alles ausplaudert. Dann ist die Katze ja aus dem Sack.

»Ich … ja, das stimmt.« Ich liebe dich, weißt du das denn nicht?

Ich sehe, wie sich Jérômes Gesicht entspannt. Er wirkt völlig befreit und seine Augen leuchten. »Seit Wochen versuche ich mir auszureden, dass du jemals deine Meinung über mich ändern könntest. Ich habe es nicht zu hoffen gewagt … Darf ich mir Hoffnungen machen … Ines?«

Oh. Mein. Gott. Er liebt mich noch? Nach allem, was ich ihm und seiner Familie angetan habe, liebt er mich?

»Ja«, hauche ich und muss mir selbst eingestehen, dass meine Zuneigung für ihn mich längst überrollt hat, ohne dass ich es jemals gewollt hätte.

Einige Schüler kichern wieder. Jérôme sieht irritiert in die Runde, wendet sich mir dann aber wieder zu. »Ich dachte, deine Schüler können mich nicht hören.«

»Das nicht. Aber sie haben dir jedes deiner Worte von den Lippen abgelesen. Außerdem haben sie Augen im Kopf.«

»Was ist denn hier los?«, fragt meine Kollegin. Ich schiele an Jérôme vorbei zur Klassenzimmertür und sehe meine Kollegin mit großen Augen dort stehen. Sie klammert sich überrascht an den Stapel Kopien in ihren Händen.

Jérôme wendet sich kurz zu ihr um. »Keine Sorge. Ich entführe Ihnen Ihre Kollegin nicht für immer, noch nicht. Darf ich sie für fünf Minuten ausleihen?«

»Okaaaaay.« Meine Kollegin klingt verdattert.

Jérôme ergreift meine Hand und zieht mich aus dem Klassenraum in den Gang. Ich lasse mich einfach mitziehen, bis er stehen bleibt.

Ehe ich mich versehe, zieht er mich in seine Arme und küsst mich, bis mir ganz schwindelig ist.

Epilog

Ich habe Sand in den Haaren. Schon wieder. Mit allen Fingerspitzen fahre ich durch meine Haare an der Kopfhaut entlang und spüre die vielen Körner, die da nicht hingehören.

Diesmal werde ich allerdings keine Probleme haben, das Zeug wieder von der Kopfhaut zu bekommen, da meine Dreads der Vergangenheit angehören.

Ebenso wie meine Wohnung in Deutschland. Ebenso wie mein Job in Deutschland. Ebenso wie Steven, der seine Stellung im Palast aufgeben musste. Soweit ich weiß, hält er sich als Animateur auf Kreuzfahrtschiffen über Wasser. Wenigstens kann er auf diese Weise die Welt bereisen, wenn ihm auch das große Geld aus dem geplatzten Deal mit der Zeitung fehlt. Aber vielleicht lernt er an Bord eine reiche Frau kennen, die ihn unter ihre Fittiche nimmt.

»Liebes, gibst du mir bitte die Zeitschrift?«

Ich drehe den Kopf zu Omi, die den Liegestuhl rechts neben mir besetzt. Dann lange ich auf die andere Seite, wo ich statt des ersehnten Magazins nur meinen Groschenroman und die glatte Fläche des kleinen Tischchens spüre. Irritiert sehe ich nach, wo das große Stück Papier sich versteckt haben könnte.

Jérôme hat die Zeitung in seinen Händen. Ich dachte, er macht ein Nickerchen auf der Liege zu meiner linken Seite. Demonstrativ hält er das Heft weit von mir weg und ich muss mich zu ihm hinüberbeugen, um eine Chance zu haben.

Ich spüre seine hitzige Haut, die so lecker braun gebrannt in der Sonne glänzt. Der Duft seines Sonnenöls benebelt mir die Sinne.

»Gib schon her,« befehle ich, da ich sonst für nichts mehr garantieren kann. Es fehlt nicht mehr viel und ich falle über ihn her.

»Nur für einen Kuss«, raunt er und stiehlt sich einen, bevor ich selbst dazu fähig bin.

Endlich bekomme ich die Zeitung. Völlig außer Puste reiche ich sie Omi, die unser kleines Techtelmechtel lächelnd verfolgt hat.

»Danke, Liebes«, sagt sie. Ihr Blick geht nun auf ihren anderen Sitznachbarn. Pierre schnarcht auf seiner Liege.

»Hat jemand Hunger?«, fragt Omi schließlich.

Hunger hätte ich ja schon, aber sicherlich verfolgt Omi mit ihrer Frage nicht die Art Hunger, die mir im Körper brennt.

»Ich hätte Kekse dabei.«

Jérôme sitzt plötzlich senkrecht in seinem Stuhl, als er einen Blick auf die Keksdose in Omis Händen geworfen hat. »Wo hast du die Kekse her?«

»Na, aus Pierres Nachtschrank. Er isst ja nur manchmal am Abend einen und ich habe vorhin schon einen probiert …«

»Du hast schon einen gegessen?« Jérôme wirkt außer sich.

»Ja. Sehr lecker!«, sagt Omi und kichert. Sie hört gar nicht mehr auf zu kichern.

»Die Kekse sind uralt. Die darfst du nicht essen, Leni«, tadelt Jérôme Omi. Er springt vom Sonnenstuhl auf und nimmt die dunkelblaue Teedose mit den Keksen aus Omis Händen.

»Schon gut, schon gut. So alt haben sie gar nicht geschmeckt.« Omi lacht aus vollem Halse.

Ich habe den Witz nicht verstanden und blicke irritiert zu Jérôme, der es irgendwie selbst nicht zu glauben scheint, dass er diese Teedose hier am Privatstrand der Fürstenfamilie in den Händen hält.

»Das liegt an der speziellen Zutat, die den Keksen beigefügt ist«, nuschelt er vor sich hin und wirft mir einen intensiven Blick zu.

Verwundert sehe ich zu ihm auf. Er nickt, und da wird mir auf einen Schlag klar, was er meint.

Omi hat von Pierres Haschkeksen gegessen.

Schlagartig sitze ich aufrecht da, was Omi in einen Lachanfall versetzt. Sie kann sich gar nicht mehr beruhigen und schlägt sich mit der Zeitschrift auf ihre Oberschenkel.

Pierre wacht von dem Gelächter auf. Er schiebt seinen weißen Hut aus der Stirn und sieht in die Runde. »Leni, was ist denn los?«

Omi brüllt vor Lachen.

»Wollen wir schwimmen gehen?«, fragt Jérôme mich und lässt die Keksdose in meiner Strandtasche verschwinden.

»Ja, gute Idee«, antworte ich kurz angebunden. Jérôme streckt mir seine Hand hin, die ich sofort ergreife. Wir rennen gemeinsam zum Wasser.

Das Meeresrauschen wird lauter, Omis Gelächter leiser.

»Wie lange wird das so gehen?« Ein bisschen beunruhigt bin ich schon, weil Omi inzwischen nicht mehr lauthals lacht, aber trotzdem immer wieder kichert.

Pierre lacht mit, was ich sehr sympathisch finde. Vielleicht hat er auch schon Kekse gegessen. Wer weiß?

»Also wirklich, Prinz Jérôme … Haschkekse. Etwas einfallsreicher hätten Sie schon sein können.«

Jérôme zuckt mit den Schultern, schlingt seine Arme um mich und zieht mich an sich. Das warme Meerwasser umspült unsere Körper, die sich eng aneinanderdrängen.

»Ich musste sehr einfallsreich sein, Frau Herzog. Was denken Sie denn, wer die Kekse nachts heimlich gebacken hat?«

»Du hast das alles selbst gemacht?«

»Na klar.«

»Sag mal, wie bist du eigentlich an die Pflanzen gekommen?«

»Das ist eine lange Geschichte …«

»Ach, ich habe Zeit.«

»Also gut. Charlotte hatte vor Jahren diese Idee mit der kleinen Vogelvoliere auf ihrem Balkon. So ab und an durfte ich die Tiere auch versorgen. Ich bin wohl nicht sehr sorgsam mit dem Futter umgegangen. Nach einiger Zeit wuchsen in den Blumenkästen auf dem Balkon merkwürdig aussehende Pflanzen …«

»Unglaublich.«

»Aber wahr«, raunt Jérôme und küsst mich kurz.

»Apropos unglaublich: Irgendwann nach der Hochzeit von Leni und Papa werden wir unsere Beziehung bekannt geben müssen.«

Ich nicke. Das war mir eigentlich klar. Bisher konnte meine Anwesenheit ganz gut über Omi gedeckt werden, aber irgendwann wird es selbst dem begriffsstutzigsten Redakteur merkwürdig vorkommen, dass ich immer in Jérômes Nähe bin.

»Heißt das, das ist auch in deinem Sinne?«

»Aber natürlich. Ich liebe dich.«

»Dann wird es bald eine weitere Hochzeit geben«, sagt Jérôme bestimmt.

»Also, ich weiß nicht. Soweit ich weiß, hat hier niemand einen Antrag gemacht.«

»Du erwartest nicht ernsthaft, dass ich jetzt auf die Knie sinke – mir steht das Wasser bis zum Hals.«

Ich antworte nicht, sondern grinse nur.

Jérôme holt Luft und taucht ab. Ich spüre, dass er meine Hände hält, und vermute, dass er tatsächlich auf dem Grund kniet. Plötzlich finden viele Luftblasen ihren Weg an die Wasseroberfläche.

Ich lache, als Jérôme wieder auftaucht und sich beschwert: »Ich habe deine Antwort leider nicht verstanden.«

»Kommt drauf an, was du mich gefragt hast.« Sehr gemein, aber so einfach will ich es ihm nicht machen.

»Will die ehemalige Dreads-Königin Ines Herzog die Frau des schüchternen Prinzen mit der eisernen Maske werden?«

»Nein. Aber Ines will sicher die Frau von Jérôme werden.«

»Das ist ein Ja, oder?«

»Ja.«

Ich falle Jérôme um den Hals und klammere mich an ihn. Unser Kuss will nicht enden.

Vom Strand höre ich Omi und Pierre lachen.

ENDE

Danksagung

Eigentlich hätte diese Danksagung zu Clara IV gehören sollen, aber Jérôme und Ines sind mir dazwischen gekommen, während Clara mir eine Schreibblockade beschert hat. Sie war ja schon immer stur.

Vielen Dank an
- die Leser und Leserinnen, die dieses Buch lesen und vielleicht sogar mit einer Rezension bewerten.
- die Leser, die dieses Buch mitgestaltet haben. Das wären einmal alle, die bei der Cover-Auswahl ihre Meinung geäußert haben. Ohne euch wäre das Cover jetzt pink.
- Claudia für die Geschichte mit der Vogelvoliere.
- Juliane für die Idee mit der Hanfplantage.
- Claudia und Caro für die Beratung zu Osteoporose.
- meine Mädels von LoveThrillFantasy. Tanja, Sina, Andrea und Karina: Ich möchte euch nicht mehr missen.
- Belle für den alltäglichen Austausch und deine Freundschaft.
- die beiden erfahrenen Dread-Träger, die mir etwas über ihre Dreads erzählt haben.
- BoD – Books on Demand, mit Thorsten, Andrea, Iris und Daniela für die Unterstützung in so vielen Bereichen.
- ML Busch und Carina fürs Probelesen und die

Rückmeldung. Ohne ML wüsste niemand, was aus Steven geworden ist, und außerdem hätte Ines sich an einer Stelle noch viel, viel schlimmer benommen – so schlimm, dass viele sie nicht mehr hätten leiden können.
– meine Familie – für alles.
– meine Lektorin Doro für die liebevolle Detailsicht und ihr Gespür fürs große Ganze.
– meine Korrektorin Andrea Huber, die dem Fehlerteufel den Garaus gemacht hat.
– meinen Bruder für seine unermüdliche Unterstützung.
– Mia Leoni für den Leseprobentausch.
– Jane Austen für Mr. Darcy.

Danke auch an alle, die ich aus Versehen vergessen habe.

Mit fröhlichen Grüßen
Pea Jung

Bist du bereit für mehr?
Hier findest du mich und meine Werke:

info@peajung.de
www.peajung.de
www.facebook.com/PeaJungAutor
www.youtube.com/PeaJungAutor
www.instagram.com/PeaJungAutor

Leseprobe:

Amor's Five
Dich schickt das Himmelreich

Band 5 von Mia Leoni, 1. Juni 2016
Erhältlich als eBook bei amazon und
als Taschenbuch unter www.mia-leoni.de/shop,
www.amrun-verlag.de und bei amazon
ISBN Taschenbuch: 978-3-95869-195-7
(Band 1 – 4 von Emma Wagner, Lana N. May,
Jo Berger und Violet Truelove)

Die Schulglocke klingelt. Mal wieder bin ich zu spät dran, höre sie von Weitem und trete dennoch weiterhin gemütlich in die Pedale. Herr Lindner wäre sicher geschockt, wenn ich pünktlich im Klassenzimmer auftauchen würde. Erneut klingelt es.

Seit wann klingelt es zweimal? Und warum, zum Teufel, fahre ich Rad und nicht mit meinem A5? Und warum, um alles in der Welt, fahre ich zur Schule?

Das dritte Klingeln lässt mich vor Schreck fast aus dem Bett fallen. Draußen ist es bereits hell, die Vorhänge sind nicht zugezogen. Das grelle Sonnenlicht dringt in mein Zimmer und verstärkt den Schmerz in meinem Kopf. Es hämmert. Und das penetrante Klingeln macht die Sache nicht besser.

Schwerfällig quäle ich mich aus dem Bett, ziehe Shorts und ein Trägertop aus meinem – Daniels – Koffer, schlüpfe hinein und schleppe mich die Treppen hinunter zur Haustür.

Warum macht denn sonst keiner auf? Wo sind meine Eltern? Und wer stört schon so früh am Morgen?

Ach ja, richtig, der Tag scheint dem Sonnenstand zufolge bereits fortgeschritten zu sein.

Entnervt öffne ich die Tür.

Daniel.

»Was tust du denn hier?«

Er wirkt nicht gerade erfreut.

»Fragst du das jetzt ernsthaft? Ich möchte meinen Wagen abholen … und meinen Koffer.«

»Du fährst fast vierhundert Kilometer wegen eines Koffers?«

»Dieser Koffer hat mich über tausend Euro gekostet, Schätzchen! Und ich komme auch wegen meines Wagens.«

»Das ist *mein* Auto!«

»Die Papiere sagen etwas anderes!«

»Aber … aber … Du willst mir jetzt also wirklich meinen einzigen fahrbaren Untersatz wegnehmen?« Ich bin entsetzt. Er kann doch nicht …

»Dieses Dorf lässt sich in zwei Minuten zu Fuß durchqueren. Ich glaube nicht, dass du dafür ein Auto brauchst.«

»Ich muss ja auch mal einkaufen fahren oder zur Arbeit.«

Er schaut mich skeptisch an.

»Außerdem lebe ich nicht hier … jedenfalls nicht auf Dauer.«

»Lena, das ist dein Problem. Nicht meins. Ich habe dir ein sechzigtausend Euro teures Fahrzeug überlassen, weil du meine Freundin warst. Aber jetzt bist du das nicht mehr und … sorry! Ich hätte gern die Schlüssel.«

Wow, das überfordert mich gerade. Vor einer Woche habe ich gleichzeitig Job, Freund und Zuhause verloren. Heute sind es das Auto und meine Würde gleich dazu. Was soll ich denn sagen, warum mein Freund – okay, Exfreund, aber das weiß ja niemand – mir meinen Wagen abnimmt?

»Lena, ich habe nicht den ganzen Tag Zeit! Ich habe schon genug davon verplempert, um dir nachzufahren«, drängelt er.

Mein Versuch, einen mitleiderregenden Blick wie der *gestiefelte Kater* aufzulegen, geht wohl in die Hose, denn Daniel rollt nur ungeduldig mit den Augen.

»Lena!«

Ich seufze. »Warum fährst du denn auch bis hierher? Du hättest den Wagen vergangene Woche in München abholen können.«

»Schätzchen, zunächst musste ich herausfinden, wo du überhaupt bist. Du hast auf keine meiner Nachrichten reagiert.«

Die hatte ich ungelesen gelöscht. Solche Dinge tut man, wenn man sauer ist. »Dann hättest du halt gewartet, bis ich wieder da bin.«

»Kann ich riechen, dass du zurück nach München kommen willst? Du hast dort doch sowieso keinen Job mehr. Und außerdem hat deine Kollegin Julia, bei der ich dich gestern endlich ausfindig gemacht habe, mir gesagt, dass du deinen kompletten Kram gepackt und nach Himmelreich gefahren bist. Da bin ich davon ausgegangen, dass du meinen Wagen entführt hast.«

»Natürlich komme ich zurück nach München«, empöre ich mich. »Ich ziehe doch nicht in dieses Kuhkaff!«

»Wie dem auch sei. Das ist mir wurscht. Die Schlüssel! Bitte!.«

»Möchtest du dir das nicht noch einmal durch den Kopf gehen lassen? Ich meine, nicht nur das mit dem Auto. Auch das mit uns …«

Wieder rollt er mit den Augen. Mist, die Mitleidsnummer zieht also nicht.

»Ich … hole die Schlüssel«, gebe ich auf und schlurfe in mein Zimmer. Aus der kleinen schwarzen Handtasche krame ich den Schlüssel heraus und betrachte wehmütig die vier silbernen Ringe darauf. Leb wohl, Audi, meine geliebte Luxuskarosse.

Im Türrahmen wartet Daniel mit verschränkten Armen und wippt ungeduldig mit dem Fuß. Als ich wieder in seinem Blickfeld auftauche, macht er auf dem Absatz kehrt und steuert zielgerichtet auf die offene Garage zu.

Niedergeschlagen folge ich ihm.

Auf der Straße steht sein schwarzer Q7, der in der Sonne glänzt. An der Beifahrertür lehnt ein junger Mann. Eindeutig Marke Arschkriecher. Seine zurückgegelten Haare lassen jedenfalls vermuten, dass er seinen Kopf gerade erst aus Daniels Hintern rausgezogen hat.

»Lena!«, seufzt Daniel.

Ich drehe den Kopf und sehe, was er meint. Jaaa, das Schwarz des A5 ist kaum noch als solches zu erkennen. Aber ich hatte in den letzten Tagen keine Zeit für eine Autowäsche … Jaaa, ich hatte keine Lust!

»Wenn du einen Wagen so verkommen lässt, solltest

du vielleicht lieber Traktor fahren. Das würde wenigstens zur Umgebung passen.« Kritisch geht er die Beifahrerseite entlang und hält dann inne. Mit schockiertem Gesichtsausdruck starrt er die Front des Wagens an. Dann sieht er wütend zu mir. »Was zum Geier hast du getan?«

»Was denn? Oh. Äh …«

Das Nummernschild knutscht die Garagenrückwand. Es ist ein sehr inniger Kuss.

Daniel schnappt nach Luft, und als er endlich wieder seine Sprache findet, wettert er los: »Lena, bist du eigentlich noch ganz dicht? Was stimmt nicht mit dir, verdammt! Hast du das denn nicht gemerkt?«

»Der … muss … drangerollt sein.«

»Willst du mich verscheißern? Du bist mit mindestens zehn Stundenkilometern dort rangefahren! Der Wagen ist nicht nur *gerollt!*«

»Das war ich nicht!«

Einen Versuch ist es wert.

»Ach ja? Wer war es denn sonst?« Seine Stimme hat einen sehr hohen Ton angeschlagen. Ich würde lachen, aber ich befürchte, dass er mir dann etwas antut.

Übersinnlich verliebt

Pea Jung
CLARA (Band I)
Die geheime Gabe
448 Seiten
Taschenbuch/eBook
ISBN: 978-3-7386-0311-8

Pea Jung
CLARA (Band II)
Die Rückkehr
452 Seiten
Taschenbuch/eBook
ISBN: 978-3-7347-5724-2

Bist du bereit?
Bereit für ein Geheimnis, das du
mit niemandem teilen darfst?
Öffne das Buch, begleite Clara auf ihrer
turbulenten Abenteuerreise in
ein neues L(i)eben, und du findest dich
auf der Liste der Eingeweihten.
Welches Pfand würdest du für
dein Schweigen in die Waagschale werfen?

Warnung! Dieses Produkt macht abhängig und kann nicht mehr abgesetzt werden!
Zu Risiken und Nebenwirkungen lesen Sie alle Bände der Serie oder fragen Sie
die Autorin Ihres Vertrauens.

Daydreams into stories

Übersinnlich verliebt

Pea Jung
CLARA (Band III)
Finstere Vergangenheit
436 Seiten
Taschenbuch/eBook
ISBN: 978-3-7386-3490-7

Pea Jung
CLARA (Band IV)
Sturm auf Zeit
ca. 400 Seiten
Taschenbuch/eBook
erscheint 2016

Clara erscheint als Taschenbuch/eBook und wird 4 Bände umfassen. Clara ist ein echter Hingucker – auch im heimischen Bücherregal!

Daydreams into stories

Liebe & Erotik

Pea Jung
Die falsche Hostess
194 Seiten
Taschenbuch/eBook/Hörbuch
ISBN: 978-3-7357-4200-1

Pea Jung
Die echte Hostess
228 Seiten
Taschenbuch/eBook
ISBN: 978-3-7347-7668-7

Raffaela darf ihre Nachbarin in deren Job als Hostess vertreten und lernt dabei den smarten Rick kennen. Zwischen den beiden sprühen sofort leidenschaftliche Funken, die sich in Form eines One-Night-Stands entladen. Kein Problem? Weit gefehlt. Schließlich war Raffaela offiziell als ihre Nachbarin unterwegs, was zu Verwicklungen führt. Und sie sieht Rick schneller wieder als erwartet.

Was passiert, wenn eine Hostess von akuter Midlife-Crisis befallen wird? Ein Problem? Nicht für Doris. Die sucht sich nämlich einfach eine neue Herausforderung, mit der sie sich von der eingebildeten Krise ablenken will. Für Doris ist das die Teilnahme an einem Pole-Dance-Kurs. Schon bald stellt sich allerdings heraus, dass ihr in ihrem Leben nicht nur der Kick des Unbekannten fehlt ...

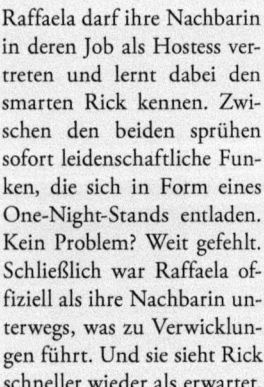

Liebe & Erotik

Pea Jung
Die Wunschblase
232 Seiten
Taschenbuch/eBook
ISBN: 978-3-7357-6115-6

Pea Jung
Die Putzstelle
248 Seiten
Taschenbuch/eBook
ISBN: 978-3-7357-3940-7

Der sechsjährige Ben hat einen ganz besonderen Herzenswunsch: Er möchte seinen Papa Frank wieder glücklich sehen. Ganz klar: Der Papa braucht eine neue Frau. Und Ben eine neue Mama. Ben ahnt nicht, dass er mit seinem geheimen Wunsch außergewöhnliche Mächte in Gang setzt.

Carolyn, ein weiblicher Dschinn, bekommt einen Auftrag ...

Die Kellnerin Josefine kehrt unter einem Tisch ein paar Scherben zusammen. Eine ganz gewöhnliche Tätigkeit für eine Kellnerin? Weit gefehlt. Schließlich starrt ihr dabei spontan ein mysteriöser Unbekannter auf den Hintern und bezahlt sie auch noch dafür. Schon nach kurzer Zeit flattert ein unerwartetes Jobangebot ins Haus ...

Für die Großen

Pea Jung
Superheld
fürs Leben gesucht
212 Seiten
Taschenbuch/eBook
ISBN: 978-3-7347-6000-6

Pea Jung
XMAS WARS
Verrückt nach Han
84 Seiten
Taschenbuch/eBook
ISBN: 978-3-7392-0647-9

Was passiert, wenn dein 11-jähriger Sohn Jonas einen wildfremden Russen in dein Haus einlädt, und der diese Einladung auch noch annimmt? Die junge Mutter Jennifer traut ihren Augen kaum, als der bärtige Russe plötzlich in ihrem Garten steht. So ein Kerl hatte ihr gerade noch gefehlt. Schließlich hat sie als alleinerziehende, berufstätige Mutter und Trainerin bereits genug zu tun ...

Eine weihnachtliche Novelle-für jede Jahreszeit und jedeweit, weit entfernte Galaxie.
An diesem einen speziellen Weihnachten trifft Lea unverhofft den besten Freund ihres Bruders wieder. Julius bringt nicht nur eine Menge Erinnerungen zurück, nein – er bringt auch Leas Gefühlswelt gehörig durcheinander. Dabei spielt auch ihre gemeinsame Star-Wars-Vergangenheit eine Rolle.

Für die Kleinen

Pea Jung
Wendelin und das Blatt
14 Seiten
Apple iBook
ISBN: 978-3-7347-9606-7

Ein interaktives Buch für Kinder mit Animationen, Malspiel und Quiz

Erlebe ein einzigartiges Abenteuer mit Grashüpfer Wendelin!
Berührt man den Bildschirm erwacht Wendelin für kurze Zeit zum Leben.
Ideal für Kinder von 2 – 8 Jahren.
Ausgezeichnet von der Fach-Jury der BoD E-Challenge

Dieses Buch ist mit iBooks auf Ihrem Mac oder iOS-Gerät und auf Ihrem Computer mit iTunes zum Download verfügbar.